LEONARDO DA VINCI E OS SETE CRIMES DE ROMA

GUILLAUME PRÉVOST

LEONARDO DA VINCI E OS SETE CRIMES DE ROMA

Um mistério que somente o maior gênio
do Renascimento poderá desvendar

TRADUÇÃO: Fernando Scheibe

Copyright © 2000 Éditions NiL, Paris
Copyright © 2018 Editora Gutenberg

Título original: *Les sept crimes de Rome*

Todos os direitos reservados pela Editora Gutenberg. Nenhuma parte desta publicação poderá ser reproduzida, seja por meios mecânicos, eletrônicos, seja via cópia xerográfica, sem a autorização prévia da Editora.

EDITORA
Silvia Tocci Masini

ASSISTENTE EDITORIAL
Andresa Vidal Vilchenski

PREPARAÇÃO
Sonia Junqueira

REVISÃO
Renato Potenza Rodrigues
Samira Vilela

CAPA
Diogo Droschi (sobre imagens de Homem Vitruviano. *Leonardo da Vinci, 1490. Basílica e Praça de São Pedro, Vaticano – Roma. Gravura por Jean Barbault. Século XVIII.*

DIAGRAMAÇÃO
Larissa Carvalho Mazzoni

Dados Internacionais de Catalogação na Publicação (CIP)
(Câmara Brasileira do Livro, SP, Brasil)

Prévost, Guillaume

Leonardo da Vinci e os sete crimes de Roma : Um mistério que somente o maior gênio do Renascimento poderá desvendar -- / Guillaume Prévost ; tradução de Fernando Scheibe. -- 1.ed. -- Belo Horizonte : Editora Gutenberg, 2018.

Título original: Les sept crimes de Rome.
ISBN 978-85-8235-548-0

1. Papas 2. Ficção 3. Sinais e símbolos 4. Sociedades secretas 5. Ficção policial e de mistério I. Título.

18-20238   CDD-843.0872

Índices para catálogo sistemático:
1. Ficção policial: mistério 843.0872
Cibele Maria Dias - Bibliotecária - CRB-8/9427

A **GUTENBERG** É UMA EDITORA DO **GRUPO AUTÊNTICA**

São Paulo
Av. Paulista, 2.073,
Conjunto Nacional, Horsa I
23º andar . Conj. 2310 - 2312
Cerqueira César . 01311-940
São Paulo . SP
Tel.: (55 11) 3034 4468

Belo Horizonte
Rua Carlos Turner, 420
Silveira . 31140-520
Belo Horizonte . MG
Tel.: (55 31) 3465 4500

Rio de Janeiro
Rua Debret, 23, sala 401
Centro . 20030-080
Rio de Janeiro . RJ
Tel.: (55 21) 3179 1975

www.editoragutenberg.com.br

Para Sofia,
Charles e Pauline.

Quarenta anos se passaram, e hoje eu também sou um velho.

Quarenta anos desde aquela promessa, feita ao mestre Leonardo, de só romper o silêncio às vésperas de minha morte. Há quarenta anos a mantenho, e agora é chegado o momento.

Esta noite mandei trazer todas as velas que havia na casa, coloquei a poltrona e a mesa perto da grande janela e proibi que me incomodassem de agora em diante. O pequeno Lúcio trará minhas refeições e meus medicamentos. Quanto ao resto, veremos.

Talvez eu tenha demorado demais...

Juro só dizer aqui o que realmente aconteceu.

Juro não dissimular nada do que pude escutar ou pensar naquela época.

Juro que não pintarei os bons melhores do que eram, nem tornarei os maus piores do que foram.

Juro, por fim, se minha memória permitir, contar a mais exata verdade sobre o caso que ocupou Roma no inverno de 1514, e sobre o qual apenas alguns poucos homens souberam o quanto ameaçou o coração da cidade e, talvez, o coração de toda a cristandade.

Hoje, não temo mais nada dos outros.

CAPÍTULO 1

Quando toda essa onda de crimes de horror realmente começou? Pois só mais tarde percebi quão longe suas raízes venenosas se embrenhavam na história da cidade. Mas, para o jovem romano que eu era então, como para todos os habitantes da cidade, o primeiro alerta rasgou o céu como um raio na manhã de 20 de dezembro de 1514.

Naquela manhã, Flavio Barberi, filho do capitão de polícia Barberi e um dos meus amigos mais queridos, bateu à porta da pequena casa em que morávamos, minha mãe e eu, na Via del Governo Vecchio. O sol mal acabara de nascer e meu espanto foi ainda maior ao ver sua longa silhueta saltitando sob o pórtico, como que tomada de uma excitação que ele não conseguia conter.

– Guido – disse ele –, algo terrível aconteceu na coluna, venha comigo!

Mal tive tempo de vestir o casaco e o capuz, de dar uma olhada para o andar de cima, rezando para que minha mãe não tivesse escutado, e ele já me arrastava correndo através das ruelas desertas que levavam ao Corso.

Algo terrível na coluna...

Quando meu pai ainda era vivo, morávamos mais ao norte, numa bela casa perto da Igreja de Santa Maria do Campo de Marte. A Coluna de Marco Aurélio e a praça que a rodeava ficavam ali do lado, e esse era o lugar preferido de nossas brincadeiras de criança. Eu tinha, portanto, dificuldade em imaginar o que poderia ter acontecido num lugar tão familiar, algo que justificasse me chamarem tão cedo. Mas quando perguntei a Flavio sobre isso, ele se contentou em balançar a cabeça e apertar o passo. Talvez seu pai tivesse sido chamado para pôr ordem em uma briga de vagabundos?

Ao chegarmos à praça pela Via dei Burrò, compreendi que se tratava de algo muito mais sério. Cerca de trinta pessoas estavam reunidas em volta da coluna, a maioria em roupas de festa, com estranhas máscaras de animais penduradas na barriga. Algumas mulheres colocavam as mãos na cabeça, e os homens olhavam aturdidos para o céu. Guardas armados cercavam o monumento como se temessem que algo escapasse dali.

O mais estranho era aquele silêncio que paralisava a todos.

– Lá em cima – murmurou Flavio.

Levantei a cabeça, crente de que veria, como sempre, a longa espiral de pedra cinza com desenhos das vitórias de Marco Aurélio contra os germanos e, no topo, a trinta metros de altura, a estátua do conquistador a cavalo.

Mas, para minha grande surpresa, o imperador não estava sozinho em sua montaria: alguém estava na garupa, com os braços em volta de seu pescoço. Alguém ou, talvez devesse dizer, o que restava de alguém: um corpo nu, vermelho de sangue, horrivelmente decapitado. Uma espada curta estava enfiada em suas costas, como uma flecha no meio de um alvo. Àquela distância, não dava para distinguir se o corpo pertencia a um homem ou a uma mulher.

– O que estão esperando? – eu disse. – Há uma escada nessa coluna, é preciso subir e tirar dali essa abominação.

– Meu pai saiu em busca das chaves – respondeu Flavio. – Mas é preciso encontrar o oficial encarregado delas, e temo que, a esta hora... Além disso, se corri até sua casa é porque o mais interessante ainda está por vir: supõe-se que o autor desse... dessa coisa ainda esteja ali dentro.

– Dentro?

– Sim, houve uma festa aqui ontem à noite, no Palácio Marcialli. Os músicos tocaram na praça, e um grande número de convidados dançou a noite inteira. Alguns chegaram mesmo a dormir em tendas ao pé da coluna – ele apontou para um bolo de cobertores grosseiros jogados um pouco mais adiante. – Segundo essas pessoas, ninguém poderia ter saído pela porta sem ser visto. É possível, portanto, que o rato ainda esteja em seu buraco.

Não tive tempo de manifestar minhas dúvidas, pois uma pequena tropa de cavaleiros, conduzida pelo pai de Flavio, irrompeu entre nós. Todo mundo recuou para o Palácio Marcialli, tremendo à ideia do que se iria descobrir. Um homem magro e calvo, que eu via pela primeira vez, abriu a porta do monumento com uma enorme chave que tirou de sua bolsa e saiu rapidamente. O capitão Barberi fez um sinal para dois de seus soldados entrarem com as armas em punho.

Ficamos esperando que alguma coisa acontecesse, com o coração batendo forte, o olhar indo e vindo entre a base e o topo da coluna. Mas os dois homens logo apareceram lá no alto, na plataforma que servia de base para a estátua:

– Não há vivalma na escadaria, capitão.

Um murmúrio de alívio, mas talvez também de decepção, se ergueu da multidão. Dois outros guardas se lançaram então pela passagem para tirar aquele macabro fardo do imperador.

– Venha – disse Flavio, me puxando pela manga.

Tivemos de nos acotovelar um pouco para conseguir chegar até seu pai, que estava numa acalorada discussão com o oficial das chaves:

– E ninguém mais tem acesso a esse molho de chaves?

– Ninguém, capitão.

– E você não notou se as chaves andaram sumindo nos últimos tempos, ou se alguém as pegou emprestadas?

– Elas nunca deixam esta bolsa, que fica trancada com as outras no cofre do meu quarto.

Impulsivo como se é naquela idade, não pude me impedir de dar um passo adiante e intervir:

– Não existem cópias que alguém poderia ter pegado?

Minha pergunta pareceu incomodar o oficial, que me fulminou com um olhar cheio de raiva. Felizmente, o pai de Flavio me acudiu:

– Não se altere, oficial, este é Guido Sinibaldi, filho do antigo chefe de polícia de Roma. Ele herdou do pai o gosto pelos enigmas e, quem sabe, um pouco do talento. Você pode responder para ele como se fosse para mim.

Ele me cobria com um olhar afetuoso, e o outro não ousou se esquivar:

– Existem cópias das chaves das colunas, assim como de todos os edifícios de que sou encarregado, é claro. Mas elas estão no Castelo de Santo Ângelo, ainda mais bem guardadas do que em minha casa.

O Castelo de Santo Ângelo... Se alguém queria se apoderar dessas chaves, parecia de fato mais lógico tentar roubá-las do oficial do que da fortaleza do papa.

Nesse momento, os quatro guardas saíram da coluna e um frisson de pavor percorreu novamente a assistência: eles carregavam nos ombros um corpo horrivelmente decapitado e trespassado pelo que parecia ser uma adaga.

Assim que o colocaram no chão, de lado, fizemos um círculo em volta do despojo: tratava-se incontestavelmente de um homem, mais para jovem, a julgar pelo vigor de seus músculos, e inteiramente endurecido. Sua pele, azulada pelo frio, estava recoberta de sangue em todo o torso. A ferida no pescoço era abominável, mistura de carne vermelho-escuro e de cartilagens moídas recobertas por uma película translúcida. Deve ter sido necessária uma força sobre-humana para cortar os ossos do pescoço com tanta violência.

Apesar do frio, um cheiro nauseabundo já exalava do cadáver.

Vários soldados fizeram um gesto de repulsa e, guiado por não sei que instinto, me aproveitei do estupor deles para deslizar até a coluna.

Como imaginava, o interior era bastante sombrio e úmido, com um forte odor de salitre e de lugar fechado. Uma escada de pedra em espiral, que ocupava a maior parte do espaço, projetava para o topo seus cerca de 200 degraus. Sua base formava uma espécie de abrigo onde dois homens poderiam ficar agachados facilmente. O chão estava marcado por grandes manchas escuras, poças do sangue da vítima. Mas nenhuma arma ou objeto traía a presença do assassino.

A mão do capitão Barberi pousou de repente sobre meu ombro:

– E então, o que pensa o nosso jovem médico?

Encarei-o um pouco constrangido:

– Queira desculpar essa audácia, capitão, a curiosidade foi mais forte. Não ignoro que...

– Não tem problema – ele disse. – O homem foi morto aqui mesmo, você concorda?

Estava me preparando para responder quando meus olhos, já habituados às trevas, notaram alguma coisa atrás dele:

– Parece que tem um desenho nessa parede, capitão, olhe...

Ele abriu um pouco mais a porta para aumentar a iluminação, e descobrimos juntos uma inscrição que provavelmente fora traçada com um dedo embebido em sangue fresco:

"EUM QUI PECCAT..."
"Aquele que peca..."

– Isso não me diz nada – declarou o pai de Flavio, franzindo as sobrancelhas. – Não, nada que valha...

Reli o que escrevi até agora de uma sentada e devo reconhecer que não fiquei muito insatisfeito.

Foi mesmo assim, dessa maneira brutal, que tomamos conhecimento daquilo que se tornaria, para muitos, a encarnação sangrenta do Maligno. Mas percebo também que certa faceta desse relato poderia parecer obscura a meu leitor se eu não lhe fornecesse, desde já, algumas informações suplementares. Sobretudo no que tange à indulgência do capitão Barberi para comigo, indulgência que, e só ela, pode explicar minha presença no coração dessa tormenta.

Ela se devia, sem dúvida, ao fato de que meu pai foi por treze anos o chefe de polícia de Roma, tendo assegurado, durante esse período, a paz em toda a cidade. Ele sempre desempenhou sua função com honestidade e competência, tendo resolvido alguns casos delicados – os tempos não eram melhores do que agora –, que outros em seu lugar, sem dúvida, teriam abandonado. Até a população acabara por confiar nele.

Mas, numa manhã de 1511, quando perseguia um criminoso, ele entrou na estalagem do Cão, no Campo dei Fiori. Nunca se soube exatamente o que aconteceu ali. Um tiro foi disparado, e meu pai caiu morto no meio das mesas. Seu assassino conseguiu fugir por uma janela. Ao lado de meu pai se encontrava o fiel Barberi, então seu ajudante, que nunca perdoou a si mesmo por não ter conseguido defendê-lo. Eu acabava de completar dezoito anos.

Minha família não tinha fortuna alguma – prova suficiente da integridade de meu pai –, minha mãe teve de deixar a bela casa do Campo de Marte e nos instalamos, ela e eu, no modesto alojamento da Via del Governo Vecchio. A partir de então, ela me proibiu de seguir a carreira das armas a que eu aspirava. Perdera o pai, não queria perder o filho também.

Resolvi então me tornar médico e me inscrevi na universidade da cidade, onde grandes professores como Bartolomeo de Pisa e Accoramboni de Perúgia, ambos ligados ao serviço do papa, ministravam seus cursos. O ensino me agradou e creio ter me tornado depois um médico bem razoável. Mas essa não é a questão. Nos três anos que se seguiram, Barberi permaneceu muito próximo à nossa família, tomando a seu encargo minha educação e meu conforto até mais do que seria necessário. Certo inverno, chegou mesmo, sem dizer palavra, a pagar as contas de nossos fornecedores até que minha mãe recebesse a pequena herança a que tinha direito. Não seria exagero dizer que ele se sentia em débito pela morte de meu pai.

Daí, creio, aquela fraqueza que o levaria a me deixar agir à vontade e mesmo, às vezes, a fazê-lo em seu nome: ele desempenhou um papel fundamental na guinada que minha vida deu naquelas semanas.

CAPÍTULO 2

A notícia do assassinato logo se espalhou pela cidade. Um após o outro, os bairros de Santo Eustáquio, Parione, Ponte, e mesmo do Borgo, para lá do Tibre, começaram a fervilhar de boatos insensatos. Falava-se de uma orgia no Palácio Marcialli, de uma batalha entre clãs rivais, de uma farsa macabra que teria acabado mal.

Não que em Roma corresse pouco sangue: a história da cidade era um longo desfile de combates, de confrontos e de ódio. Em primeiro lugar, as grandes famílias – os Colonna, os Orsini, os Frangipani – sempre se mataram umas às outras por uma rua ou por um palácio. Os próprios papas, quando voltaram de Avignon, tiveram que pegar em armas para restabelecer um poder que o povo não lhes reconhecia mais. Depois vieram as guerras, tão numerosas quanto incompreensíveis. Num dia contra Veneza ou Florença, no outro, para afastar os alemães ou os espanhóis, ou, ainda, para se defender dos franceses – na maioria das vezes, aliás, para se defender dos franceses. Até esses últimos vinte anos, que se revelaram fecundos em crimes, sobretudo sob o papado de Borgia. Envenenamentos, punhais, arcabuzes: o nascimento deste século foi feito a machado.

Mas, naquele 20 de dezembro de 1514, os romanos reagiram como se o assassinato da coluna significasse outra coisa. Eles compreenderam – sabedoria da massa – que o que mais importava ali era a maneira de exibir a morte, e não o fato de causá-la. O assassino – ou os assassinos –, expondo seu malfeito daquela maneira, lançava um desafio à cidade inteira.

Quanto a mim, voltei para a casa de minha mãe, que logo percebeu minha agitação. Ela me interrogou para saber aonde eu fora tão cedo, e a que ponto eu estava envolvido no caso. Minhas respostas evasivas arrancaram-lhe os mesmos suspiros que lhe arrancavam outrora as palavras tranquilizadoras de meu pai: ela temia por mim como temera por ele.

Vesti-me às pressas para ir aos cursos da universidade. Durante boa parte da tarde, tivemos de aturar um médico de Metaponto, que nos explicou, com muitos gestos, os ataques de saltos que testemunhara na região de Taranto: famílias, por vezes aldeias inteiras, dançavam furiosamente, sem razão aparente e sem distinção de idade ou gênero. Os doentes só paravam sua sarabanda quando caíam no chão, extenuados, com as barrigas tão inchadas que era impossível reduzi-las apertando-as com bandagens, ou mesmo subindo sobre elas. Alguns dentre eles morriam em atrozes convulsões, com a boca cheia de espuma.

A maioria escapava assim que ouvia uma música suave o suficiente para ordenar seus movimentos e regular seus humores. A picada da tarântula, acrescentou o médico, normalmente aceita como a causa do mal, podia ser combatida, quando ainda estava recente, pela retirada do veneno por aspiração, com a ajuda de um grande pedaço de palha. Ele fez uma demonstração que poucos de nós teriam coragem de reproduzir: o veneno da tarântula sendo tão malfazejo para a boca quanto para o corpo, parecia-nos que aquilo era matar o médico para curar o doente.

Quando finalmente entardeceu e pude escapar, corri direto para o hospital Santo Spirito, que domina a margem direita do Tibre. Sisto IV o reconstruíra inteiramente trinta anos antes para acolher os filhos abandonados das mulheres de má vida. Paralelamente a essa obra de caridade – havia também uma fundação que oferecia um dote às órfãs quando se tornavam adultas –, o hospital servia de necrotério para os cadáveres de indigentes e oferecia ainda, adjacente à sala dos feridos, uma grande peça para dissecações. Foi lá que a infeliz vítima da coluna foi posta até que se soubesse mais sobre ela.

Eu conhecia bem o lugar, por ter assistido ali a duas dissecações feitas por um dos meus professores. Guardara delas, aliás, uma lembrança bastante desagradável – mais pelo cheiro do que pela visão –, mas essas sessões constituíam um elemento indispensável de nosso aprendizado, sendo ainda mais preciosas pela sua raridade: a Igreja velava ciosamente para que só se profanassem corpos vis, essencialmente aqueles dos condenados à morte e dos prisioneiros. Hoje, a instituição se tornou mais flexível, e para mim, que depois vim a ensinar na universidade, nunca faltou matéria-prima.

Mas estou me desviando do assunto.

Depois de ter conversado com o soldado de sentinela diante da porta, entrei na sala de dissecação. Fui logo invadido pelos vapores de cânfora e de incenso que ali reinavam e surpreendido pelo número e pela importância das pessoas que ali se encontravam. Lá estavam o comendador da Ordem de Santo Spirito, o decano do hospital, o Mestre das Ruas Vittorio Capediferro, que conversava baixinho com o capitão Barberi, e vários médicos que trabalhavam no hospital.

Estavam todos reunidos em torno da mesa de pedra sobre a qual repousava o cadáver, examinando-o com ares circunspectos. Atrás deles, encostado numa parede, um velho de barba longa e cabelos brancos olhava-os. Minha chegada, sem dúvida graças a minhas roupas de médico, não perturbou o cerimonial.

– Meio dia – dizia um –, não muito mais do que isso.

– Talvez – respondia outro –, mas observe como a carne está tumeficada aqui e como a equimose se espalhou sob o pescoço. Ele pode ter morrido na tarde ou mesmo na manhã de ontem.

– Teríamos de incisar o abdômen para saber o estado das vísceras – propôs o terceiro. – Então teríamos algumas certezas.

– Nem pensem nisso – interviu a voz nasalada do comendador. – Esse homem já sofreu o suficiente quando vivo para que o torturemos depois de morto. Enquanto ignorarmos seu nome e seu nascimento, não permitirei que seja entregue às lâminas de vocês.

Os médicos baixaram os olhos, como se tivessem proferido algum absurdo. O capitão Barberi, então, avançou um passo em direção ao comendador e apontou para o velho encostado na parede:

– Excelência, o Mestre Leonardo da Vinci nos dá a honra de sua presença hoje. O senhor já o autorizou, anteriormente, a conduzir suas pesquisas neste hospital. O decano e eu pensamos que seu grande conhecimento do ser humano poderia servir à verdade.

Vittorio Capediferro ergueu os ombros:

– Sem desmerecer o talento do mestre Leonardo, não vejo muito bem o que um artista poderia nos ensinar sobre as coisas da morte.

Era o Mestre das Ruas que falava assim, ou seja, o superintendente das ruas, praças e pontes de Roma, função que naturalmente o levava a participar da investigação. Normalmente, Roma contava com dois mestres das ruas, mas o segundo acabara de morrer e ainda não fora substituído.

O Comendador do Santo Spirito, a mais alta autoridade do hospital, pareceu hesitar um instante entre a contrariedade que haveria em associar um civil às investigações e o inconveniente de irritar um dos homens mais ilustres da Itália, protegido pelo próprio irmão do papa.

– Está bem – suspirou ele enfim –, se a polícia assim deseja... Que mestre Leonardo faça como quiser, desde que o corpo não seja profanado.

Saiu então sem um olhar para mim, seguido de Vittorio Capediferro, que não apreciara ter sido contrariado em público. Barberi me viu nesse momento e, enquanto os médicos davam passagem para Leonardo da Vinci, aproximou-se de mim.

– É realmente o da Vinci? – murmurei.

– Ele mesmo. Costuma vir a Santo Spirito várias vezes por semana, para seus desenhos de anatomia. O decano tem seu trabalho em altíssima estima.

– Meu pai também gostava muito dele. Uma vez, quando tinha dez anos, fui a Florença e vi seu projeto de afresco para o Palazzo Vecchio. Fiquei muito impressionado.

– Esperemos que ele possa nos ajudar neste caso, que está parecendo complicado pra diabo.

– Nenhuma testemunha se manifestou?

– Nenhuma verdadeira testemunha, em todo caso. E com aquelas fantasias de festa, duvido que o assassino tenha mostrado sua verdadeira face.

– Mas Flavio disse que ninguém poderia ter entrado ou saído da coluna sem ser percebido.

– No entanto, parece que foi o que aconteceu.

Ficamos em silêncio, meditando sobre esse prodígio, até que uma ideia atravessou meu espírito:

– Capitão, estava me perguntando... O senhor me deixaria voltar à coluna?

Ele me encarou com uma intensidade particular, como se estivesse vendo e ouvindo outra pessoa que não eu, depois sacudiu a cabeça:

– Desde que prometa não dizer nada à sua mãe. Mas há um arqueiro diante da porta; para passar, teria que lhe mostrar alguma coisa. Espere...

Tirou do bolso um pequeno selo de prata preso a uma correntinha que trazia gravada a insígnia da capitania, uma espada erguida sobre um cavalo, e me entregou. Enquanto isso, Leonardo ia e vinha em redor do cadáver, usando a água do tanque para limpar seus membros, pedindo que o ajudassem a virar o corpo, inspecionando cada detalhe com atenção e murmurando palavras inaudíveis.

Depois de alguns minutos, dirigiu-se ao decano com uma voz segura, mas um pouco distante.

— Penso, como seus médicos, que este homem foi morto ontem à noite. O que não consigo explicar, no entanto, é este golpe de adaga no meio das costas.

— Um simples golpe de adaga o perturba mais do que essa odiosa decapitação? — perguntou o decano.

— A decapitação em si não apresenta nenhum mistério, se me permite dizê-lo. A vítima foi amarrada pelos punhos e pelos tornozelos, há diversas marcas de apertões na pele. O assassino apoiou então a cabeça sobre um toro de madeira ou algo do gênero e a cortou com um machado. O golpe foi dado obliquamente, como o demonstra a secção enviesada do colo, provavelmente porque o lugar não era alto o suficiente. Sem dúvida, a exiguidade da coluna.

— Mas o infeliz não teria se debatido ou gritado?

— Não se tivesse sido drogado antes. Infelizmente, como foi dito há pouco, só o exame das vísceras ou da boca poderia nos dar algumas certezas. Mas, de qualquer jeito, não sobre a adaga...

— Mas você não acha que ele poderia ter sido morto com a adaga antes de ter sido decapitado? — sugeriu o capitão Barberi.

— Justamente: não, e é isso que é estranho. O golpe de adaga foi dado *depois* da morte. O sangue não jorrou ao redor da ferida, sinal de que o corpo já não estava mais sendo irrigado quando os vasos foram seccionados. Nosso homem já estava bem morto, e mesmo frio, com toda certeza.

— Então isso realmente não faz sentido — deplorou o decano.

— Para nós, não — respondeu Leonardo com um tom grave. — Mas se conseguíssemos vislumbrar o sentido que o assassino deu a esse gesto, imagino que estaríamos próximos de desmascará-lo.

Lembro a que ponto a justeza dessa reflexão me impressionou, sem que eu me desse conta do quanto ela se revelaria clarividente, em seguida.

Foi talvez ela, aliás, que me incitou a seguir Leonardo quando o capitão e o decano terminaram de interrogá-lo: pareceu-me que não podia perder a oportunidade de conhecer um personagem tão importante, cuja inteligência, coisa rara, fazia jus à reputação.

Dei cinco passos atrás dele, indo da sala dos feridos para a dos febris, passando entre os leitos dos doentes e os frades atarefados, sem conseguir decidir se iria abordá-lo. Uma vez no patamar do hospital, fiz um grande esforço e o chamei:

– Mestre...

– Ah! – exclamou ele sem se virar. – Estava me perguntando quando você se decidiria, rapaz.

– Quando eu...

Ele me interrompeu sem diminuir o passo:

–Você está me escoltando desde a sala de dissecação.Você apareceu lá mas não fez nada, ficou cochichando com o capitão de polícia. Decididamente, você é um senhorzinho bastante curioso.

– Perdoe-me, Mestre, eu não queria...

Ele parou bruscamente, e pude, enfim, examiná-lo de perto. Era um velho muito bonito, os traços finos, embora um pouco pesados por causa da idade, a boca regular, o nariz marcado e voluntário, os olhos de um azul intenso e muito vivos, capazes de atravessar você sob a moita das sobrancelhas. Olhos que viam longe, no coração e no espírito. Sua fronte era lisa – aquela fronte que concebera tantas maravilhas! –, e os cabelos desciam-lhe das têmporas em cascata, misturando sua brancura à brancura ondulante da barba. Ele me fazia pensar irresistivelmente num daqueles patriarcas da Bíblia... Andava ereto, quase tão alto quanto eu, envolto confortavelmente em sua peliça, numa roupa elegante em tom de açafrão. Sua imponência, o gênio que ele era, devo confessar que tudo isso me deixou paralisado.

Ele achou divertido:

– E então, não tem mais nada a me dizer? De que lhe serve essa fantasia de médico se você fica assim apalermado quando o olham nos olhos? E antes de qualquer coisa, em que ponto está de seus estudos?

– Eu... Sou bacharel desde o ano passado...

– Bacharel...Três, quatro anos de medicina? Bah! A corrupção de seu julgamento já deve estar bem avançada. Guarde isto, meu jovem: é preciso escutar menos os doutores e mais a natureza, ela não vende nem seus conselhos nem seus remédios.

Eu estava completamente mudo. Ele percebeu meu embaraço e mudou de tom.

— Desculpe, não queria ofendê-lo. São todos esses charlatões do hospital, tão cheios de seu saber e incapazes de raciocinar. A observação e a experiência, eis o que lhes faz falta! E se acham no direito de dar ou negar autorizações a mim, Leonardo da Vinci!

— Os médicos são como os homens — arrisquei. — Há os bons e os maus...

— Talvez, talvez... Mas os últimos são mais numerosos. O que nos traz de volta a você, meu jovem... você parece ter espírito suficiente para ser do primeiro grupo. Por isso, repito minha pergunta: por que está me seguindo?

— Eu... eu queria falar com o senhor.

— Falar comigo? Ah! E sobre qual assunto?

— Eu... eu não sei... simplesmente falar-lhe.

— Que bela razão! Suponho que deva ficar lisonjeado. Mas pelo menos você poderia me dizer seu nome, para que fiquemos em pé de igualdade.

— Chamo-me Guido Sinibaldi, filho do chefe de polícia Vincenzo Sinibaldi.

— Filho do chefe de polícia? Pensava que não havia mais chefe de polícia em Roma. É a pedido de seu pai que você está aqui?

— Meu pai morreu em 1511, foi o último a exercer esse ofício. Assassinaram-no...

— Lamento muito... Você... Você não acha que esse assassinato teria alguma relação com...

— De modo algum. Acontece simplesmente que, como ele, sou apaixonado por enigmas. Se minha mãe não tivesse se oposto, eu teria seguido sua carreira.

— Sábia mulher! Basta um assassinato numa família... Mas vamos andando. Está frio, e a imobilidade é nociva para um homem da minha idade.

Andamos então pela beira do Tibre até a Ponte Quattro Capi e a ilha Tiberina. A conversa foi se soltando, e o mestre me fez saber que estava em Roma havia um ano e meio, residindo no

Belvedere, perto do palácio pontifical. No entanto, ele não parecia realmente satisfeito com sua sorte: a glória de artistas mais jovens, cujo talento não desconhecia, estava a ponto de eclipsar a sua. Nem o papa Leão X, nem Giuliano de Médici, seu verdadeiro protetor, confiavam-lhe trabalhos de envergadura. Ele, cujo pincel transformara a pintura. Ele, cuja imaginação concebera as máquinas mais loucas – para andar sob a água ou voar pelo céu –, ele, cujo gênio sonhava em construir cidades e portos, ele, que tinha sido o primeiro na corte de Milão, sofria por não ser mais que o segundo na corte do papa.

Eu lhe falei de minha admiração pelos esboços da batalha de Anghiari, que deveriam decorar o Palazzo Vecchio em Florença e que eu vira quando tinha dez anos. Mas, se por um lado o cumprimento o agradou, por outro, reavivou nele um curioso sentimento de fracasso: de fato, na época não pudera concluir o afresco por não ter utilizado um revestimento suficientemente estável. As cores se diluíram, e a batalha se desfizera. "Mais uma obra inacabada", resmungou.

Subimos de volta para o bairro Santo Eustáquio, onde da Vinci tinha um compromisso – era lá que ficava o palácio de Giuliano de Médici – e, enquanto a noite e um leve nevoeiro caíam, nossa discussão voltou por si mesma ao assunto que me preocupava.

– O senhor tem alguma ideia sobre a razão desse crime, mestre Leonardo?

Ele fez um gesto vago, como se não tivesse tido tempo para pensar nisso:

– E eu é que sei? Dizem que havia uma inscrição, mas...

– Sim, escrita com o sangue da vítima: "Eum qui peccat...". Sei, eu a vi.

– Você a viu?

– Fui mesmo eu que a descobri. O senhor percebeu, sou bastante ligado à família Barberi. Flavio, o filho do capitão, veio me procurar assim que teve conhecimento dos fatos. Mas estou pensando... O senhor gostaria de ver essa inscrição com seus próprios olhos?

– Eu? Seu olhar se iluminou. Acredita que me deixariam entrar?

Fiz que sim com a cabeça, orgulhoso por poder lhe servir de guia.

Tomamos então a direção da coluna, o que não representava um grande desvio, e eu apertei meu capuz contra as orelhas. A umidade se juntava agora ao nevoeiro que envolvia a cidade. Os muros das ruelas ao redor pareciam fantasmas, e continuamos em silêncio, cuidando para não escorregar nas lajotas e na terra molhada.

Quando chegamos ao Palácio Marcialli, não se via mais nada a dez passos. Só a luminosidade das tochas nos permitiu distinguir a base da coluna e entrever o arqueiro que vigiava seu acesso. Ele saltava para a esquerda e para a direita para se esquentar.

– Quem vem lá? – gritou.

– Fomos enviados pelo capitão Barberi – respondi. – Sou Guido Sinibaldi e aqui está o mestre Leonardo da Vinci.

– O que vocês querem aqui a esta hora?

Mostrei-lhe o selo da capitania, que ele reconheceu à luz alaranjada da chama.

– Gostaríamos simplesmente de entrar na coluna para examinar a inscrição. Precisaríamos também de uma de suas tochas, se não se importar.

Ele concordou lentamente e pegou o molho de chaves em seu cinto. Por causa do frio, ou por inabilidade natural, foram-lhe necessários dois bons minutos para acionar a lingueta da fechadura.

O interior da coluna me pareceu mais gélido do que um túmulo, e o odor de salitre, mais sufocante ainda do que pela manhã. Entrei primeiro, com a tocha na mão, subindo um degrau da escadaria para permitir a Leonardo me seguir. Este avançou cautelosamente, inspecionando o chão como se procurasse alguma coisa. Viu o sangue misturado com a terra, recolheu um punhado, cheirou e fez uma careta estranha que eu não soube interpretar.

Interessou-se, a seguir, pela cavidade na base da escada e ficou um momento considerando-a, enquanto o guarda nos lançava olhares intrigados. O mestre pegou então a tocha e iluminou, um a um, os dez primeiros degraus da escada, onde haviam secado horríveis rastros avermelhados.

– Ali! – disse, designando o maior deles, na curvatura da espiral. Foi nesse degrau que ele teve mais altura.

A pedra estava de fato manchada de sangue e mostrava um entalhe, como a marca de uma arma cortante.

– Um só golpe – prosseguiu. – Após o que ele esperou sua vítima se esvaziar de sangue antes de lhe enfiar a adaga nas costas e carregá-la até a estátua. Sem dúvida, ele até participou da festa durante todo esse tempo... Que carnificina!

Ele assobiou de repulsa e me perguntou onde se encontrava a inscrição. Empurramos a porta para ver melhor. Ficar fechado assim, como ficara o decapitado, me deu um arrepio. Leonardo se aproximou da parede: a sinistra mensagem se pôs a dançar à luz vacilante de nossa tocha.

– "Eum qui peccat...", ele leu, destacando cada sílaba. Escrito com sangue, não há a menor dúvida. Você deve dizer ao seu capitão para interrogar as testemunhas a respeito de algum convidado que estivesse com um machado em sua fantasia. Um machado com o qual ele não estava no início da festa, por exemplo, mas que teria ostentado depois. Ou o contrário. Você também lhe dirá...

Ele hesitou um segundo e me olhou com o canto do olho:

– Você também lhe dirá para se informar sobre um jovem aprendiz que tenha desaparecido nos últimos dias. De um ateliê de pintura ou de tecelagem... Eu... eu... acho que me esqueci de assinalar alguns vestígios de azul – oh, vestígios ínfimos! – que o cadáver tinha sob as unhas. Poderiam ser de tinta ou de tintura. Que o capitão queira me perdoar esse esquecimento: foram os médicos do hospital, me deixaram nervoso. Aliás, pensei que eles fossem reparar nisso. Além disso...

Parou para contemplar novamente a inscrição.

– Além disso?

– Pois bem! Além disso, esta tarde, examinando... examinando o traseiro da vítima, concluí... concluí que ele devia manter relações carnais com pessoas do mesmo sexo.

– Pessoas do mesmo sexo?!

Minha surpresa não era fingida, ainda mais que mestre Leonardo se exprimia com certo constrangimento.

— Sim, sendo médico, você imagina o que isso significa... Esse jovem provavelmente vendia seu corpo. Conduta encontrada às vezes entre os aprendizes mais modestos. Daí a ideia dos ateliês de que eu falava antes.

Sua dedução me empolgou, mas sua hesitação me perturbou:

— Se pensou nessas coisas, por que não falou para o decano e para o capitão?

— Naquele momento, não pensei que isso pudesse ser útil para a investigação.

— E agora?

— Agora... as coisas são diferentes. Muito diferentes. Olhe bem essa inscrição. O que vê?

— Três palavras, as mesmas que de manhã: "Eum qui...".

— É claro — me interrompeu ele. — Mas o que mais? Como você acha que o assassino as desenhou?

— Com seu dedo e o sangue da vítima, acho.

— Com seu dedo, excelente! Ora, o dedo é um péssimo pincel... Observe como ele fez.

Olhei para a parede com mais atenção e, por fim, entrevi o que ele me mostrava: o assassino precisaria molhar seu dedo no sangue diversas vezes para chegar ao fim de seu epitáfio. As letras E, Q, P e o segundo C estavam mais fortes, como se tivessem sido escritas com uma matéria mais abundante: "**EUM QUI P**ECCAT...". Mas ainda não conseguia entender aonde ele queria chegar.

— E daí?

— Examine com atenção as reticências. Depois do T de PECCAT, ele teve de molhar o dedo de novo para poder traçá-las. No entanto, aparentemente, esses pontinhos não alteram o sentido da mensagem: "Aquele que peca" significa sem dúvida que a vítima tinha se conduzido mal — o que, diga-se de passagem, poderia se aplicar a um jovem de costumes desviados —, e que o assassino a castigou. No entanto, ele se deu ao trabalho de molhar de novo o dedo para acrescentar estes três pontinhos no final. Por que razão?

Por que razão, senão para dar a entender que haveria uma sequência para o seu gesto? Estes três pontos não estão ali por acaso, Guido, não. Eles servem de aviso. O assassino certamente pretende recomeçar e resolveu nos avisar. Eis por que os detalhes deste caso me parecem importantes, de agora em diante. Eis por que lhe entrego tudo o que sei.

Fixou seu olhar no meu:

– Não se trata mais apenas de explicar um assassinato, meu jovem amigo... Trata-se, provavelmente, de impedir que outro aconteça!

Suponho, hoje, que tal presságio devia ter me apavorado. Para minha grande vergonha, devo admitir que me fascinou.

CAPÍTULO 3

Passaram-se menos de três dias até que eu voltasse a ver o mestre no Belvedere.

Nesse intervalo, fui várias vezes à Casa de Polícia próxima ao Panteão para repassar ao capitão as deduções de Leonardo sobre a vítima e sobre as intenções do assassino. Para minha grande satisfação, Barberi não se mostrou zangado com o atraso dessas informações, animado como estava pela busca da verdade. Ele mandou então que seus homens interrogassem novamente as testemunhas, a fim de saber se na festa havia alguém com um machado ou algum objeto desse tipo.

A resposta chegou após um dia inteiro de investigações: uma prima dos Marcialli, Violetta Melchioro, disse ter notado um indivíduo que podia corresponder a esses sinais. Sua certeza provinha, explicou ela, de seu amor pelos pássaros. Ela própria tinha escolhido para aquela ocasião uma máscara de papagaio que encomendara de um artesão do Trastevere, dando-lhe como modelo o casal dessas aves que o embaixador de Portugal oferecera a Leão X na primavera. Os convivas, garantiu ela, ficaram deslumbrados.

Como quer que fosse, no início da festa ela se divertira saudando todos os convidados que, como ela, ostentavam uma máscara de pássaro, improvisando uma espécie de confraria das penas numa assembleia onde reinava o pelo. Um convidado, no entanto, permanecera surdo a essa brincadeira, recusando-se a responder com uma só palavra. Ele usava uma linda cabeça de poupa, aquela estranha ave migratória cinza, com um longo e curvo bico negro e um topete sedoso por cima. Vestia, além disso, uma estranha roupa mourisca em tons avermelhados e grandes luvas escuras que cobriam suas duas mãos.

Mas o essencial não estava aí. Violetta Melchioro lembrava-se de tê-lo visto com uma espada na cintura no início da noite, ou ao menos com uma bainha, não tinha certeza, ao passo que, no fim da noite, ele aparecera com um machado. Disso ela estava certa. Chegara até a interrogar seu primo Marcialli sobre a identidade de um personagem tão estranho, mas o dono da casa não soubera informá-la: o prazer do uso das máscaras residia, para ele também, na ignorância dos nomes. Além disso, segundo sua própria confissão, qualquer um com uma fantasia daquela qualidade poderia ter entrado no baile mesmo sem ter sido convidado.

As revelações da senhora Melchioro puseram a Casa de Polícia em polvorosa. Uma espada no início da noite – a adaga encontrada nas costas da vítima? –, um machado a seguir... Com toda a evidência, aquele era o assassino. Ele se imiscuíra na festa do Palácio Marcialli, se introduzira de alguma forma na coluna, cometera o crime e, depois, aproveitando a escuridão, içara o corpo até a estátua do imperador. Encorajado por seu sucesso, saíra sem ser visto e exibira um machado recém-limpo do sangue de sua vítima.

Tanta audácia se, por um lado, chegava a aturdir, por outro, podia se voltar contra seu autor: bastava descobrir quem se escondia sob a máscara de poupa ou encontrar o artesão que a confeccionara. Este forneceria, sem dúvida, indicações suficientes para que se chegasse ao assassino.

O caso parecia se tornar menos incerto...

No entanto, não tardou a vir o desencanto. Uma nova escuta das testemunhas confirmou a presença de um mouro com cabeça de poupa, mas ninguém sabia quem ele era, nem sequer escutara sua voz. Junto aos artesãos, as investigações não foram mais proveitosas. Todos os fabricantes de fantasias de Trastevere, Parione e outros bairros foram interrogados, mas nenhum deles recebera a encomenda de uma poupa ou de algum pássaro semelhante. A máscara devia ser antiga, ou fora confeccionada em outra cidade.

Em suma, na noite do segundo dia após as revelações da senhora Melchioro, a investigação patinava novamente.

Na manhã do terceiro, um fato importante aconteceu: um bilhete impresso foi colocado, durante a noite, embaixo da porta do Mestre das Ruas, Vittorio Capediferro, mas este se encontrava em Ostia, onde sua mãe acabava de falecer. Foi um criado que o recolheu e teve a presença de espírito de levá-lo às autoridades.

O bilhete estava redigido assim:

*Jacopo Verde perdeu duas vezes a cabeça**
A Via Sola está vazia e a cidade em festa.

Não era preciso ser um grande adivinho para perceber a alusão à coluna.

O capitão Barberi, acompanhado de sua tropa, foi então até a Via Sola, atrás da Piazza di Sciarra, um dos bairros mais mal frequentados de Roma. Não foi preciso muito tempo para que seus homens ficassem sabendo que, de fato, um homem chamado Jacopo vivia nas redondezas, e o quarto que ele ocupava numa daquelas casas sórdidas logo foi aberto. Infelizmente, não havia ali mais do que um baú vazio, restos de vela e alguns objetos de uso masculino num estado lamentável.

A proprietária, por sua vez, não se fez de rogada para contar o que sabia: seu locatário alugava aquele quartinho havia pouco menos de um ano e lhe pagava um *quattrino* por semana, preço exorbitante, considerando-se que a única janela dava para um terreno baldio coberto de estrume. Chamava-se Jacopo Verde,

---

★ Em italiano, *testa*. (N.E.)

era originário de Avezzano e tinha cerca de dezenove anos. Seu pai o enviara a Roma para estudar o ofício de pintor com um de seus amigos, o Mestre Ballochio. Mas o trabalho não parecia ser o forte de Jacopo, já que resolvera fugir do ateliê e nunca mais voltara lá. Desde então, ele vivia de bicos, trabalhando por dia com este ou aquele artesão.

Perguntada se ele recebia pessoas, a proprietária respondeu que em sua casa as visitas eram proibidas, mas que acontecia de alguns homens esperarem Jacopo do outro lado da rua. Dito isso, jamais procurara descobrir quem eram aqueles senhores, embora parecessem maduros demais para serem seus amigos. E afinal, desde que lhe entregasse seu *quattrino* toda segunda-feira, pouco lhe importava a maneira como o ganhava...

Quando vira o rapaz pela última vez? Segunda-feira, afirmou ela, quando ele pagou a semana – na véspera da festa no Palácio Marcialli. Desde então, nenhuma notícia. Restava-lhe um dia para dar as caras, senão, o quarto seria limpo e posto novamente para alugar.

Quando estas últimas informações chegaram a meus ouvidos, fiz de tudo para ser convidado à casa dos Barberi. Naquela mesma noite, reunimo-nos em seis à volta da mesa familiar – contando com a mãe e as duas irmãs de Flávio –, e a janta nos foi servida sem cerimônia, leve como convinha a poucos dias do Natal. Depois de uma sobremesa de compota de cidra, esperamos que as mulheres fossem para seus quartos para voltar a falar dos acontecimentos do dia. O capitão não se opôs a narrá-los para mim e, em seguida, confiou-me alguns de seus sentimentos:

– Para lhe dizer tudo, acho que foi mesmo esse tal de Jacopo Verde que morreu na coluna.

– Tem certeza?

– Quase: as roupas encontradas no quarto correspondem exatamente ao tamanho do morto. Poderia jurar que foram cortadas para ele... Além disso, há as atividades escusas às quais ele se entregava: com toda a evidência, o assassino pode atrair um jovem prostituído mais facilmente do que um rapaz de bons costumes.

A mensagem na parede parece mesmo provar que foi por esse gênero de má conduta que ele foi castigado... Quando tivermos encontrado o pintor que empregava Jacopo ultimamente, estou certo de que saberemos por que havia aquela tinta azul embaixo das unhas do cadáver. Não haverá mais, então, nenhuma dúvida quanto a sua identidade.

— E por que o assassino teria cortado sua cabeça?

Antes de responder, Barberi terminou o copo de vinho branco que tinha à sua frente.

— Essa não é uma questão simples, Guido. Ontem, eu provavelmente teria respondido que se tratava de impedir que ele fosse reconhecido: o nome da vítima permite, muitas vezes, que se chegue ao do assassino. Mas depois desse bilhete...

— Você acha que foi o próprio criminoso quem o redigiu?

— Não sei. Em todo caso, seria algo extraordinário. Afinal, para que tornar um corpo irreconhecível e depois revelar sua identidade?

— Talvez ele quisesse dar um exemplo para os pecadores; para isso, julgou indispensável que todos soubessem da natureza do pecado.

— Acha que o assassino tinha por alvo os sodomitas?

Flavio e o pai soltaram uma grande gargalhada.

— Ele terá um bocado de trabalho! E com certeza escolheu a cidade certa!

— Sem dúvida — continuei. — Mas isso nos forneceria o início de uma explicação para essa mensagem.

— Se ele for realmente seu autor! Pois, apesar de nossos interrogatórios, qualquer um pode ter surpreendido o assassino saindo da coluna. E qualquer um pode ter escrito esse bilhete.

— É verdade. Mas se é para denunciar alguém, não seria mais simples entregar o carrasco e não a vítima?

Meu argumento pareceu surtir efeito. O capitão da polícia parou aos poucos de rir.

— Sua observação é pertinente, Guido. No entanto, ainda estamos longe demais da verdade para conseguir captar seus meandros. Aquele que redigiu o bilhete pode estar querendo nos orientar sem se prejudicar. Ou seja, sem se comprometer aos olhos do culpado.

Talvez tema uma vingança, quem sabe? Isso explicaria por que o bilhete foi impresso e não escrito à mão.

– Essa misteriosa testemunha estaria com medo de que sua grafia nos levasse a ela?

– É uma possibilidade como as outras.

– Mas o tipógrafo que executou esse trabalho certamente se lembrará de quem o encomendou! Um serviço desses não é nem um pouco comum!

– Certamente, mas há cerca de cinquenta tipógrafos na cidade e basta que um deles minta para nós por ter sido bem pago. Parece que os indícios que se acumulam nesta investigação em vez de nos levar para a pista certa só fazem multiplicar as possibilidades. Os fabricantes de máscaras, os pintores, os prostituídos, os homossexuais, os tipógrafos, daqui a pouco teremos de interrogar toda a população de Roma!

– E quanto às chaves da coluna, conseguiu descobrir alguma coisa?

– O pessoal do Castelo de Santo Ângelo não percebeu nenhum roubo ou arrombamento. E acredito que o oficial das chaves seja honesto.

– Então o assassino deve ter o poder de atravessar paredes...

– Não, é claro que não. Mas esse enigma encontrará sua solução na hora devida. Enquanto isso...

Ele se levantou.

– É tarde, e estou cansado... vou me deitar. Vocês deveriam fazer o mesmo.

Dirigiu-se à porta, mas voltou-se por um momento:

– Ah! E se passar na polícia, Guido, lembre-se de levar o selo da capitania.

– Amanhã sem falta, capitão. Prometo.

Despedi-me de Flavio e me retirei.

Alguns minutos depois, chegando em casa, percebi uma carta sobre a mesa deixada por minha mãe. Era de Leonardo e pedia para qué eu o visitasse no dia seguinte.

CAPÍTULO 4

Nunca mais tinha entrado na área do Vaticano desde a morte de meu pai, e foi nele que pensei primeiro, enquanto explicava ao guarda suíço as razões de minha visita. Este não dificultou as coisas e atravessei com passo rápido o Pátio do Belvedere, para me livrar do frio que assaltava a cidade, mas também por medo de não sei que encontro desagradável. Sem dúvida, guardava lembranças dolorosas demais daquele lugar...

A casa do Belvedere fora construída 20 anos antes por Inocêncio VIII, no extremo norte da fortaleza pontifical. Ela tinha então a aparência de um grande U, com o telhado ameado. A vista para os montes da Sabina era incomparável. Tendo me informado, sabia que o mestre da Vinci ocupava a maior parte do segundo andar, onde mandara fazer uma boa reforma: o piso e o forro tinham sido refeitos, as janelas, aumentadas para fornecer mais luz, as divisórias tinham sido deslocadas, abrindo espaço para um grande ateliê: vários quartos e uma grande cozinha tinham sido preparados.

Fui recebido por um homem de cerca de trinta anos, bastante forte, que me examinou dos pés à cabeça com ar desconfiado. Disse que se chamava Salai. Embora não parecesse surpreso com minha visita, sua atitude refletia uma hostilidade surda que eu não sabia a que atribuir. Conduziu-me, no entanto, até uma grande sala, cujo forro devia estar a quatro metros de altura e onde reinava uma desordem extraordinária.

Havia ali grandes mesas cobertas de pilhas de papéis, de desenhos e livros. Vários baús, encostados nas paredes, serviam de suporte a uma quantidade de máquinas de ferro ou de madeira cuja utilidade eu era incapaz de adivinhar. Num canto, uma bancada de preparação de tintas ostentava manchas coloridas e estava cheia de potes com pincéis, penas e bastonetes apontados.

No alto, uma engrenagem de polias mantinha suspensa uma espécie de cavalete sobre o qual se via a moldura de um quadro virado para cima. No outro canto da sala, um fogo infernal ardia numa enorme lareira. Hastes de metal incandescente estavam mergulhadas no braseiro, e pensei ter distinguido uma massa de vidro derretido no meio das chamas. Um pouco afastada da lareira, estava disposta sobre um pano, uma coleção de objetos que me fez pensar nos instrumentos cirúrgicos utilizados no Oriente. Realmente, não sabia o que pensar daquela acumulação de objetos, nem do estranho cheiro, mistura de pintura, de substâncias aromáticas e de metal incandescente, que se desprendia do conjunto.

Salai logo apontou um banco perto de uma das mesas e me disse para esperar o mestre sem tocar em nada. Lançou mais um olhar de desconfiança e desapareceu por onde tínhamos entrado.

Eu estava sozinho no ateliê de da Vinci.

Minha atenção foi logo atraída por uma pilha de folhas sobre a mesa. Numa delas, estavam desenhadas duas igrejas com cúpulas de proporções harmoniosas. Pareciam feitas para abrigar anjos delicados. Em outra, figurava um mecanismo complexo, destinado, sem dúvida, a esticar e trançar cordames de barcos – os Médici, pensei, interessavam-se por essa indústria. Uma terceira folha representava sem dúvida o corte de uma árvore brônquica. A disposição dos brônquios que se ramificavam sobre o pulmão me fascinou por sua exatidão e sua precisão. Agora compreendia melhor a reputação de anatomista de que Leonardo gozava no hospital Santo Spirito: a folha parecia ter sido decalcada sobre o próprio órgão. Que progresso representaria para a medicina a publicação de uma série daquelas lâminas! E quantos dos meus professores perderiam, assim, a oportunidade de oprimir seus alunos!

Ao lado dos desenhos, diversos cadernos estavam cobertos de uma escrita que não conseguia decifrar. Embora acreditasse reconhecer algumas daquelas letras, o conjunto não evocava nada de compreensível, como se as palavras e as frases tomassem emprestado nosso alfabeto para se combinar numa outra língua. Só mais tarde fiquei sabendo que o mestre era canhoto e começava suas frases pela direita, escrevendo as letras ao contrário, de forma que era preciso um espelho para lê-las. Mas, naquele momento, aquilo me deixou bastante desconcertado.

Outra coisa estranha: as espécies de enigmas que decoravam a parte de cima de algumas folhas. Traçados em lápis preto, podiam ser vistos, por exemplo, uma nota musical seguida de uma serpente, depois de um pote, depois de uma outra nota e de uma arma de fogo. Embaixo, estavam rabiscados alguns signos, sem dúvida a solução do enigma, ela também expressa na mesma língua desconhecida.

Decididamente, da Vinci parecia estar envolto em mistérios.

Estava nesse ponto de minhas reflexões quando pensei escutar vozes provenientes de uma sala vizinha. Olhei para a porta, mas não vi nada. Meu olhar se deteve então sobre a segunda mesa, onde um grande baú se destacava ao lado de uma pilha de livros.

Por um instante, por um curto instante, pareceu-me que...

Apesar das recomendações de Salai, deixei meu banco para observar o baú. Era feito de ébano finamente trabalhado, decorado nas laterais por uma paisagem exótica, talvez africana. Sua tampa era bordada e se levantava imperceptivelmente, como se movida por uma força vinda de dentro. Aproximei a mão, esperando encontrar um desses mecanismos engenhosos dos quais Leonardo tinha o segredo.

Mas, em vez disso, tive de sufocar um grito no fundo da garganta. Tinha... Tinha um dragão vivo dentro daquele baú! Um dragão de verdade!

Um animal hediondo, com dois palmos de comprimento, o corpo brilhante como prata, erguia para mim os chifres afiados e a cara eriçada. Pelas frestas da madeira, dois olhos rápidos me encaravam, prontos sem dúvida para me enfeitiçar. Recuei um passo; a tampa levantava ao ritmo de sua respiração. Da Vinci tinha um animal vindo do inferno!

— Ah! Vejo que você conheceu Ser Piero.

A voz do mestre me fez saltar. Ele estava atrás de mim, com uma longa veste branca, e parecia irritado. Dirigiu-se diretamente ao baú.

— Ser Piero? — balbuciei.

— Ser Piero, sim, meu lagarto.

— Seu la...

Abriu a caixa, exibindo à altura dos meus olhos o incrível animal, que não parava de abrir e fechar a boca.

— Um vinhateiro do Belvedere me deu de presente. Vendo seu tamanho e sua aparência, pensei que ele bem podia ser parente de alguma criatura lendária. Então, resolvi vesti-lo a caráter: duas asas de escamas de prata, pelo de bode para o queixo, duas unhas de gato como chifres. Um basilisco bem convincente, não acha?

Vestido de branco como estava, com aquele estranho animal nas mãos... Que espécie de mágico era Leonardo?

— Estou vendo que Ser Piero o intimida. Vamos colocá-lo de volta em sua casinha.

Sua voz se tornou sombria enquanto guardava o animal.

— Não quero que ele escape de novo, como supostamente aconteceu outro dia...

— Ele... ele fugiu?! — perguntei, assustado só de pensar naquele monstro em liberdade.

— É o que parece, em todo caso. Ao entrar nesta sala semana passada, encontrei-o correndo direto para o fogo. A tranca de sua caixa estava aberta. Mais alguns passos e as chamas o devorariam.

— Um animal com esse peso e essa força... Talvez tenha escapado sozinho...

Leonardo fez que não com a cabeça, enquanto fechava cuidadosamente a tranca.

– Infelizmente, acontecem coisas estranhas debaixo de meu próprio teto. Meus papéis mudam de lugar, alguns objetos desaparecem... Sem dúvida, pensam que não percebo nada, ou que estou velho demais. Mas, depois da chegada desses alemães...

– Vocês têm alemães aqui?

– Sim, Mestre Johan e Mestre Jürgen. Pelo menos são chamados assim. Nunca lembro seus verdadeiros nomes. Eles me foram cedidos pelo papa para ajudar em meus trabalhos com os espelhos. Estou de fato trabalhando no projeto de um espelho. Um grande espelho, suficientemente curvo para concentrar os raios do sol e aquecer a água de uma caldeira. De uma caldeira de tinturaria, por exemplo. Mas esses dois imprestáveis passam o tempo bebendo meus ducados e espionando cada um dos meus gestos.

– Acha que estão atrás de seu lagarto?

– Estão atrás de mim, isso sim! Se pudessem roubar minhas invenções... Cheguei ao ponto de escrever tudo em código, por medo de que eles descubram. Agora há pouco, surpreendi Jürgen tramando não sei o quê atrás de minha porta. Tive de ameaçá-lo em sua própria língua para que fosse embora. Mas não me iludo, ele tem a confiança do camareiro. Infelizmente, vai voltar.

O velho parecia realmente preocupado com a conduta dos alemães. Lembro-me de ter atribuído isso à idade e à mania de perseguição que costumam acometer os velhos. Pois quem poderia querer mal a um lagarto?

– Mestre, se me permite... Sem dúvida, não foi por isso que me chamou à sua casa...

Seu olho, perdido por um momento na distância, fixou-se novamente em mim. Como se uma cortina fosse rasgada, seu rosto voltou a ter uma expressão amável e ele me tomou pelo braço.

– Sim, Guido, é claro. Não queria incomodá-lo com meus problemas. Vamos sair desse frio, que tal nos instalarmos ali?

Aproximou um banco da lareira e sentamo-nos lado a lado.

– Pedi que viesse aqui porque tenho duas propostas a lhe fazer. Mas, antes, gostaria que me falasse sobre o caso da coluna. O capitão Barberi fez progressos em suas investigações?

– Sim, um pouco. Graças ao senhor.

Fiz então o relato o mais exato possível dos últimos dias da investigação, desde as suspeitas que recaíam sobre o mouro com cabeça de poupa até a descoberta do domicílio de Jacopo Verde. Leonardo mostrou-se particularmente atento à descrição do mouro, pedindo que eu a repetisse várias vezes. Então, concentrou-se na mensagem deixada na casa de Capediferro.

– Esse bilhete é sem dúvida um novo aviso. Foi enviado pelo mesmo indivíduo que traçou a inscrição na coluna.

– Não acha que pode ter sido escrito por um terceiro?

– Uma testemunha temerosa de ser reconhecida? Isso não faz sentido. Pense no que está escrito: "Jacopo Verde perdeu duas vezes a cabeça. A Via Sola está vazia e a cidade em festa". Confie em minha experiência, um homem que teme por sua vida não compõe rimas. Desembaraça-se do seu fardo o mais rápido possível, desejando que compreendam logo sua informação. Ora, aquele que mandou imprimir esse bilhete agiu de maneira completamente diversa. Tem controle sobre si mesmo e quer estendê-lo aos outros: diverte-se roteirizando o balé em volta de seu crime.

– E por que, então, nos entregar o nome de Jacopo Verde?

– Pela mesma razão que o levou a enfiar sua espada num cadáver já frio. Uma razão que nos escapa e que só pertence a ele. O dia em que entendermos esse enigma, entenderemos também seu espírito. Espero apenas que isso não demore demais.

Ficamos alguns instantes contemplando as chamas, cada um com seus pensamentos. Então Leonardo se levantou, vestiu uma luva de couro espesso que estava ao pé da lareira e pegou um dos tições para apalpar a bola de massa em fusão. Considerou a massa translúcida como bom conhecedor e recolocou-a sobre as brasas.

– Não está bom. Não, decididamente, não está bom. Talvez precise de um pouco mais de...

Então, como se percebesse que eu estava lá:

– Ah! Não me queira mal, Guido, meu espírito se evade facilmente. Esse espelho que estou tentando construir, essas pesquisas de anatomia, de botânica, de arquitetura ou de matemática... Todos esses assuntos, tão diferentes... Às vezes me pergunto se a natureza não me deu tantas curiosidades para me impedir de satisfazê-las. E de penetrar seus segredos. Mas, voltando à mensagem... Em sua opinião, por que ele a deixou justamente na casa do Mestre das Ruas?

Obviamente, eu já refletira sobre aquilo:

– Como um desafio, suponho. O assassino poderia tê-la deixado também na Casa de Polícia ou numa das entradas do Vaticano. Ou em qualquer lugar que representasse a autoridade da cidade que, sem dúvida, ele quer enfrentar. Mas, Capediferro estando ausente, ele se arriscava menos deixando-a em sua porta do que na Casa de Polícia ou no Vaticano.

Da Vinci meneou a cabeça.

– Bem pensado, sim, bem pensado. E por que acha que Jacopo Verde "perdeu duas vezes a cabeça"?

– Se o assassino está perseguindo o vício, não há dúvida de que, em sua opinião, o jovem já perdera a cabeça ao entregar-se à prostituição. Ele então se aplicou a fazê-lo perder uma segunda vez, e definitivamente.

– Não lhe falta agudeza, Guido. Se um dia vierem a nomear um novo chefe de polícia...

Esse elogio, vindo do mestre, me deixou extremamente orgulhoso.

– No entanto, vejo outra explicação, se me permite. Bem mais simples... Pois, com toda evidência, Jacopo Verde perdeu de fato duas vezes a cabeça: uma, quando a separaram tão cruelmente de seu corpo; a outra, quando ela desapareceu da coluna. Penso, portanto, que devemos formular a seguinte questão: por que dar sumiço na cabeça, e onde estará ela agora?

– Pensa que o rosto da vítima poderia nos revelar alguma informação?

– Não devemos negligenciar nada. Mas chega de especulações. A manhã vai longe e ainda não lhe fiz minhas propostas.

Virou-se um pouco e começou a falar como um avô a seu neto:

– Lá vai, Guido. Pensei que um jovem médico como você precisará de relações e de uma clientela para se estabelecer. O Natal se aproxima, e me parece uma boa oportunidade de apresentá-lo a

Giuliano de Médici, que, como você sabe, é meu protetor. Não que ele precise de um médico, apesar de sua saúde frágil: uma nuvem de charlatões já o cerca. Mas ter sua proteção abriria muitas portas para você. E acredito que um só espírito como o seu vale mais para a medicina do que dez outros que conheço e que lhe fazem muito mal. Ora, acontece que, daqui a dois dias, Giuliano dará uma grande festa para celebrar a Natividade. Se quiser me acompanhar, poderá encontrar os homens mais ricos e poderosos da cidade. O resto será com você.

Esse sinal de confiança, somado a uma legítima curiosidade, fez com que não hesitasse muito:

— Irei com prazer, Mestre.

— Perfeito. Quanto à minha segunda proposta, verá que tem a ver com a primeira. Sem ser o pintor oficial do papa, gozo, no entanto, de alguns privilégios aqui. Tenho livre acesso ao Vaticano, especialmente à sua biblioteca. Vou ali com frequência para minhas pesquisas. Qualquer que seja o domínio, religião, ciência ou literatura, seu acervo é um dos mais ricos do Ocidente. Percebi ali, entre outros, alguns tratados de medicina que vão lhe agradar muito. Se nos apressarmos, poderemos trabalhar ali uma ou duas horas sem sermos perturbados: os eruditos não costumam frequentá-la antes do almoço.

Seu sorriso se alargou:

— Você teve a cortesia de me deixar entrar na coluna, quero retribuir à altura: fazer de você um leitor da biblioteca Vaticana!

CAPÍTULO 5

Saindo da residência do Belvedere, encontramos um daqueles que o papa tinha prazer em acolher havia muito tempo: Giovanni Lazzaro Serapica. De origem albanesa, pequeno e magro, a pele amarelada, era ao mesmo tempo o tesoureiro e um dos conselheiros mais ouvidos de Leão X. Seu nome não me era desconhecido, e lembrava que meu pai o citara diversas vezes, mas não sabia se o classificava ou não como um de seus aliados no Vaticano. Leonardo parecia apreciá-lo. Apresentou-nos, mas a evocação dos Sinibaldi não suscitou nenhuma reação visível no financista. Seus pequenos olhos vigilantes me encararam, no entanto, com suficiente insistência para que eu o julgasse astuto e perigoso.

Ao nos deixar, apertou minha mão por mais tempo do que o necessário.

Um sol gelado banhava timidamente o Pátio do Belvedere. Naquele frio, poucas pessoas circulavam pelo jardim, e o espaço estava amplamente livre até o palácio pontifical. Da saliência onde ficava a residência, tinha-se uma visão geral do conjunto das construções, especialmente dos avanços da obra da Basílica de São Pedro. Viam-se, assim, os quatro pilares centrais e suas arcadas, destinadas a suportar a cúpula, sendo erguidos, assim como o telhado que cobria provisoriamente as tribunas da nave. Comentava-se na cidade que a obra, iniciada, por Giulio II, sofreria um atraso considerável, se não fatal, por falta de dinheiro. Alguns prediziam mesmo que ela seria abandonada, e que a velha Igreja de Constantino, da qual subsistiam ainda pedaços inteiros, seria recuperada.

À esquerda, afastada da fortaleza vaticana mas ligada a ela por um caminho elevado, o Passetto, percebia-se a grande torre redonda do Castelo de Santo Ângelo, que dominava o Tibre. Eu tivera a oportunidade de visitar, ali, as masmorras do papa, com Flavio Barberi, graças a uma autorização especial de seu pai. O lugar sinistro e os pobres homens que vi lá deixaram-me uma sensação de mal-estar que ainda perdura.

Nada a ver com o sentimento de espaço e de liberdade que emanava dos jardins do Belvedere. O pequeno vale que separava a residência do palácio pontifical, com cerca de quatrocentos passos de comprimento, fora redesenhado pelo arquiteto Bramante. Havia agora dois terraços sucessivos, bem distribuídos e plantados com uma multidão de árvores, principalmente ciprestes e loureiros. Na primavera, os jardineiros tiravam as laranjeiras de suas estufas e acionavam, uma a uma, todas as fontes. Era nessa época que os visitantes se amontoavam no jardim, tanto para usufruir de sua beleza quanto para assistir aos espetáculos ao ar livre que eram apresentados ali.

Quando era criança, meu pai costumava me levar para ver essas maravilhas. Naquela época, é claro, o que mais me fascinava era a coleção de animais do papa, no flanco oeste do Belvedere. Vários leões dentro de grandes gaiolas de metal, um urso vindo da Rússia, para o qual fora fabricado um abrigo de pedras, camelos, avestruzes... Gigantescos viveiros, também, onde pássaros coloridos pareciam tocar o céu através dos arames. No inverno, a maioria das gaiolas era desmontada, e os animais, acomodados numa dependência da fortaleza.

O próprio Leão X era um apaixonado pelos animais selvagens. O rei de Portugal chegou a lhe oferecer um magnífico elefante branco, cujas façanhas encantavam os bairros da cidade. A mais célebre era aquela cuja vítima fora Barabello di Gaeta. Hoje em dia, esse nome, sem dúvida, não quer dizer mais nada; naquela época, Barabello di Gaeta era uma espécie de poeta, ao mesmo tempo medíocre e convencido de seu talento. Por favor ou ilusão suprema, acontecia de Leão X recebê-lo em sua mesa – aliás, menos por seu talento do que pelos risos que despertava. Seja como for, o fato é que um dia, Barabello meteu na cabeça que queria ser coroado rei dos poetas no Capitólio. Primeiro, mandou confeccionar para si mesmo um traje de imperador, todo de veludo verde guarnecido com pele de arminho; depois, obteve do papa autorização para cavalgar em grande pompa seu augusto paquiderme. O elefante logo foi conduzido à Praça São Pedro, suntuosamente enfeitado, e Barabello subiu como pôde na enorme montaria. Uma multidão considerável se reunira para assistir ao acontecimento. Sem perceber que estava fazendo papel de palhaço, o arquipoeta se pôs pomposamente em marcha, acompanhado por um cortejo de gritos, de flautas e de tambores.

O que era para acontecer aconteceu, é claro. Atravessando a ponte Santo Ângelo, excitado com todo aquele barulho e movimento, o animal deu uma formidável empinada, lançando por terra os enfeites e o cavaleiro. Conta-se que Leão X, que acompanhava a cena com uma luneta, se divertiu um bocado com as desventuras do poeta.

Todas essas coisas me vinham à memória quando Leonardo me puxou pela manga, para desviar meus passos em direção à galeria de Bramante. Essa galeria, que ficava a leste do jardim, ligava o palácio pontifical à residência, e o papa anterior, Giulio II, por ordem de quem ela fora construída, adquirira o hábito de colocar ali suas antiguidades. Por isso a galeria estava repleta de bustos, sarcófagos, inscrições e vasos antigos.

– Venha ver este esplendor, Guido – continuou Leonardo, conduzindo-me a um grupo de mármore. – Não é magnífico?

Detivemo-nos diante da estátua mais famosa do Belvedere, a de Laocoonte, comprada a preço de ouro por Giulio II após sua descoberta na casa de Nero dez anos antes. Ela representava o castigo infligido por Apolo ao sacerdote Laocoonte e a seus dois filhos: uma enorme serpente envolvia e sufocava os três homens, que se debatiam. A lenda conta que Laocoonte unira-se carnalmente à sua mulher no templo de Apolo, provocando assim a cólera divina.

– Também entre os antigos os deuses eram ciumentos – murmurou Leonardo.

Um momento depois, entrávamos na biblioteca Vaticana pelo Pátio do Papagallo. Puxando a pesada porta esculpida, um homem baixinho mas opulento, de cerca de sessenta anos, veio nos acolher com um grande sorriso:

– Mestre! Mestre Leonardo! Que prazer em vê-lo.

– Tommaso, meu amigo, então já voltou de Bolonha?

– Sim, há cinco dias. Mas uma febre maligna me obrigou a ficar de cama. Minha primeira visita esta manhã é para os meus livros.

– Este é o Tommaso que conheço! Guido, apresento-lhe Tommaso Inghirami, bibliotecário oficial do papa, espírito livre e grande amante do teatro. Tommaso, este é um dos meus protegidos, Guido Sinibaldi. Gostaria que você o acolhesse como se fosse eu mesmo.

O homenzinho se aproximou de mim:

– Guido Sinibaldi? Você é filho de Vincenzo Sinibaldi, o antigo chefe de polícia?

– Sim, senhor.

– Eu admirava muito seu pai, meu rapaz, a polícia dele nos faz falta. Especialmente nestes tempos difíceis...

Ele sacudiu a cabeça.

– Infelizmente, não tive a oportunidade de conhecê-lo melhor: fui nomeado para este posto alguns meses antes de seu... desaparecimento. Sim, tudo isso é muito lamentável.

Ele se recompôs.

– Mas não quero aborrecê-los com más lembranças. E devo subir daqui a pouco para os aposentos do papa: adquiri em Bolonha algumas obras que deverão encantá-lo. Antes disso, querem que eu lhes apresente meu domínio?

Concordei, não sem antes procurar com o olhar a aprovação de da Vinci: distrair daquele jeito um bibliotecário do papa me parecia impertinente. No entanto, tranquilizado pela atitude do mestre, segui Tommaso Inghirami pela primeira sala da Vaticana. Havia ali quatro belas mesas de carvalho que brilhavam, bem enceradas, e cadeiras de veludo vermelho sob as janelas. Armários escuros e imponentes, com ferragens douradas, preenchiam o resto das paredes. Adivinhei os livros dentro desses armários e fiquei um pouco decepcionado por não poder me aproximar mais deles.

— Esta é a sala dos manuscritos latinos — começou Inghirami com um gesto largo. — Os maiores tesouros de nossa língua estão aí. Claudio, Ausônio, Prudêncio, o divino Santo Agostinho, mas também Tertuliano, Suetônio, Tácito ou Sêneca. Todos bem encadernados e bem copiados. Esta sala é aberta a todos os leitores interessados nas obras mais comuns. Darei ordens para que se sinta bem aqui.

Agradeci.

— Agora, vire-se, meu jovem amigo, e admire nosso afresco de Mellozo da Forti. Ele imortaliza aquele a quem tudo devemos.

Ergui os olhos para o local indicado, uma bela pintura em que o artista trabalhara cuidadosamente a profundidade. No cenário ocre e azul de uma galeria antiga, viam-se seis personagens marcados pela sabedoria e pelo recolhimento. Um estava sentado numa bela poltrona cravejada de franjas, vestido com o traje pontifical. Outro estava ajoelhado diante dele, sem chapéu, mostrando com o dedo uma inscrição na parte inferior da pintura. Os quatro restantes, de pé e um pouco afastados, pareciam discutir entre si assuntos importantes.

— O homem sentado na poltrona não é outro senão Sua Santidade Sisto IV, o bem-amado fundador de nossa biblioteca — explicou Inghirami. — Foi graças à sua generosidade e clarividência que as paredes deste templo do espírito puderam ser levantadas, e estas estantes, preenchidas. Não se assistiu a mais nobre empresa desde as coleções de Alexandria, pode acreditar em mim.

– E quem é o personagem ajoelhado diante dele? – perguntei.

– É o meu ilustre predecessor, Bartolomeu Platina, o primeiro bibliotecário da Vaticana. Seu gênio e sua tenacidade são um exemplo para todos os que o sucederam: sem ele, jamais teríamos podido reunir tantas obras-primas. Infelizmente, Platina morreu seis anos após sua nomeação. Este quadro comemora a um só tempo a bula de fundação da biblioteca e sua entrada em funcionamento, em 1475.

– É o mesmo Platina que escreveu *Vida dos papas*? – interveio Leonardo.

– O próprio. Ele a escreveu a pedido de Sisto IV. Uma composição magistral, de grande verdade histórica. Também deixou algumas notas que um dia terão de ser impressas. Quanto aos quatro homens que estão atrás, são todos sobrinhos do papa. Devem ter reconhecido o que está no centro: o cardeal Della Rovere, futuro Giulio II. Um dos maiores papas de todos os tempos, e meu benfeitor.

Tommaso Inghirami pronunciou essas últimas palavras com uma espécie de êxtase. Depois, girou bruscamente os calcanhares e se dirigiu à segunda porta:

– Agora, vamos à sala grega!

Penetramos numa segunda peça, ainda maior do que a primeira, revestida com os mesmos armários imponentes. Mas não havia nem mesas nem poltronas, apenas oito púlpitos de ferro forjado, que permitiam ler de pé, e um longo banco sob a janela. Observei de passagem a elegância do pavimento branco e preto, que desenhava um entrelaço de motivos florais. Com sua frieza e sua austera beleza, essa peça se prestava sem dúvida ao estudo e à meditação.

– Guardamos aqui os manuscritos gregos: filósofos, tragediógrafos, astrólogos, médicos... No total, mais de 1.500 volumes, aos quais se devem acrescentar livros mais recentes e uma coleção de gravuras cujos mais belos modelos se encontram nas gavetas que ficam embaixo deste banco. Se quiser consultar alguma dessas obras, terá que pedir aos bibliotecários que me auxiliam em minha tarefa.

E se quiser pegar emprestado algum desses livros, desde que o estado dele permita, terá de se inscrever neste registro.

Ao dizer isso, apontou para um grande volume, aberto sobre um dos púlpitos, no qual se podiam ler nomes alinhados em colunas.

– Então vocês emprestam livros?

– É claro! Ao papa, evidentemente, mas também aos cardeais, aos estudiosos, aos amantes das letras que o desejarem. O que seria de uma biblioteca se não desse vida a suas obras?

Meu espanto foi ainda maior.

– E vocês não temem que elas sejam estragadas?

Ele sorriu:

– Tomamos, é claro, nossas precauções.

Fez um sinal para que eu me aproximasse do registro. Li no alto da primeira página:

Patrizzio Bocherone/empréstimo:
Tratado de arquitetura, *Il Filarete/depósito: um anel de rubi*

Cardeal Bibbiena/empréstimo:
De ecclesiastica potestate, *Egídio de Roma/depósito: um cálice de prata*

Núncio Federico Moretti/empréstimo:
De docta ignorantia, *Nicolau de Cusa/depósito: duas fivelas de ouro*

Seguia-se uma lista de outros nomes na qual figuravam diversas personalidades da cidade, inclusive Leonardo, cada um mencionando o objeto deixado em garantia.

– É bastante raro que nossos livros não voltem em excelente estado – concluiu Inghirami. – Venham, passemos agora à Grande Biblioteca.

Atravessamos outra porta, e um calor benfazejo nos envolveu. A peça que se abria a nossa frente era um verdadeiro esplendor: janelas altas com vitrais marcados com as armas dos Della Rovere, uma lareira onde ardia um bom fogo, uma grande mesa preta equipada com ganchos para fixar os manuscritos, tapeçarias vermelhas decoradas com mapas, e, sobretudo, uma coleção de instrumentos de geometria e astronomia que refletiam as chamas como um balé de pequenos diabos.

Um homem de cerca de cinquenta anos, cabeludo e de estatura avantajada, estava debruçado sobre um manuscrito repleto de iluminuras suntuosas.

– Este é Gaetano Forlari, meu segundo bibliotecário.

Cumprimentamo-nos.

– Logo os deixarei em suas mãos. O que veem aqui é a sala reservada à consulta dos manuscritos mais raros. Para o conforto de nossos eruditos, acendemos o fogo no inverno, o que nos obriga a afastar a grande mesa e a guardar nossas obras em armários de metal.

Levantou uma das tapeçarias vermelhas e descobriu uma formidável biblioteca protegida por fechaduras e ferrarias.

– Devemos todas essas benfeitorias a Sisto IV, que mandou realizá-las em 1475, paralelamente aos trabalhos de sua Capela Sistina – que fica bem em cima de nossas cabeças.

Apontou para o teto.

– Hão de concordar que não se pode desejar melhor vizinhança para elevar o espírito ao conhecimento.

Da Vinci e eu assentimos.

– Outro dia, quando tivermos tempo – prosseguiu ele – hei de lhes falar do anexo de Santo Ângelo, onde conservamos algumas obras únicas e algumas encíclicas do papa. Mas a manhã avança e não quero deixar Sua Santidade esperando. Gaetano, instale estes senhores nesta sala antes que cheguem muitos leitores. Sirva Mestre da Vinci como de costume e satisfaça o melhor possível nosso jovem Sinibaldi. Pelo que você se interessa, meu jovem?

– Para dizer a verdade, estudo medicina na universidade e...

– Perfeito. Certamente, temos aqui com que aplacar sua sede. Deixo-os agora aos cuidados de meu bibliotecário, mas não hesite em vir me ver outras vezes.

Tommaso Inghirami saudou-nos com grande amabilidade.

Gaetano Forlari veio até nós e se informou dos desejos de da Vinci. Este queria retomar a leitura das *Aritméticas* do matemático Diofanto, cujos escritos estavam sendo redescobertos. Então o bibliotecário Gaetano se virou para mim e propôs que eu escolhesse algo da sala grega nas estantes consagradas à medicina. Escoltou-me até um dos armários e abriu-o, com a ajuda do impressionante molho de chaves que pendia de sua cintura. Dei um passo para trás: nas estantes, encontravam-se dezenas e dezenas de volumes, todos cuidadosamente encadernados e com indicações no corte: "Galeno", "Hipócrates", "Mondino dei Luzzi", ou ainda: *Cura das feridas, Considerações sobre a medicina dos corpos, Ervas medicinais, Doutrina da escola de Salerno,* etc.

Cerca de 2.000 anos de medicina que se ofereciam a mim.

−Vamos, escolha − encorajou-me Gaetano.

Após alguns instantes de hesitação, decidi-me por certos autores ou assuntos a que meus professores tinham aludido recentemente: primeiro, a *Rogerina* de Ruggiero da Frugardo; a seguir, uma coletânea de textos em versos, de Gilles de Corbeil, médico francês do rei Filipe Augusto; finalmente, uma curiosidade de que meus mestres só falavam por subentendidos: as *Generalidades,* do maometano Averróis.

Provido desses tesouros, voltei para a Grande Biblioteca, tomando cuidado para não incomodar da Vinci, mergulhado em sua leitura. Instalei-me, portanto, de costas para a lareira, e comecei a folhear a *Rogerina,* saboreando a felicidade inaudita de estar na Vaticana.

Ao cabo de um momento, Leonardo se levantou, com seu livro na mão, para sussurrar algo no ouvido do bibliotecário. Os dois desapareceram na direção da sala grega enquanto eu começava a olhar a coletânea de Gilles de Corbeil.

Um instante depois, a porta se abriu de novo. Eu estava lendo um dos poemas do médico francês sobre a urina, poema que se seguia a outro, sobre o pulso. Para dizer a verdade, sua ciência não me ensinava nada de novo sobre os princípios da escola de Salerno:

a urina informa sobre a saúde do fígado, e o pulso, sobre a solidez do coração. O exame deste e daquela é essencial para o diagnóstico do doente, já que o coração e o fígado constituem, junto com o cérebro e os testículos, os órgãos principais que regem o organismo. Mas prossegui a leitura mesmo assim, encantado pela forma divertida desses poemas medicinais.

Seja como for, ao erguer os olhos, esperava ver da Vinci ou o bibliotecário de volta à Grande Biblioteca.

Mas não foi o que aconteceu.

O homem que estava ali era um velho vestido de preto, com o perfil afilado de uma ave de rapina, e algo que me pareceu mau em seu olhar. Considerou-me longamente sem dizer uma palavra, como se descobrisse um estranho em seu território. Seu silêncio era tão glacial que não encontrei uma palavra para cumprimentá-lo. Quando terminou de me examinar, veio até a mesa para ver de mais perto os manuscritos que eu estava consultando.

– O insensato! – exclamou.

Deu meia volta com uma agilidade da qual não o teria acreditado capaz. Escutei então uma breve discussão na sala latina e, a seguir, passos precipitados.

Finalmente, o bibliotecário Gaetano apareceu diante de mim, precedendo o homem que fazia grandes gestos e que, ao chegar, se apoderou do volume de Averróis.

– Olhe, Gaetano Forlari – disse, brandindo o livro. – Veja que obras ímpias são consultadas entre estas paredes! E por sua culpa! As *Generalidades*! Não sabia que o ensino de Averróis foi proscrito pela Igreja? Que Tommaso de Aquino condenou seus fundamentos e que o papa Leão X proibiu sua difusão?

O bibliotecário Gaetano estava pálido.

– Os princípios filosóficos, sim, mas quanto à medicina...

– A medicina! E o que o faz pensar que a medicina de Averróis é menos ameaçadora do que o conjunto de seu sistema? Acha que um filósofo, ainda por cima sarraceno, que nega reiteradamente a imortalidade da alma, terá mais discernimento e menos loucura no que tange ao corpo? Você está blasfemando, Gaetano Forlari, e, ainda pior, está dando aos outros munição para blasfemar!

O homem de perfil agudo mal continha sua raiva. Seus lábios tremiam, e seus dedos estavam brancos de tanto apertar o livro.

Ele retomou:

— Inghirami ficará contente de saber que você mata a sede dos romanos na fonte da heresia. Pois aquilo que poderia ser considerado apenas incompetência em outros lugares, aqui, na Vaticana, só pode ser visto como provocação. Tome cuidado, Gaetano Forlari, o papa não costuma ser indulgente nesse tipo de assunto.

Lançou um último olhar ao bibliotecário e partiu tão rápido quanto viera, sempre com o volume de Averróis na mão. Cruzou com Leonardo, que estava chegando, mas não lhe deu a mínima atenção.

— Por que diabos toda essa gritaria? — espantou-se da Vinci.

— Foi... foi Argomboldo — respondeu Forlari com um fio de voz. — Ele me persegue, como a todos na biblioteca.

— E quem é esse Argomboldo? — perguntei.

A violência da altercação ainda marcava os traços de Gaetano, que respirou fundo para tentar se recompor. Parecia uma criança que tivesse apanhado por uma travessura que não cometera.

— É um antigo bibliotecário, nomeado no tempo de Platina. Ele foi exonerado pelo papa há alguns anos, por uma história obscura que ninguém entendeu. A perda de sua função deve tê-lo deixado amargurado, pois ele só vem aqui para nos enxovalhar.

— E Inghirami tolera sua presença?

— Argomboldo conhece cada um dos 5.000 volumes de nosso acervo. Ele pode dizer onde cada um está guardado, como está encadernado e com que nome, e, ainda, citar de memória as melhores páginas de muitos deles. Como muitos leitores da Vaticana, nosso bibliotecário a consulta às vezes para suas pesquisas. Seu conhecimento dos livros é inigualável. Mas suas visitas são uma provação.

— Lamento ter lhe fornecido motivo para brigar — desculpei-me.

— Se não tivesse escolhido esse volume de Averróis...

– Não foi nada, fique tranquilo. De qualquer forma, Argomboldo teria encontrado algum outro.

Dirigiu-me um sorriso um pouco hesitante.

– Mas se quiser algum outro livro, trataremos de fazer uma escolha melhor.

De fato, alguns instantes depois, eu estava mergulhado numa nova leitura que não havia de se prestar a nenhuma controvérsia: em comum acordo com o bibliotecário Gaetano, resolvi consultar uma coletânea dos *Procedimentos anatômicos*, do venerável Galeno de Pérgamo. Talvez muitas de suas teorias fossem falsas, mas tinham a vantagem de ser consideradas verdadeiras...

CAPÍTULO 6

Com a distância, ou, talvez, com a idade, me dou conta do quanto a vida de minha mãe deve ter se abalado brutalmente naquela manhã do dia 16 de fevereiro de 1511, naquela taverna do Campo dei Fiori. Pois a bala que matou meu pai feriu-a também no coração, ferida que só se curou, 28 anos mais tarde, com sua própria morte. Mal chegada aos 40 anos, sem que nada a tivesse preparado para aquilo, ela se tornou a viúva Sinibaldi. Viúva não apenas de seu marido, mas também de seu futuro, de sua fortuna e de muitos de seus amigos. Privada para sempre do amor conjugal, concentrou-se totalmente no amor maternal que sempre ofereceu irrestritamente a mim. Mas, evidentemente, nem sempre eu soube recebê-lo.

Como naquela noite de Natal de 1514, quando, depois de uma rápida discussão, tomei, contra sua vontade, o caminho do palácio de Giuliano de Médici. Ela temia por mim, e com razão. Eu me considerava indestrutível, e estava seguro de meu destino. O que não daria hoje, que estou velho, para reviver um único momento em sua doce companhia?

Giuliano de Médici, terceiro e último filho de Lourenço, o Magnífico, e irmão do papa Leão X, ocupava a antiga residência deste no bairro Santo Eustáquio, entre o Panteão e a Piazza Navona. Eu tinha combinado com da Vinci de encontrá-lo às nove horas, perto, mas não muito, do palácio, a fim de evitar os inconvenientes da multidão. Havia, com efeito, naquela noite, uma aglomeração considerável nas ruelas dos arredores. Velas tinham sido postas nas janelas, fitas coloridas pendiam das paredes, e todos admiravam as longas tochas, cujas sombras desmesuradas dançavam sobre as fachadas. Os transeuntes flanavam de uma rua a outra, interpelavam-se alegremente, sopravam as castanhas quentes que descascavam nas mãos, gozavam dos carregadores de água ou dos vendedores de lenha que tentavam abrir passagem. Apesar do frio intenso — a superfície do Tibre estava congelada havia dois dias —, parecia verão, tamanha a agitação.

Os arredores do Palácio Médici não escapavam, evidentemente, a essa febre de Natal. Os cavalos, as equipagens, os homens de armas, todo um mundo de riqueza e de poder convergia à casa do irmão do papa. Naquele tumulto, e apesar de nossas precauções, quase não consegui encontrar Leonardo, embrulhado como estava, da cabeça aos pés, numa peliça. Quando finalmente nos encontramos, ele logo me arrastou para o pórtico de entrada, já que grandes flocos de neve estavam começando a cair.

— Faz frio demais aqui para falar, Guido... As palavras congelam antes que possamos ouvi-las!

Eu o acompanhei até o interior. Tudo ali era luxo e refinamento. Mármores raros, espelhos dourados, quadros e estátuas dos melhores artistas, numerosos e prestativos empregados, calor e luz prodigalizados por altos lustres e imensas lareiras.

Assim que transpusemos a primeira fileira de guardas — arqueiros tártaros que Giuliano empregava por sua habilidade no tiro — percebemos um grande zum-zum-zum. Para além da grande escadaria, depois das antecâmaras, o salão se abria sobre um grande ajuntamento no qual as pessoas mais influentes de Roma falavam e riam alto demais. Perto de uma janela, um grupo de músicos tocava sobre um estrado. Mas o som de suas violas se perdia entre as vozes dos convivas. Jovens criados, que portavam a libré dos Médici (gibão verde marcado com as seis esferas dos mestres de Florença), circulavam incessantemente com os braços carregados de comes e bebes. Depois de ter me livrado de meu sobretudo, e um pouco aturdido por todo aquele burburinho, saí à procura de Leonardo, que se metera com galhardia entre os convidados. Aliás, eram numerosos aqueles que faziam questão de cumprimentá-lo, e logo se formou um pequeno círculo que foi se tornando um ajuntamento enquanto ouviam-se daqui e dali os "Mestre!", "encantado!", "pintura!", "gênio!".

Renunciei, portanto, a me juntar a ele naquele momento e fiquei deambulando entre os banqueiros, cardeais, mercadores de seda e de especiarias, representantes da cidade – conservadores ou mandantes criminosos –, mulheres elegantes com chapéus ornados de pérolas, crianças bagunceiras que corriam pela sala e a multidão de criados que não parava de oferecer comida e bebida.

Naquela confusão de barulhos, de música e de luz, talvez nunca a tivesse notado. Mas logo não vi mais ninguém além dela.

Era uma jovem muito branca, com o rosto perfeitamente oval, iluminado por grandes olhos azuis, cabelos loiro-veneziano formando um coque de tranças sobre a nuca, nariz arrebitado, uma boca encantadora e uma expressão que derreteu meu coração. Devia ter 17 ou 18 anos e estava numa conversa animada com duas outras jovens que podiam ser suas irmãs ou suas primas. Sem que ela olhasse uma só vez para mim, fiquei lá, a certa distância – distância pequena, mas tão intransponível... –, imóvel, como que fulminado por um raio invisível. Não conseguia libertar meu espírito de uma aparição tão miraculosa.

Minha expressão estúpida e meu traje canhestro devem ter, no entanto, atraído a atração de sua mãe, pois uma mulher madura, ainda bastante bonita, logo me lançou um olhar severo e desaprovador. Em seguida, tirou dali as três jovens criaturas, que desapareceram com graça atrás de uma matrona emplumada cuja gordura e cujo gosto pelos chapéus amaldiçoei.

Fiquei sozinho, com os braços pendentes, subitamente indeciso quanto ao interesse de continuar minha existência longe daquela encantadora desconhecida. Queria saber tudo sobre ela. Seu nome, o frescor de sua voz, o timbre de seu riso, as palavras que usava, aquelas que se proibia, seu olhar para mim e meu reflexo em seu olhar. Em suma, todos esses pensamentos pueris que tornam imbecis mesmo as almas mais sólidas.

Nunca ficara tão impressionado com a beleza de uma mulher. Nunca me sentira tão medíocre e privado de brilho. Nunca sentira tanta necessidade da luz de outro alguém.

Estava assim, entregue às delícias da melancolia, quando a longa mão de Leonardo pousou sobre meu ombro.

– Guido, finalmente! Por todos os diabos, onde você estava? Esqueceu o que lhe disse? É o momento de fazer sua corte!

Dominado ainda por meu devaneio, enganei-me sobre o sentido de suas palavras:

– Conhece a jovem que estava aqui com duas outras?

– Não estou nem aí para as jovens! É do seu futuro que se trata! Siga-me, vou apresentá-lo ao cônego Strozzi. Ele se queixa de dores de barriga. E trate de responder direitinho às suas perguntas!

Atravessamos o amontoado de convidados até um homenzinho vestido de preto que segurava a virilha com uma mão cheia de anéis. Tinha a aparência pálida dos doentes e parecia ter dificuldade de se manter sobre as próprias pernas.

– Cônego Strozzi, este é o jovem médico de que lhe falei há pouco. Descrevi para ele as dores terríveis que o torturam no momento de urinar, e sabe o que ele exclamou? "Esse infeliz sofre provavelmente de uma gravela na bexiga." Uma gravela na bexiga! Adivinhou na hora. E acrescentou: "Leve-me até ele, eu lhe ensinarei como se curar". Não foi, Guido?

Meneei prudentemente a cabeça, bem pouco convencido. Ao mesmo tempo, tentava me lembrar de um ou dois remédios para dissolver as gravelas, essas pequenas concreções de matéria que se formam às vezes nos rins ou na bexiga, tornando-se rapidamente insuportáveis. Mas, para ser franco, nada me acorreu. O cônego, acreditando na farsa de Leonardo, dirigiu-me um sorriso cheio de esperança:

– Um rapaz tão jovem... Saberia realmente me aliviar?

– Sim, sim, sem dúvida – gaguejei. – Sim... pois... pois... tudo pode ser tratado.

Mas meu espírito se recusava a lembrar do que quer que fosse de útil sobre as gravelas. Passar do rosto angelical da bela desconhecida às micções difíceis de um velho cônego constituía uma transição no mínimo desagradável.

– As gravelas são como pedrinhas – retomei. – E é preciso achar com o que... com o que reduzi-las suficientemente para que possam ser eliminadas com os fluxos normais.

Do jeito que as coisas iam, a medicina não sairia muito enobrecida de meu diagnóstico. Felizmente, da Vinci percebeu meu embaraço:

– O que Guido hesita em lhe dizer, cônego, é que ele já me tratou dessa mesma afecção. Não leve a mal seu silêncio, um médico deve ser discreto a respeito das pessoas que trata. Mas posso lhe jurar que sua poção teve efeitos miraculosos sobre mim.

– Uma poção? – perguntou Strozzi, interessado.

– Sim, um verdadeiro elixir, que me devolveu o prazer de beber junto com o de urinar.

A evocação deve ter sido agradável ao clérigo, pois ele se aproximou um pouco mais de mim:

– E você me daria a fórmula dessa poção?

– É claro! Sem dúvida – menti, dirigindo a da Vinci olhos cada vez mais inquietos. – É preciso apenas que...

– Se for questão de dinheiro – interrompeu-me o cônego – mandarei meu criado levar-lhe dois ducados amanhã mesmo. E mais dois após minha cura.

– Nesse caso... Mas devo primeiro confessar-lhe que...

Houve um curto silêncio, pois eu ignorava o que devia lhe confessar.

– Esperem! – intrometeu-se novamente da Vinci. – Deem à minha velha memória a oportunidade de trabalhar um pouco.

Pois é somente através de esforços regulares que se mantém o espírito desperto! Deixe, portanto, que eu diga a receita, Guido, e corrija-me se eu me enganar. Vejamos... Se bem me lembro, é preciso uma casca de avelã, duas ou três sementes de tâmara, um pouco de saxifraga ou de alguma outra planta dessas que crescem nos muros, e talvez... sim, semente de urtiga. É isso mesmo, Guido?

Concordei, considerando Leonardo melhor ator do que eu poderia imaginar.

– Então é preciso pilar cuidadosamente essa mistura até reduzi-la a pó. Misturando esse pó a um xarope de vinho branco quente, obtém-se a poção mágica do doutor Sinibaldi. Se me permitem chamá-la assim. Poção saborosa e eficaz. Com que frequência mesmo eu devia tomá-la?

– Três ou quatro vezes por dia – arrisquei.

– É isso. Acho que cheguei a tomar cinco vezes por dia, e meu reestabelecimento foi ainda mais rápido. Associada a uma decocção de grão de bico pela manhã, o efeito é realmente espetacular.

O cônego Strozzi nos agradeceu com efusão, a mim pelo segredo de minhas tisanas, a Leonardo por conhecer tão bons médicos. Devo acrescentar que recebi de fato dois ducados no dia seguinte e dois outros vinte dias depois. Meu primeiro salário de médico pago por uma receita que não prescrevera.

Pensei que estaria livre desse tipo de farsa, mas da Vinci estava decidido a me apresentar a todos seus conhecidos, sobretudo aqueles que sabia terem uma saúde delicada. Conversamos assim sobre a gota com um gotoso, sobre a febre com um febril, sobre o mal-gálico com um sifilítico, e sobre as mais diversas doenças, afecções ou enfermidades que eram bastante frequentes nos palácios da cidade. A cada vez, Leonardo prodigalizava conselhos, dizendo que eram meus. Todos olhavam com espanto esse jovem médico, mal saído das fraldas e meio gaguejante, que demonstrava, no entanto, a crer em da Vinci, tamanhas qualidades como terapeuta. Quanto a mim, não deixei de ficar maravilhado com minhas pretensas competências. E aprendi muito sobre os modos de fazer baixar uma febre quartã ou de combater crises de langor. Pois da Vinci, ele sim, era um sábio herborista.

Por volta das 11 horas, Giuliano de Médici fez finalmente sua entrada.

Estava trajado como general da Igreja – título que Leão X acabava de lhe atribuir: um gibão de brocado de uma brancura imaculada, ornado com majestosas tiras de ouro. Era a primeira vez que o via, e achei-o pálido e de constituição frágil, o que explicava, sem dúvida, por que tinham preferido seu sobrinho, Lourenço II de Médici, para o governo de Florença. Escoltavam-no cerca de 20 criados, carregados de pequenos baús, dois bufões vestidos de cores berrantes, e seu astrólogo, que jamais o deixava. Ele fez saudações muito gentis, e todos se reuniram à sua volta enquanto vários domésticos começavam a servir as mesas postas sobre cavaletes na sala.

Procurando minha bela desconhecida, identifiquei a maior parte das personalidades que cercavam agora o irmão do papa: o cardeal Bibbiena, primeiro conselheiro de Leão X, o banqueiro Agostino Chigi, talvez o homem mais rico do mundo – contava-se que ele jogava no Tibre, a cada noite, a louça de ouro em que jantava –, o Mestre das Ruas Capediferro, que eu já vira na sala de dissecação, Rafael, o pintor oficial do papa, que fora um dos primeiros a cumprimentar da Vinci, Giovanni Lazzaro Serapica, que encontráramos no Belvedere, os embaixadores de Florença e de Veneza e ainda vários outros. Mas nenhum sinal da divina criatura, nem de suas primas ou de sua mãe.

Giuliano de Médici tomou então a palavra, com uma voz firme mas um pouco cansada, entrecortada por acessos de tosse. Justificou inicialmente a ausência de Leão X, retido no Vaticano pela liturgia de Natal. Agradeceu depois a presença de todos e procedeu, como era de costume, à distribuição de diversos presentes. Seus próximos receberam anéis, braceletes, brincos, moedas de ouro, tirados dos diversos baús que iam sendo abertos. Os outros – inclusive eu, mas também os criados – receberam um pequeno colar de prata. Acho até que ainda o guardo, em algum lugar nas minhas gavetas.

Então, depois que todos lhe agradeceram muito, Giuliano anunciou que tinha uma grande notícia a nos dar. Como já sabíamos, começou, a situação de Roma e da Itália era das mais incertas. Por causa das sucessivas divisões e disputas, os Estados da península tinham se enfraquecido mutuamente, despertando assim a cobiça de seus poderosos vizinhos – os espanhóis e os franceses, principalmente, que havia várias décadas lutavam por Nápoles e pelo ducado de Milão. Diante da ameaça de uma dominação estrangeira, e para evitar que toda a Itália sucumbisse, era obrigação de Roma abrir o caminho da paz –, estabelecendo com os reis, por exemplo, um acordo, que levasse a um equilíbrio, salvando o que ainda podia ser salvo.

Ora, prosseguiu ele, eis que na França, dizia-se, Luís XII estava muito doente, a ponto de ser substituído em breve por seu primo e genro François, conde de Angoulême. A fim de selar uma aliança duradoura com o futuro François I e trazer um pouco de ordem para a Itália, Giuliano decidira se casar com Philiberte de Savoie, a tia do próximo rei. As núpcias tinham sido marcadas para 29 de janeiro e ocorreriam nas terras da noiva.

O anúncio desse casamento, embora não constituísse uma verdadeira surpresa, provocou uma salva de palmas, assim como alguns comentários maldosos: era de conhecimento público que Philiberte de Savoie não era nem muito bela nem muito jovem – tinha já trinta anos. Sobretudo, duvidava-se que uma benção nupcial fosse suficiente para fazer calar as armas na península... Os convidados se regozijaram mesmo assim pelo general da Igreja e lhe desejaram toda a felicidade possível.

Nesse momento, um dos criados trouxe a enorme tora de Natal, que deveria queimar por toda a noite, recoberta de um adorno vegetal em que abundavam o zimbro e o louro. Auxiliado por seus dois bufões, Giuliano de Médici colocou a madeira na vasta lareira, onde, ao pegar fogo, suscitou novos clamores de alegria. Então, o dono da casa convidou todos para a mesa.

Havia talvez trezentos convidados no imenso salão de Giuliano de Médici. Eu estava sentado à esquerda de Leonardo da Vinci, que insistira em obter um lugar para mim ao seu lado. Assim sendo, encontrava-me próximo aos convidados mais prestigiosos, o que me teria permitido estudar suas fisionomias e escutar algumas palavras de suas conversas. Mas não conseguia me concentrar nessa edificante tarefa. Meus pensamentos me reconduziam sempre à imagem fugaz daquela moça de grandes olhos azuis. Mal consegui tocar no patê de faisão, na torta de rouxinóis e nos outros pratos de aves ao molho. Percebi que Leonardo fazia o mesmo, mas por melhores razões: por princípio, ele nunca comia carne, apenas legumes, hortaliças e peixe.

Estava, portanto, achando aquele jantar um tanto pesado, apesar do calor dos vinhos da Córsega, quando da Vinci sussurrou em meu ouvido:

– Olhe, Guido, do outro lado, com Capediferro...

De fato, um homem acabava de entrar no salão, vestido como se tivesse vindo direto lá de fora, e se dirigira ao Mestre das Ruas. Eu o conhecia, chamava-se Fabrizio e trabalhava sob as ordens do capitão Barberi na Casa de Polícia. Ele cochichou algumas palavras no ouvido de Capediferro, que se mostrou, de repente, bastante agitado. Então, Capediferro se levantou com um salto, desculpou-se junto a Giuliano de Médici e saiu, escoltado pelo mensageiro.

–Você tem de segui-los, Guido, está acontecendo alguma coisa importante... Senão, quem ousaria perturbar o Mestre das Ruas em semelhante ocasião? Vá logo!

Não hesitei em obedecer, contente por escapar às ideias sombrias que estava ruminando. Levantei-me, peguei meu casaco com um criado, e corri atrás dos dois homens.

Lá fora, o frio agrediu meu rosto. A neve continuava a cair em abundância, e um espesso tapete branco recobria o chão. A alguma distância dali, Capediferro acabava de selar seu cavalo, enquanto Fabrizio o esperava no seu. Gritei, mas os dois homens não me escutaram, ou, provavelmente, fingiram não me escutar. Atiçaram seus cavalos e desapareceram na escuridão. Tive então de voltar atrás e pegar uma tocha na porta do palácio antes de poder segui-los na direção do Corso.

Eu era jovem naquela época, e correr na neve não me era desagradável, sobretudo depois de ter ficado tanto tempo sentado. A dificuldade maior era identificar as pegadas dos cavalos antes que desaparecessem sob a neve, que não parava de cair, mas sem avançar rápido demais, para não apagar a tocha. Nesse ritmo, precisei de cinco minutos para chegar ao Corso, que, evidentemente, estava deserto. Por sorte, as pegadas indicavam claramente que o Mestre das Ruas e Fabrizio tinham continuado para o sul, em direção à Praça San Marco. Retomei a corrida e, entre duas passadas, perguntava-me o que teria levado Capediferro a abandonar tão abruptamente uma recepção como aquela. Leonardo devia ter razão, algo importante acontecera.

Chegando à Igreja San Marco, tive de parar um pouco para retomar fôlego. Meu rosto estava banhado de suor e a neve entrava em meus sapatos. Mas, principalmente, a partir dali as marcas das ferraduras tinham se tornado quase invisíveis, desaparecendo completamente um pouco mais adiante.

Ao acaso, avancei até o Palácio do Capitólio, dominado pela alta torre com suas quatro tocheiras. Mas lá também não havia ninguém para me informar. E nenhum rastro...

No entanto, esticando o ouvido, pareceu-me ouvir vozes sufocadas vindas do lado da torre da Milícia. Ou, talvez, do antigo Fórum. Decidi então contornar o Capitólio e descer até o Campo Torrechiano, para dar uma olhada no velho campo de ruínas.

O espetáculo que vi, naquela funesta noite de Natal, ficou gravado para sempre em minha memória. O Fórum, recoberto pela neve como uma paisagem de cinzas, brilhava com uma claridade pálida sob a escuridão do céu. Os vestígios gloriosos do passado de Roma, envoltos também naquele vestido branco, pareciam uma companhia de fantasmas extraviados. No meio desse universo de frio e desolação, soldados armados formavam uma espécie de círculo, erguendo tochas acima de seus capacetes. Entre eles, pensei reconhecer o capitão Barberi e Capediferro, conversando em voz baixa.

O mais silenciosamente possível, aproximei-me do grupo, tentando distinguir aquilo que todos pareciam contemplar. E vi. No centro do círculo, encostada no que devia ser um resto de pilar, erguia-se uma escada de madeira de ao menos cinco metros de altura. No meio dessa escada, um corpo pálido estava preso aos barrotes.

O corpo de um homem nu, com as mãos amarradas nas costas e a cabeça caída sobre o ombro.

CAPÍTULO 7

— Devíamos ter pensado nisso, Guido, é claro!
Da Vinci e eu refazíamos o trajeto que eu percorrera na véspera e que me levara até a macabra descoberta do Fórum. A neve cessara, mas uma camada de branco sujo recobria ainda o Corso, pisado e maculado por dezenas de romanos e por alguns animais errantes em busca de comida. Os prazeres da festa também tinham deixado vestígios: pedaços de fitas rasgadas, pequenos ossos jogados no chão, dejetos de todo tipo. De manhã, a cidade parecia de mau humor, e o frio agredia nossos corpos através das vestes.

— Em que devíamos ter pensado, mestre?

— A mensagem... A mensagem encontrada na casa de Capediferro... Era um aviso! Assim como a inscrição na coluna!

Para ser franco, minha noite fora péssima. Não conseguira conciliar o sono. Meu espírito estava cheio de corpos pendurados em escadas e de criaturas delicadas de olhos azuis. Isso explicava sem dúvida por que os lampejos de Leonardo me pareciam tão obscuros.

— É claro — retomou ele —, é claro! Assim como os três pontinhos faziam pressentir um novo assassinato, os dois versos sobre Jacopo

Verde anunciavam o momento em que seria cometido! Lembre-se das últimas palavras: "*A Via Sola está vazia e a cidade em festa*". "A cidade em festa!" Isso não faz nenhum sentido em relação à primeira vítima, mas adquire significado se aplicado à segunda. De onde deduzo que o assassino já tinha o projeto de atacar no Natal, um dos dias de maior júbilo!

Devo admitir que naquele momento essa interpretação me pareceu bastante tortuosa? Por sorte, chegávamos ao Palácio do Capitólio, o que me dispensou de fazer essa observação.

– Foi nesse exato lugar que perdi o rastro dos cavalos – disse. – Felizmente, escutei os murmúrios que vinham do Fórum.

– E quantos homens você viu lá?

– Uma dezena, acho. Contando com o Mestre das Ruas, o capitão Barberi e esse fabricante de cal que parece estar na origem de tudo.

– Uma dezena de homens... E, no entanto, parece que nenhum deles disse nada a ninguém. Nem a um vizinho, nem a uma esposa, nem a um próximo. Um acontecimento tão excepcional! É estranho... Ou talvez devamos deduzir que foram dadas ordens severas nesse sentido. Mas, mesmo assim, se admito que os homens de Barberi sejam capazes de manter a boca fechada, não vejo por que um simples fabricante de cal se sentiria inibido por uma promessa. Além disso, por que manter esse novo assassinato em segredo?

– Para não estragar as festas. Uma notícia dessas logo depois da Natividade produziria um efeito desastroso.

– Isso vazará, de qualquer jeito, e mais rápido do que imaginam. Pois se até você pôde ver a cena...

– Sem dúvida. Mas, lembre-se, tomei a precaução de apagar minha tocha e de me esconder. Tenho certeza de que não fui visto. Com o tempo execrável que fazia ontem, eles têm razões para crer que ninguém os viu.

Contornando o Capitólio, descobrimos o Fórum como me aparecera na véspera: atingido por uma morte branca e silenciosa. A escada e seu cadáver tinham, evidentemente, desaparecido, e restavam apenas os vestígios da Roma antiga, recobertos por seu casaco de inverno.

– E esse caieiro, como lhe pareceu?

– Capediferro interrogou-o por um momento. Como estavam virados para o lado onde eu estava, pude escutar que o homem vivia nos arredores e que trabalhava numa fábrica de cal. Deduzi que, provavelmente, foi ele que encontrou o cadáver e avisou as autoridades.

– Isso explicaria de fato sua presença. O que mais escutou?

– Nada que possa ser útil. A seguir, Barberi dirigiu-se a eles e os três passaram a falar mais baixo. Temo que não tenhamos elementos suficientes para encontrar esse caieiro: fora sua corpulência, não conheço seus traços, e a neve deve ter apagado seus rastros.

Estávamos descendo a ruazinha íngreme que levava ao campo de ruínas, e o mestre segurava em meu braço para não escorregar. Como me calei um instante para firmar o passo, ele me deteve, soltando nuvenzinhas de fumaça pela boca. Seus olhos brilhavam.

–Você se engana, Guido. Encontraremos esse caieiro como se ele próprio viesse até nós.

Àquela hora, em pleno inverno, o Fórum estava completamente deserto.

Na primavera, os pastores levavam seus animais para pastar ali, em meio aos templos destruídos e às construções parcialmente tombadas que os últimos séculos tinham visto florescer: fortalezas, casas de madeira ou de pedra, abrigos para os animais, cabanas para os artesãos. O glorioso passado de Roma estava ali, entregue ao abandono e à destruição. As numerosas obras que se erguiam na cidade serviam de pretexto aos caieiros para intensificarem seu trabalho e se apoderarem de tudo o que pudesse queimar em seus grandes fornos para ser reutilizado na construção de tal igreja ou tal palácio. Os trabalhos de edificação da Basílica de São Pedro, evidentemente, tinham agravado o problema. Assim, as termas de Diocleciano ou o teatro de Marcellus tinham se tornado vastas pedreiras que os arquitetos do papa saqueavam sem escrúpulos. Bramante era o pior deles: tinha sido até apelidado de "fazedor de ruínas". Só com a nomeação de Rafael como Comissário das Antiguidades foi que as autoridades se tornaram um pouco mais sensíveis às inestimáveis perdas acarretadas por aquele desprezo. Essa nomeação aconteceu no verão de 1515, pouco tempo depois do caso que aqui narro. E penso poder afirmar que não deixou de ter algo a ver com os acontecimentos que ainda vou relatar.

Fosse como fosse, o próprio Fórum já sofrera um bocado com essas depredações. Quando meu pai ainda era vivo e passeávamos por ali, éramos sempre invadidos por um sentimento de tristeza e de vergonha. O Coliseu, outrora majestoso e ainda mais engrandecido pelos gritos da multidão, era agora um destroço tomado pelo mato. Suas colunas pareciam as pernas quebradas de gigantes desaparecidos. O lixo se acumulava em diversos pontos, as poças de água estagnada exalavam um fedor nauseabundo e os gritos dos mercadores de animais espantavam os pássaros.

Naquele dia, entretanto, sob a neve e o frio, livre enfim dessas presenças sacrílegas, o Fórum recuperava algo de sua antiga dignidade. Mas era uma dignidade de cemitério...

– Ali!

Quando terminamos de descer, o mestre soltou meu braço e correu até uma série de rastros bem visíveis que partiam da coluna onde a escada fora apoiada na véspera e se dirigiam ao Campo Torrechiano.

– São do caieiro, tenho certeza.

Com toda a evidência, as pegadas eram frescas. Alguém andara ali bem depois de a neve ter cessado

– Mas como pode estar tão certo? – perguntei.

– Porque na minha idade, Guido, já conhecemos bem nossos semelhantes. Embora o capitão Barberi o tenha feito prometer que se calaria, não pôde impedi-lo de voltar ao local do crime. Ao acordar, hoje de manhã, nosso homem quis se assegurar de que não fora presa de um pesadelo. E como eu pressentia agora há pouco, esses rastros vão nos levar a ele como se ele próprio segurasse nossas mãos.

Tive que admitir que esse raciocínio era bem fundamentado. Impaciente para interrogar o caieiro, tratei portanto de seguir seus rastros em direção ao Campo Torrechiano, mas Leonardo me deteve com um gesto:

– Espere, Guido! Primeiro é preciso explorar o local do crime!

Tirou do casaco estranhos vidros azuis, que colocou sobre o nariz, e passou a examinar cuidadosamente as pegadas:

– Esse caieiro é sem dúvida um homem grande, forte e vigoroso. Mas, pelo espaço que deixa entre seus passos, arriscaria dizer que está mais perto de minha idade do que da sua. Vejamos se podemos encontrar outros indícios.

Aproximamo-nos da coluna em volta da qual toda aquela cena extraordinária ocorrera. Parecia não haver nenhum rastro além daquele que atribuíamos ao fabricante de cal. A coluna que fora escolhida para apoiar a escada estava recoberta de neve, e sua altura, três metros talvez, não tinha nada de especial: vários outros vestígios que nos cercavam erguiam-se mais avantajadamente para o céu.

O mestre começou a observar a coluna raspando um pouco da neve que a cobria:

– Ora, ora – murmurou.

Não ousei perguntar nada, adivinhando que se tratava de um desses momentos em que é preferível ficar quieto. Então, o velho se agachou ao pé da coluna e, com toda a delicadeza, retirou a neve em pequenas camadas, como se despisse o chão de suas diversas roupas.

– Não, não houve derramamento de sangue – constatou. – Nada a ver com a primeira vítima. Essa que procuramos hoje deve ter sido estrangulada ou sufocada. Ou talvez envenenada, quem sabe? Só quando virmos o corpo é que...

Ele se interrompeu.

– Ajude-me a limpar até a base.

Agachei-me também e limpamos a base da coluna. Ao cabo de um momento, o chão apareceu, revelando duas marcas circulares na terra.

– Ele deve ter enfiado a escada aqui. Como não dispunha de um apoio muito seguro em altura, deve ter preferido apoiá-la com firmeza na base. Ela tinha uns cinco metros, é isso?

– Foi o que me pareceu. Mas com a neve e a escuridão...

– Entendo. Tudo isso sugere, no entanto, mais questões do que respostas...

– Ele olhava para a coluna revestida de branco com ar pensativo.

– Se ao menos eu tivesse um galho ou um bastão... Bah! Não faz mal, voltaremos mais tarde. Venha, Guido, vamos fazer uma visita a essa testemunha providencial. Talvez esse caieiro possa nos esclarecer sobre esses mistérios.

Tomamos então o caminho do Campo Torrechiano, do lado norte do Fórum. Os passos pareciam orientar-se para a alta torre da Milícia, que dominava o antigo mercado do imperador Trajano. Esse monumento fora por algum tempo a fortaleza dos Arcioni, até que um tremor de terra derrubou seu topo, amputando-o de uma parte de seu orgulho e de seu poder. É preciso dizer que, ao longo dos séculos precedentes, as grandes famílias romanas sempre disputaram esse bairro. Primeiro os Arcioni, com sua fortaleza da Milícia; em seguida, os Conti, que construíram, numa região mais baixa, a torre mais alta de Roma, assim como os Frangipani, que transformaram o Coliseu numa cidadela inexpugnável. Até o grande arco do triunfo do Fórum, que, embora quase completamente enterrado no chão, chegou a ser enxertado com uma torre e seteiras.

Passando a pouca distância do grande arco, o caminho nos conduziu diretamente para uma das pobres moradias que cercavam o Campo Torrechiano.

Meu coração começou a palpitar mais forte quando Leonardo bateu à porta com autoridade

– Tem alguém? – gritou.

Não houve resposta afora o ruído de um passo pesado.

– Tem alguém aí? – repetiu Leonardo.

– Ninguém que o esteja esperando – resmungou uma voz rude do outro lado da porta.

Ignorando a réplica, o mestre abriu a porta com um gesto firme.

Dentro da casa, contrastando com o brilho da neve, reinava uma escuridão avermelhada, alimentada por algumas brasas que morriam no fundo da lareira. Todas as outras aberturas estavam fechadas, e a única coisa que se podia distinguir ao entrar era a enorme mesa no meio da sala, assim como algumas formas sombrias que pendiam do teto. À direita da porta, uma silhueta imponente mantinha-se com os braços erguidos, pronta a nos atacar com uma espécie de bastão ou porrete.

— É assim que se acolhem os enviados do Santo Padre? — exclamou o mestre com voz forte.

— Se o papa tem algo a me dizer, que venha ele mesmo — retorquiu a silhueta, nem um pouco impressionada. — E vocês se parecem tanto com enviados do papa quanto a inútil da minha mãe se parecia com uma santa.

Eu estava menos surpreso pela ousadia de seu tom do que pela clareza de sua linguagem, coisa inesperada num homem daquela condição. Mas, fora esse detalhe, aquele que nos ameaçava se parecia realmente com o caieiro que eu entrevira na véspera.

— Não lhe falta clarividência, para um homem que aprecia tanto a escuridão. Mas permita que me apresente...

O mestre tirou seu par de lunetas azuis com um gesto cheio de ênfase.

— Sou Leonardo da Vinci, pintor, arquiteto, engenheiro, anatomista eventualmente, e, atualmente residente no Vaticano.

— Não ignoro quem seja Leonardo da Vinci. E também não ignoro que ele está menos ao serviço do papa do que ao de seu irmão. Quanto ao resto de suas qualidades, saiba que não me desagradaria abater um artista como ao mais vulgar dos porcos.

Eu estava a ponto de intervir, achando a insolência daquele homem inaceitável, mas o mestre me dissuadiu com um meneio da cabeça.

— Se é assim, mestre caieiro, e já que parece preferir a franqueza, falemos francamente. Você assistiu ontem no Fórum a uma cena singular sobre a qual lhe exigiram que mantivesse silêncio. As razões que o fizeram manter sua palavra ainda me são desconhecidas, mas logo as saberei, não duvide disso. Devem ser bastante fortes...

Leonardo deixou essas últimas palavras ressoarem e, imperceptivelmente, o cacete baixou um pouco. Agora que seus braços não escondiam mais completamente seu rosto, pude perceber nosso homem inteiro: um colosso maduro e gordo, com traços rudes e inchados pelo vinho, mas de olhos vivos e inteligentes.

– Seja como for – retomou Leonardo –, se o Mestre das Ruas ou o capitão da polícia ficassem sabendo que estão falando na cidade de um assassinato cometido no Fórum, sem dúvida viriam buscar em sua casa a fonte desse rumor...

O caieiro largou seu porrete sobre a mesa:

– Ao passo que jamais ousariam desconfiar de um homem de seu valor, é claro. Acho que entendi aonde quer chegar. O que ainda não sei é o que vai exigir em troca de seu silêncio.

O mestre estava triunfante:

– Simplesmente algumas informações e uma visita ao local do crime. Sequer lhe perguntarei o que o apavora tanto da parte do capitão da polícia.

O colosso esboçou um sorriso indefinível:

– Se eu lhe contasse, talvez também ficasse apavorado. Mas digamos que aceito sua proposta, desde que isso não tome muito tempo... tenho muito que fazer esta manhã.

– Nesse caso, vamos logo até o Fórum, contará sua história no caminho.

Assim foi decidido e assim foi feito.

E foi só quando estávamos saindo da casa do caieiro que identifiquei as formas que pendiam do teto: grandes pedaços de carne que estavam secando.

– Os primeiros gemidos, ouvi-os ontem à noite, antes que soassem dez horas em San Pietro in Vincoli. Saí mais ou menos a essa hora, pois tinha deixado minhas ferramentas no Esquilino e temia que elas estragassem com esta neve. Inicialmente, supus que se tratava de um animal que se queixava do frio, e não dei maior importância. Foi só quando estava voltando, mais tarde, que passei pelo caminho do Fórum. O que me intrigou foi não apenas que os gemidos continuavam, embora enfraquecidos, mas que eu era incapaz de dizer a que animal pertenciam.

O caieiro emitiu então um som, como se limpasse a garganta – um riso? – que me deixou assustado.

– Ora, podem acreditar, de gritos de animais eu entendo alguma coisa...

Nem Leonardo nem eu sentimos vontade de lhe perguntar de onde vinha essa ciência.

– Foi chegando à Igreja San Lorenzo in Miranda, lá adiante, aquela que foi construída no antigo templo... Percebi a escada apoiada na coluna e me aproximei. Lá estava aquele pobre velho, nu como no dia de seu nascimento. Ele gemia suavemente, já a ponto de entregar sua alma a Deus. Corri até a escada para ajudá-lo, mas antes que pudesse subir os primeiros degraus, ele soltou seu último suspiro. Morreu sem que eu pudesse fazer nada.

– Um velho, então. E... e ele não disse nada de inteligível, nenhuma frase ou palavra que possa nos ajudar?

– Se quer minha opinião, seu espírito já estava morto havia muito tempo. Era apenas seu corpo que continuava a gemer.

– Então talvez você tenha notado vestígios particulares que explicariam essa morte?

O colosso pareceu achar graça:

– Razões para morrer era o que não faltava! No frio e na neve, totalmente nu, as mãos amarradas nas costas... Naquela idade...

– Sim, mas ele não tinha marcas de golpes ou de ferimentos, sinais de maus-tratos ou sei lá o quê?

– Não que eu tenha visto.

Eu tinha ficado calado até então, mas uma questão me preocupava:

– Pode ao menos nos descrever a fisionomia do infeliz?

– Temo que muito mal. A neve já lhe cobria o rosto, e não me demorei muito. Notei apenas que era magro e que devia ter seus sessenta ou setenta anos. Nada a ver com o rapazinho que decapitaram esses dias.

Estávamos agora ao pé da coluna onde o suplício ocorrera. Leonardo virou-se um pouco para olhar de frente nosso interlocutor:

— Imagina então que há alguma ligação entre esses dois crimes?

O mesmo riso assustador subiu de sua garganta:

— Qualquer um pensaria como eu. Bastava ver a agitação de Capediferro e sua preocupação de que a notícia não se espalhasse, além dessa maneira tão singular de assassinar as pessoas.

Diante daquela resposta, convenci-me de que o colosso sabia mais do que queria dizer. Leonardo deve ter tido a mesma impressão, pois o vi franzindo as sobrancelhas.

— E você foi logo avisar a polícia?

— Bom, para ser sincero, primeiro fui guardar minhas ferramentas, então... Não esqueçam que estava um bocado frio e que eu estava um pouco abalado. Precisei de um copo ou dois para...

— Ou seja, estava com medo de chamar a polícia.

— Devo admitir que nunca gostei muito dela.

— Entendo. A que horas o capitão da polícia finalmente chegou ao Fórum?

— Tarde. Depois da meia-noite, com certeza. Seus homens não se deixaram convencer facilmente de minha boa fé. E Capediferro chegou ainda depois.

— Meia-noite passada... — repetiu o mestre, pensativo. — Isso corresponde exatamente. E... é claro, você não sabe para onde o corpo foi transportado nem se foi identificado?

— Não confiaram isso a mim. Mas...

O homem deu um passo para trás e começou a esfregar as mãos.

— Pronto, já lhes disse tudo o que sabia. Cumpri minha parte do trato, cabe a vocês honrar a sua.

Leonardo não respondeu diretamente:

— Só mais uma coisa. Os caieiros são famosos por conhecerem melhor do que ninguém os monumentos antigos. Isso se aplica a você?

— Os caieiros são como os homens em geral – admitiu o colosso. – Frequentemente, amam aquilo que destroem. Para responder à sua pergunta, minha família possui fornos há mais de dois séculos.

É verdade que temos mais intimidade com as pedras do que muitos eruditos do Vaticano.

– Perfeito – regozijou-se Leonardo. – Poderia me dizer algumas palavras sobre as ruínas que nos cercam?

– Se isso terminar de selar nosso pacto...

Ele procurou um monumento pelo qual começar.

–Vejamos... Aquilo que sei com certeza... Lá adiante, vocês veem o grande arco de Sétimo Severo, que mede, segundo dizem, 30 metros de altura, mas cuja maior parte está enterrada. Mais adiante, à esquerda, podem perceber a ponta do antigo templo da Paz e as quatro colunas que subsistem do templo de Saturno. À frente, se olharem em direção ao Palatino, as três colunas que ainda restam pertenciam a uma vasta construção cujo nome infelizmente ignoro. Os caieiros não estão mais autorizados a trabalhar no Fórum, e meu saber também tem seus limites. Do outro lado, à esquerda, está a Igreja San Lorenzo in Miranda, de que lhes falei há pouco. Foi construída há seis ou sete séculos sobre aquilo que restava da colunata de Antonino e de Faustino. Todas as outras construções são mais recentes e, como podem perceber, têm apenas uma longínqua relação com a Antiguidade.

O mestre concordou, visivelmente encantado.

– E esta coluna que o assassino escolheu para apoiar sua escada?

O caieiro aproximou-se dela para limpá-la da neve:

–Vejam essa curvatura. Esta coluna não é como as outras. Quero dizer, aquelas que servem de pilares para sustentar os templos. Aliás, se voltarem daqui a alguns dias, quando a neve tiver derretido, verão que tem a particularidade de estar inteira, e que sua ponta está intacta, ornada de belas folhas de acanto. A base, por sua vez, mergulha no chão provavelmente uns oito ou dez metros.

– Mas se ela não servia de pilar a uma construção, para que servia, então?

– Trata-se de um monumento à glória de um imperador. Um imperador de Bizâncio, acho, cujo nome era Focas.

– A Coluna de Focas – murmurou Leonardo, como se tivesse sido atingido por um raio. – Uma coluna que é também um monumento! Eis a ligação!

Eu e o caieiro ficamos olhando para ele sem entender. O mestre dava mostras de uma estranha excitação.

– Eis a ligação – repetiu.

Então, dirigindo-se ao caieiro:

– Caro amigo, obrigado! Você foi de grande valia. E pode ficar tranquilo quanto a meu silêncio.

O outro me lançou um olhar desconfiado:

– E quanto a esse rapaz?

– Tanto quanto do meu, garanto-lhe.

– Muito bem. Neste caso...

Ele esfregou novamente as mãos, aliviado.

– ...volto para meus afazeres.

Começou a se afastar. Então, depois de alguns passos, deu meia-volta e exclamou:

– Saibam de qualquer forma que, se faltarem à sua palavra, não tenho muito a perder...

Quando já estava a uma boa distância, suficiente ao menos para que não me escutasse, inclinei-me para Leonardo:

– Estou persuadido de que esse homem não nos disse tudo o que sabia.

– É verdade, não nos disse tudo, mas revelou-nos o essencial.

– O essencial?

– Sim, Guido, a coluna! A Coluna de Focas!

Tocou-a com a mão como se fosse um fabuloso tesouro.

– A Coluna de Focas...

– Pense, Guido! A Coluna de Marco Aurélio, a Coluna de Focas...

O véu se rasgou pouco a pouco diante de meus olhos:

– Está insinuando que o assassino se dedicaria a sacrifícios nas colunas dos grandes imperadores?

– Esse ponto não me parece mais contestável. Senão, por que ter escolhido esta coluna, se, com toda a evidência, havia outras mais altas e mais cômodas para apoiar sua escada?

– Mas qual pode ser a relação entre uma coluna, mesmo que seja imperial, uma escada e um homem nu com as mãos amarradas nas costas?

— Por enquanto não vejo nenhuma. Talvez algumas obras da biblioteca Vaticana possam nos ajudar.

Sob a barba branca e os cabelos desgrenhados, o rosto de Leonardo oferecia todos os sinais de uma grande inspiração.

— Mas, enquanto isso...

— Enquanto isso?

— Guido, não há nesta cidade uma outra coluna imperial, a mais bela de todas?

— Refere-se à Coluna de Trajano?

— Sim, a Coluna de Trajano.

O raciocínio de Leonardo evidenciou-se, então, com toda a clareza: existia em Roma, além da Coluna de Focas, cuja existência eu acabava de descobrir, duas outras colunas dedicadas à glória de imperadores: a de Marco Aurélio, onde fora cometido o primeiro crime, e a de Trajano, onde...

— Mas... Mestre, temos de avisar o capitão Barberi imediatamente! Sabemos o lugar onde o assassino talvez volte a atacar! Vigiando-o atentamente, talvez possamos...

Leonardo me interrompeu com uma interjeição, como se eu fosse um cavalo indo rápido demais:

— Calma, Guido. Se chegamos a essa conclusão, foi porque o assassino quis que chegássemos a ela. Sendo assim, muito me surpreenderia que ele caísse em sua própria armadilha e aparecesse na Coluna de Trajano.

— De qualquer forma, acho que o melhor a fazer é ir até a polícia. O capitão poderia...

— O seu capitão pode esperar mais um pouco. Se está se esforçando tanto para conservar os romanos na ignorância desse crime, é provável que não aprecie muito nossa intromissão.

Tive então outra ideia:

— Encontrei recentemente o oficial das chaves, aquele que é encarregado das colunas. Talvez ele possa nos dar alguma informação. E quem sabe até nos deixar entrar lá.

— Sim, entrar lá, é disso que precisamos. E pressinto que...

Leonardo não terminou sua frase.

–Venha. Antes de mais nada, temos de ver essa coluna mais de perto.

A Coluna de Trajano situava-se não muito longe do Fórum. Para chegar a ela, tivemos de voltar até o Capitólio e pegar à direita, em direção aos antigos mercados. Ela era um dos vestígios mais bem conservados da antiga Roma, miraculosamente poupada pelo tempo e pela História, dominando os escombros e as construções modernas como um farol invencível sobre um mar de ruínas. Medindo cerca de 40 metros, semelhante, em diversos aspectos, à Coluna de Marco Aurélio (tinha, como esta, uma estátua do imperador no topo), distinguia-se talvez pelo maior refinamento das gravuras que, ao longo de toda a espiral de mármore azul, relatavam os combates de Trajano contra os dácios.

Chegando à pequena praça, escutamos gritos alegres, provenientes de uma ruela adjacente onde crianças se divertiam fazendo guerra de bolas de neve. Devo dizer que, naquele momento de tensão, a imagem daquela despreocupação me tranquilizou um pouco. Concentradas em sua brincadeira, as crianças não nos deram a mínima atenção.

Outro indício tranquilizador: não havia nenhuma pegada em volta da base, prova de que nada acontecera ali na véspera. Também não havia nenhum cadáver nos ombros do imperador, nem manchas de sangue na coluna.

A Coluna de Trajano encontrava-se tal como os romanos a vinham admirando há cerca de quinze séculos.

– Talvez tenhamos nos enganado – murmurei –, talvez todas essas colunas não tenham nada a ver umas com as outras.

Leonardo sequer se deu ao trabalho de responder.

Examinou atentamente a inscrição, enquadrada por duas vitórias aladas acima da porta.

– "... a fim de que se saiba a altura da montanha que foi destruída para dar lugar a tão grandes monumentos..." – leu. – Nossos ancestrais tinham uma boa opinião sobre si mesmos e se preocupavam com a posteridade. É bastante sábio de sua parte. Mas não vejo em que isso pode ser útil para nosso caso.

– Justamente – intervim. – O oficial das chaves é o único que pode abrir essa porta e...

Eu ainda não havia terminado a frase quando Leonardo puxou o ferrolho e, instintivamente tranquei o nariz: a porta se abriu sem resistência e um fedor de carniça nos atingiu.

Surpreendido pelo fedor, fui obrigado a recuar um passo. O mestre manteve seu sorriso e não parecia nem um pouco incomodado:

– Aqui estamos – disse. – Exatamente onde ele quis nos trazer. E imagino o que deixou para nós...

Embora um pouco aturdido, segui Leonardo pela base da coluna. O odor ali era ainda mais insuportável, mas, para minha grande surpresa, uma claridade difusa banhava a escadaria interior, permitindo uma visão bastante boa do lugar.

E compreendi naquele instante a que o mestre se referia.

No primeiro degrau da escada, bem à mostra, havia uma cabeça. Uma cabeça de homem, cortada bem na altura da nuca, com os olhos vendados por um tecido branco. A pele já começara a ficar verde e os fungos já tinham se instalado na carne, exalando um terrível odor de putrefação.

A cabeça do pobre Jacopo Verde, sem dúvida alguma.

– Meu Deus – exclamei.

– "Jacopo Verde perdeu duas vezes a cabeça" – recitou Leonardo. – Aí está a ligação entre os dois crimes: a Coluna de Marco Aurélio, a de Focas e a de Trajano. Mas por que diabos essa venda nos olhos?

Ele se inclinou para examinar a cabeça, levantando delicadamente os cabelos coagulados de sangue e, a seguir, soerguendo com precaução o tecido que cobria os globos oculares.

Não pude mais olhar para aquilo: uma onda de náusea subia a minha boca.

– Eu... Acho que vou sair.

Leonardo me segurou pelo braço.

– Espere, Guido. Temos de olhar na escada se não há outros indícios.

Fazendo das tripas coração, apertei os punhos e me forcei a passar por cima dos restos de Jacopo Verde. Obriguei-me então a contar os degraus para distrair meu espírito e logo percebi de onde provinham os raios de luz no interior da coluna: as paredes de mármore eram perfuradas por finas seteiras que deixavam a luz entrar.

Pensei que, subindo, o fedor do cadáver se dissiparia, mas foi o contrário que ocorreu: quanto mais subia, mais os eflúvios se tornavam nauseabundos, como se a pestilência tivesse se refugiado nas alturas. Tive de me deter para aspirar, através de uma das seteiras, um pouco da brisa que vinha de fora.

– Tudo bem, Guido? – interrogou-me a voz longínqua de Leonardo.

– Muito... Muito bem... Mestre.

No fundo de mim mesmo, invejava aquelas crianças que brincavam na neve tão branca e no ar tão puro. Foi somente quando cheguei ao 180º degrau que, subitamente tomado por uma nova visão de pesadelo, finalmente vomitei.

À altura do meu rosto, no último degrau que conduzia ao topo, uma outra cabeça me encarava.

Desta vez, uma cabeça de velha, decapitada com a mesma selvageria, com os cabelos grisalhos e amarelados espalhados sobre a testa. Uma cabeça que parecia furiosa por estar ali e que me encarava cruelmente com seus olhos vazios.

Quis gritar, mas nenhum som saiu de minha boca.

Nesse momento, percebi, bem próxima de mim, a porta que dava para a plataforma e o ar livre. Agarrei o trinco, febrilmente, agitei-o freneticamente, mas a fechadura não cedeu nem um milímetro.

Estava trancada.

Foi então que percebi letras desenhadas na madeira da porta. Letras traçadas com sangue fresco:

"...DEUS CASTIGAT"
O final da inscrição da outra coluna!

"EUM QUI PECCAT... DEUS CASTIGAT"
"Aquele que peca... Deus castiga"

Reanimado pela descoberta, esquecendo por um instante a atmosfera do lugar, desci a escada saltando os degraus. "Eum qui peccat... Deus castigat!" Então, o assassino tinha realmente por alvo os pecadores da cidade! Estava curioso para saber a opinião de Leonardo quando lhe dissesse que...

De repente, percebi que algo mudara à minha volta: não se escutavam mais os gritos das crianças. Parei de correr, para escutar melhor. Também não escutava mais a respiração de Leonardo nem seus movimentos.

Desci correndo até o último degrau, tomado por um mau pressentimento. A cabeça de Jacopo Verde continuava no mesmo lugar, mas não havia nenhum sinal do mestre.

Apareci como um cavalo louco na porta da coluna:

– Mestre, o que...

Da Vinci estava na pequena praça, no meio de um círculo de homens armados. No comando, montado em seu cavalo encapuzado, o Mestre das Ruas, Vittorio Capediferro.

Em tom de desprezo, designou-me à sua tropa:

– Peguem esse também, e levem-no com o outro.

CAPÍTULO 8

Se a noite anterior tinha sido ruim, a seguinte foi execrável. Levaram-nos, a mim e a Leonardo, sob grande escolta, ao Castelo de Santo Ângelo, sem que Capediferro se dignasse a ouvir nossos protestos. Ele constatara a presença das cabeças cortadas na coluna e, sem nos ter acusado categoricamente dos crimes, considerava-nos pelo menos cúmplices do mistério que os cercava.

Quando chegamos à fortaleza do papa, separaram-nos, sem dar a mínima atenção aos vitupérios de Leonardo, que tentava se valer de seu protetor. Quanto a mim, fui conduzido a uma cela de paredes úmidas cuja única janela ficava a uns quatro metros de altura. Passei ali o resto do dia, deitado numa tábua, recriminando-me por minhas imprudências. Pensava em minha mãe, na confiança que depositara em mim, no desespero que estaria sentindo à minha espera. Pensei também em meu pai e no castigo que infligiria àqueles imbecis se ainda estivesse vivo.

Mas longe de me fazer capitular, aquela tarde de repouso forçado só fez aumentar minha determinação: prometi a mim mesmo que desmascararia o culpado, como meu pai teria feito em sua época.

Ao cair da noite, trouxeram-me um caneco de cerveja, um quarto de pão e duas salsichas. Tornava-se cada vez mais claro que estavam resolvidos a me manter ali toda a noite. Portanto, me deitei de novo sobre a tábua, à espreita dos passos do carcereiro e dos ratos que corriam pelo chão.

Acho que em determinado momento comecei a chorar.

Na manhã seguinte, deixaram-me ir até as latrinas, e, depois, até o balde, para me lavar. Deram-me mais um pouco de cerveja e de salsicha, antes que um soldado viesse, enfim, me procurar. Colocou-me à sua frente no cavalo, com as mãos amarradas, e me conduziu a galope até o hospital Santo Spirito. Estava com frio e com dor nas costas, e todas as perguntas que poderia fazer se perdiam no vento.

No Santo Spirito, fizeram-me entrar por uma porta escondida e me conduziram por corredores desertos até uma grande sala, que me pareceu vizinha à das dissecações. Era uma sala quase vazia e bem iluminada. No centro, havia uma grande mesa, em volta da qual quatro homens já estavam sentados: o comendador da ordem de Santo Spirito, o Mestre das Ruas, Capediferro, o capitão da polícia, Barberi, e o Mestre Leonardo da Vinci.

O guarda me desamarrou e me apontou uma cadeira ao lado de Leonardo. Este não parecia ter sofrido muito com a noite de cativeiro. Seu rosto até refletia certa serenidade. Dirigiu-me um olhar de encorajamento, mas sem pronunciar a mínima palavra. À sua volta, todos conservavam o mesmo silêncio, embora certo nervosismo transparecesse nos olhares. O capitão Barberi olhava-me com olhos cheios de recriminação, o comendador mexia a cabeça como se estivesse tentando expulsar maus pensamentos, ao passo que Capediferro dava todos os sinais de exasperação: batia febrilmente com os dedos na mesa e lançava olhares irritados a Leonardo.

Permanecemos um longo momento nessa expectativa, a língua travada por não sei que ordem tácita. Não sei se pela soma das preocupações ou do cansaço, faltou pouco para que eu adormecesse.

De repente, a porta se abriu e me sobressaltei. O cardeal Bibbiena entrou, precedido por dois guardas, e todos nos levantamos no mesmo impulso em sinal de deferência.

Bibbiena era nada menos que o principal conselheiro do Santo Padre, aquele sem o qual nenhum caso importante era tratado no Vaticano. Era um homem de meia-idade, talvez 45 anos, mas que levava no rosto todos os estigmas de uma vida de prazer. Muitos rumores circulavam sobre sua pessoa, atribuindo-lhe mais amantes do que havia uvas nas vinhas da Itália. Dizia-se ainda que era um fino letrado, mas que apreciava também as farsas grosseiras. Era de sua lavra uma comédia bastante leviana, *La Calandria*, que fora representada em Roma um ano antes e dera o que falar. Contava-se até que várias cenas do maior impudor decoravam seu banheiro, algumas das quais teriam saído do pincel do divino Rafael. Tudo isso, no entanto, não o impedia de ter a confiança do papa e um papel determinante na política do Estado.

Era esse, em algumas palavras, o personagem que tínhamos à nossa frente: mesmo não sendo Leão X, era seu braço direito.

– Obrigado pela vossa paciência – começou ele. – Acabo de conversar com o Santo Padre, que está muito preocupado com esse caso. E o que quer que decidamos hoje, ele lhes pede a maior discrição.

– É por isso, Vossa Eminência – interveio Capediferro –, que me parece prudente, a partir de agora, manter Mestre da Vinci em seus aposentos. Sua intervenção e a de seu jovem amigo só serviram até este momento para ridicularizar minha autoridade. Autoridade que, devo lembrar, se estende de pleno direito a todas as ruas, praças e antiguidades desta cidade.

– Isso não está em questão, caro Vittorio, e saiba que o Santo Padre faz questão de que seja mantido o respeito a suas prerrogativas. Não obstante, antes de decidir a respeito das pessoas, gostaria de saber mais a propósito dos fatos. Vocês descobriram os restos de duas cabeças humanas na Coluna de Trajano, é isso?

– Sim, de duas cabeças – respondeu Capediferro. – Uma pertence, sem sombra de dúvida, ao jovem Jacopo Verde, aquele cujo corpo foi encontrado há alguns dias sobre a estátua de Marco Aurélio.

A outra pertence a uma velha, mas nossas investigações ainda não puderam estabelecer seu nome nem sua residência.

— Muito bem. E que tipo de relação acha que existe entre essas pessoas e a inscrição encontrada na porta da coluna?

— Parece-me que a relação se impõe por si mesma, Vossa Eminência: "Eum qui peccat, Deus castigat". É provável que aquelas duas criaturas tenham vivido em pecado até o momento em que o assassino lhes infligiu esse horrível castigo.

O cardeal apoiou as duas mãos sobre a mesa:

— Curioso castigo, de qualquer forma, que quer substituir a justiça do papa em nome da justiça divina. Uma justiça divina que, no entanto, não está ao alcance de nenhum de nós...

— Concordo, Vossa Eminência. Observo simplesmente que, ao que tudo indica, essas vítimas estão longe de se incluir entre os cidadãos mais respeitáveis de Roma. A velha, especialmente, tem os traços de uma bruxa.

— O que não torna esses assassinatos menos condenáveis, Vittorio. Aquele que pretende agir assim em nome de Deus, dá a entender que está realizando uma missão que o Santo Padre estaria negligenciando. Não se trata, portanto, apenas de crimes de sangue, mas também de crimes contra a ordem religiosa. E, consequentemente, tendo em vista que isso ocorre na cidade do papa, de crimes contra a ordem política.

Um curto silêncio pontuou suas palavras, que o comendador de Santo Spirito aproveitou para exprimir seus pensamentos:

— Vossa Eminência supõe que o autor desses assassinatos estaria ligado também ao inexplicável desaparecimento da...

Bibbiena interrompeu-o bruscamente:

— Deixemos isso de lado, por favor, comendador. Não vamos confundir nossos espíritos.

Virou-se então para Barberi.

— Falemos sobre esse outro assassinato do Fórum. O que foi descoberto sobre a vítima?

O capitão preparava-se para responder, mas o Mestre das Ruas foi mais rápido:

– Antes de informá-lo sobre a vítima, Vossa Eminência, creio poder informá-lo desde já sobre o assassino.

Esse anúncio produziu o efeito de uma grande pedra jogada num tanque de água: todos escancararam os olhos, tentando compreender.

Enquanto isso, Capediferro empertigava-se em sua cadeira, velho pombo cheio de si mesmo:

– Procedi pessoalmente a sua prisão, ontem mesmo. E posso afirmar que, no que tange a esse último crime, o assassino não é outro senão Donato Ghirardi.

– Donato? O fabricante de cal? – exclamou o capitão da polícia.

– O próprio. Para dizer a verdade, suas explicações me pareceram confusas desde o início. Menos um testemunho do que uma tentativa de nos enganar. E seu passado demonstra que se trata de alguém capaz das ações mais odiosas.

– Temo não estar entendendo direito, Vittorio – murmurou o cardeal.

– Donato Ghirardi foi quem nos avisou do crime na noite de Natal, Vossa Eminência. Segundo ele, estava andando pelo Fórum quando viu a escada e o cadáver. Um passeio naquele frio e naquela neve, pode imaginar? Na minha opinião, ele cedeu ao mau humor que o possui às vezes e matou o primeiro que apareceu. Por isso, não acho que tenha qualquer coisa a ver com as duas cabeças encontradas na coluna. Quando muito, assustado por seu próprio gesto, inventou essa história de escada e de antiguidades para afastar nossas suspeitas. É que, sob aquela aparência de brutamontes, ele tem o espírito sutil e a língua bem afiada. Pergunte ao capitão Barberi, ele o conhece melhor do que eu.

– Conhece esse indivíduo, capitão?

Barberi meneou a cabeça:

– De fato, já tive contato com ele diversas vezes. Esse Ghirardi tem uma propensão mórbida a... – aqui, o capitão pareceu hesitar. – Mas talvez Vossa Eminência deseje que eu lhe faça um retrato do personagem desde o começo?

– Esse assunto está relacionado ao nosso?

– Suponho que sim, Vossa Eminência. Em todo caso, isso esclarecerá talvez alguns aspectos da pessoa de Ghirardi, pois, de minha parte, não consigo vê-lo cometendo um crime tão singular. A menos que suponhamos que foi ele também que cometeu o da Coluna de Marco Aurélio e o da Coluna de Trajano...

O Mestre das Ruas fez uma careta de desagrado, mas Bibbiena encorajou o capitão a prosseguir.

– Os Ghirardi são uma família de caieiros estabelecida em Roma há várias gerações – explicou. – Donato é seu último representante. Ao que dizem, seu pai morreu quando ele ainda era muito novo, e sua mãe nem sempre teve uma conduta exemplar. Entregue a si mesmo a maior parte do tempo, Donato foi recolhido por primos que trabalhavam no comércio do pastel e de outras plantas para tintura. Isso foi há cerca de 40 anos, na época de Paulo II ou de Sisto IV. Graças à proteção de seus primos, Donato recebeu uma educação muito superior àquela que teria se continuasse com sua mãe. Pelo que ele diz, seria mesmo destinado aos estudos e ao sacerdócio. Infelizmente, ocorreu uma grande tragédia... Uma noite, a casa de seus primos foi atacada por assaltantes. Obrigaram o pai a entregar suas riquezas e estrangularam toda a família e todos os criados que viviam nos quartos vizinhos. Donato só se salvou graças à sua presença de espírito: escondeu-se num cesto de roupa até que tudo acabasse. Em seguida, fugiu. Devia ter 12 ou 13 anos naquela época.

– Segundo aqueles que o conheciam – objetou Capediferro – ele já era então uma força da natureza, capaz de estrangular um adulto. E, tendo-o interrogado ontem, parece não haver sobre esse estranho caso nenhum outro testemunho. Levando-se em conta as barbáries que ele cometeu nos últimos anos...

– Certamente não se trata de um homem bom – respondeu o capitão. – Ele guardou de seus infortúnios um lado selvagem e imprevisível. Parece que, depois da tragédia, chegou mesmo a viver várias semanas na floresta, nos arredores de Roma. Foi só bem mais tarde que resolveu voltar à casa da mãe e assumir o trabalho do pai.

– E que tipo de barbárie ele cometeu? – perguntou o cardeal.

– Nunca tivemos provas indiscutíveis, Vossa Eminência, mas vários moradores do Campo Torrechiano já se queixaram de Donato. Segundo eles, ele tem o costume de esfolar animais ainda vivos para comer sua carne. Já revistamos várias vezes sua casa e seu forno, mas sem sucesso. Em minha opinião, esses rumores se devem a sua inclinação pelos cemitérios, inclinação que associo aos acontecimentos que acabo de contar: não há enterro em Roma em que ele não seja visto rondando por perto.

Um arrepio percorreu minha espinha à lembrança dos quartos de carne pendurados na casa do caieiro.

– São, de fato, maneiras bastante estranhas – conveio Bibbiena. – E eis um homem que é melhor conservar nas masmorras de Santo Ângelo. Felicito-o, Vittorio, sua agilidade evitará talvez a esta cidade novas e sangrentas descobertas. Mas deixemos um momento esse Ghirardi de lado e voltemos ao nosso morto do Fórum. Conseguiu identificá-lo, capitão?

– Sim, Vossa Eminência. O morto se chama Gentile Zara e está inscrito na corporação dos ourives, prateiros e gravadores de selos. Ocupa uma pequena butique na rua dos Peregrinos, no limite dos bairros de Parione e Regola. Um dos meus homens já teve contato com ele quando se casou. Entretanto, à luz dos indícios de que dispomos, ele parece ter sido mais um negociante de joias e pedras preciosas, e mesmo um usurário, do que um verdadeiro ourives. Tudo indica que dezenas, senão centenas de romanos, vão ficar felizes com sua morte. Ele tinha a reputação de ser duro com os compradores e implacável com os devedores. Uma mulher chegou até a falar de um ou dois casos de suicídio aos quais ele não seria estranho. Temo que haja bem poucos habitantes nesta cidade para chorar esse Zara.

– Um ourives que é também um usurário... – repetiu o cardeal. – Humm! Interessante... Lembremos o que o Senhor disse a propósito da usura: "Se só emprestais àqueles de que esperais restituição, que mérito tereis?". Essas palavras estão no evangelho de Lucas, se não me engano... E Nosso Senhor acrescenta: "Pois os pecadores emprestam aos pecadores a fim de receber o equivalente". Sim, é isso... os pecadores emprestam aos pecadores a fim de receber o equivalente. "Eum qui peccat, Deus castigat... Aquele que peca, Deus castiga..."

Ele deu um suspiro.

— O que quer que pense, caro Vittorio, parece-me que esses três crimes estão ligados. O que, evidentemente, não exclui a possibilidade de que Donato Ghirardi seja o autor dos três. E... a idade desse usurário... Era já um velho, não?

— Talvez 70 anos, Vossa Eminência. Como solicitado, pedi ao mestre da Vinci que examinasse o corpo de Zara para nos assegurar de...

— Ao Mestre da Vinci? — explodiu Capediferro. — Vossa Eminência há de me perdoar, mas solicitar o conselho deste homem, por maior que seja seu talento, é encorajar a desobediência às autoridades.

— Não nego que mestre Leonardo tenha faltado à prudência e ao discernimento nas atitudes que tomou, Vittorio. Isso não impede que recorramos a sua ciência que, há de convir, é bem superior à nossa. Sobretudo neste momento, em que somos apenas alguns poucos a estar a par do crime e não desejamos que a notícia se espalhe. Então, mestre Leonardo, que conclusões o exame do corpo de Gentile Zara lhe inspirou?

O mestre não perdera seu bom humor desde o início daquela conversa. Exprimiu-se em voz firme e pausada, medindo cada uma de suas palavras com precisão:

— O homem em questão era de fato um velho, mas não mais do que eu. Tinha um temperamento seco e uma saúde bastante harmoniosa, excetuado o estado de seus dentes. Poderia ter vivido ainda uns bons dez anos.

— Então, do que ele morreu?

— Pois bem! Na impossibilidade de dissecá-lo, diria que foi envenenado.

— Pôde reconhecer a natureza do veneno empregado?

— Talvez. A pele de seu corpo está esticada a ponto de se romper, placas rosa surgiram em alguns pontos, a pupila está dilatada, as mucosas espessas. Deixei um pedacinho de prata na boca do morto durante a noite e eis aqui...

Tirou do bolso uma pedrinha enrolada num lenço e colocou-a no centro da mesa.

– Aqui está a pepita como a encontrei esta manhã. Completamente preta e corrompida, como podem constatar. Não há dúvida quanto ao envenenamento. Quanto ao veneno utilizado...

– Então? – pressionou o cardeal.

– Diria tratar-se de acônito. Ou, em todo caso, de uma mistura em que essa planta teria entrado em proporção importante. Em certas doses, com efeito, o acônito provoca o tipo de reações que nosso assassino devia desejar. Uma morte lenta, músculos que endurecem aos poucos, a visão que se embaça, a consciência que se obscurece sem desaparecer completamente... As dores devem ter sido atrozes. E, se teve força para tanto, o infeliz deve ter suplicado a seu carrasco que o matasse de uma vez. Mas, seja como for, no estado de fraqueza em que se encontrava, Gentile Zara não era mais do que um títere incapaz de se defender.

– O assassino não teve nenhuma dificuldade em prendê-lo àquela escada e erguê-lo contra a coluna, é isso que quer dizer?

– Exatamente, Vossa Eminência.

– E onde se pode obter esse acônito?

– Em qualquer lugar. Nos próprios campos de Roma, talvez. Basta saber reconhecê-lo. Em algumas regiões montanhosas, ao norte da península, essa planta é encontrada com o nome de *Luparia*, pois é usada há gerações para matar os lobos. Em outros lugares, suas virtudes terapêuticas curam abscessos, dores reumáticas, febres pulmonares e várias outras afecções mais ou menos severas. O acônito está disponível para quem quiser pegá-lo.

– Isso nos fornece bem poucos elementos sobre o assassino – troçou Capediferro. – Uma planta que se encontra em toda parte e um homem que não se encontra em nenhuma.

– Os indícios são poucos, concordo – respondeu Leonardo. – Mas o uso do acônito supõe um grande conhecimento das ervas. É muito perigoso manipulá-lo e muitos imprudentes descobriram isso tarde demais. Portanto, nosso homem é, provavelmente, um bom herborista.

– Como você, Mestre Leonardo...

A alusão grosseira divertiu da Vinci:

– Para conhecer bem os homens, é preciso conhecer a natureza, mestre Capediferro. E para conhecer bem a natureza, é preciso às vezes descer do cavalo.

A conversa começava a se tornar ácida, e o cardeal Bibbiena percebeu.

– Senhores, temos outras questões a resolver além daquelas concernentes a vosso amor próprio. Estamos aqui para decidir a conduta a adotar diante de um inimigo que nos ameaça e que nos escapa. Por enquanto, acho que seria melhor manter em segredo o assassinato do Fórum, assim como as recentes descobertas na Coluna de Trajano. Isso permitirá talvez que nossas investigações progridam antes que os boatos mais loucos comecem a correr. No que tange ao assassino, supondo que os três crimes estejam ligados e que Ghirardi não seja seu autor, quais são nossas chances de desmascará-lo, capitão?

– Infelizmente, Vossa Eminência, o fio é tênue. Parece não haver dúvida de que o homem ataca os pecadores ou as pessoas de vida vergonhosa. Mas daí a deduzir onde será seu próximo ataque e, mesmo, se haverá um próximo ataque... Temo que ainda nos faltem elementos. A menos que a identidade da velha nos forneça pistas importantes.

– De quanto tempo precisa para descobrir seu nome?

– Enquanto o assassinato não for oficialmente reconhecido, as investigações são delicadas. Seria necessário que um filho ou um marido se queixasse de um desaparecimento. Ou que encontrássemos o resto do corpo. Mas, enquanto isso...

– E quanto a você, Vittorio, tem como garantir a segurança dos romanos enquanto isso?

– De todos os romanos, não. Mas se o assassino transformou os lugares antigos em seu terreno de caça, podemos reforçar a segurança deles. Dito isso, continuo achando que Donato Ghirardi é o verdadeiro culpado.

– Espero que seja assim, Vittorio, mas não podemos negligenciar nada. Posso lhe perguntar que intuição o levou da casa de Ghirardi à Coluna de Trajano?

De novo, o velho Mestre das Ruas se empertigou:

– A neve, Vossa Eminência, a neve! É que depois de prender o homem em sua residência, ele acusou estes...

Apontou-nos com o dedo, Leonardo e eu.

– ...estes dois senhores de terem ido vê-lo para melhor denunciá-lo. Bastou-nos, então, seguir seus rastros na neve, do Fórum à Praça de Trajano.

Bibbiena virou-se para nós:

– E vocês, o que foram procurar naquela coluna?

Deixei que o mestre respondesse, pois a questão lhe fora destinada.

– Tentávamos desvendar o mistério, Vossa Eminência. A coluna onde o ourives foi encontrado é a Coluna de Focas. Jacopo Verde foi morto na de Marco Aurélio. Pareceu-nos lógico visitar a terceira Coluna de Roma, que é também a mais bela e mais prestigiosa: a Coluna de Trajano.

O Cardeal piscou os olhos sob seu barrete vermelho.

– Você faz jus à sua reputação, Mestre.

Então, sentindo Capediferro prestes a se manifestar:

– Não obstante, devo exortá-lo a parar. O que toma sem dúvida por um passatempo é um caso bastante sério e delicado, que só poderá ser solucionado respeitando-se as autoridades da cidade e do Vaticano. Se não for assim, estas poderão acabar voltando-se contra você.

Essas últimas palavras valiam como uma advertência e fui subitamente tomado por um suor frio.

Capediferro, satisfeito com a sentença, se levantou:

– Vossa Eminência se exprimiu com sabedoria, e prometo-lhe obter em breve a confissão desse Ghirardi. Devo voltar agora a Santo Ângelo. Levo o jovem ajudante de volta para lá?

Apontava para mim um indicador acusador.

– Não será necessário, Vittorio. Eu me encarregarei, depois de sua partida, de lhe fazer um sermão. Senhores, por minha voz, o

Santo Padre lhes agradece mais uma vez por vossa ajuda e diligência. O senhor especialmente, comendador, que nos abre as portas de Santo Spirito. Lembrem apenas que o que foi dito aqui deve ser mantido no mais absoluto segredo. Quanto a mim, tenho algumas palavras a dizer a este jovem rapaz...

Enquanto todos se levantavam, dirigiu-me um sorriso não muito encorajador. Vi todos se cumprimentarem com a impressão de que um peso enorme me prendia a minha cadeira. A mão de Leonardo sobre meu ombro não bastou para me tranquilizar.

Quando ficamos a sós, o cardeal e eu, me senti como uma criança pega em flagrante delito. Bibbiena continuava de pé, andando de um lado para o outro da sala:

— Você é o filho do antigo chefe de polícia, é isso?

— Eu... Sim, Vossa Eminência.

— Lembro-me muito bem de seu pai. Foi um dos melhores nesse ofício. O que pensa de nosso caso?

A questão me pegou desprevenido:

— Pois bem! Eu... eu não sei o que...

— Fale francamente.

— Esse caso é muito complexo, Vossa Eminência. E talvez... Talvez além das aparências...

— Além das aparências, sim, é também o que sinto. O corpo de um jovem, a cabeça de uma velha, um velho inteiro, a inscrição... Parece haver uma espécie de mensagem por trás de tudo isso. Infelizmente, não estou certo de que Capediferro e Barberi sejam capazes de decifrá-la.

Ele olhava pela janela, contemplando o rio que corria aos pés do hospital.

— Preciso de um espírito penetrante, alguém capaz justamente de ver além das aparências. Alguém como da Vinci.

Voltei a ficar esperançoso.

— Mas, sendo assim, Vossa Eminência, por que exigir dele que...

— As coisas não são tão simples, jovem Sinibaldi. Mestre Leonardo tem muitos inimigos, mais do que o necessário. E inimigos influentes, a começar, como pôde perceber, pelo Mestre das Ruas.

Ora, por uma razão que ignoro, da Vinci também não tem a confiança do Santo Padre. E, por infortúnio, seu protetor, Giuliano de Médici, partirá em breve para se casar na Saboia. Não, a situação do mestre não é das melhores. Convém que ele se mantenha afastado de tudo isso, por enquanto. Pelo menos oficialmente...

Virou-se para mim.

– Conversamos... Conversamos muito noite passada. A seu respeito, principalmente.

– A meu respeito?

– Da Vinci garantiu-me que você tem o espírito vivo. Que você poderia ser os olhos dele lá, onde ele não puder ir. O que acha?

– É que... é que, sem ele, temo ser incapaz de...

– Não é o que ele pensa. Além do mais, não tenho escolha. Preciso de sua ajuda se quiser a dele. Para ser franco, há certos elementos que você ignora. Não posso falar deles ainda, mas devem estar ligados àqueles sobre os quais falamos. E eles me fazem temer algo ainda mais grave – mais grave do que esses homicídios, quero dizer. Um complô, por exemplo. Não esqueçamos que muita gente na Europa teria interesse em fazer o papa vacilar. A Itália é uma presa tentadora, e somente a autoridade do pontífice pode defendê-la. É por isso que preciso de opiniões novas, que não estejam contaminadas pelas intrigas do palácio. Posso contar com você?

Tamanha gravidade no tom dele não me pareceu fingida. Sem refletir direito, respondi que sim:

– Se Mestre Leonardo o deseja, coloco-me de bom grado a vosso serviço.

– Muito bem, jovem Sinibaldi, você ama Roma. Seu pai teria ficado orgulhoso...

Aproximou-se de mim.

– Encarrego-o, portanto, de continuar suas investigações e de relatar a da Vinci tudo o que vir ou escutar de útil. Sendo cauteloso, naturalmente, e evitando que o surpreendam: certamente, o assassino é perigoso, mas há também outras ameaças possíveis. De minha parte, hei de conversar regularmente com Leonardo. Era isso, devo me apressar agora, minhas obrigações me esperam.

Cumprimentou-me com um gesto.

– Ah! Lembre-se de sair do hospital com uma aparência abatida. Nunca se sabe quem está nos observando...

Quando me levantei para cumprimentá-lo, a silhueta púrpura já tinha desaparecido. Saí então, tentando ostentar a aparência de uma criança que acaba de levar uma bronca.

E, de fato, descendo a grande escadaria que levava à sala dos febris, tive a estranha sensação de estar sendo espiado.

Nunca se sabe quem está nos observando...

CAPÍTULO 9

Ao voltar para casa, encontrei minha mãe mais tranquila do que imaginava. Não se derramou em lágrimas, não começou a gritar, nem sequer ergueu a voz. Flavio Barberi avisara-a de meus infortúnios, e era como se essa primeira noite na prisão tivesse acabado por conformá-la: o mesmo sangue impetuoso corria nas veias do pai e do filho, não adiantava querer represá-lo.

Quanto a mim, apreciei essa nova disposição de espírito, que evitava as brigas e permitia que me entregasse ao sono sem demora. Dormi cerca de quinze horas.

No dia seguinte, fui ao Belvedere.

Salai me recebeu com a mesma escassa afabilidade que da vez anterior e me conduziu, contrariado, até o ateliê do mestre. Quando entrei, este enxugava seus pincéis diante de uma tela recoberta por um pano. Sua roupa, uma espécie de lençol aberto na nuca e costurado nas mangas, estava constelado de manchas de cores escuras.

De início, não me disse nada, continuando a limpar seus instrumentos antes de colocá-los sobre a bancada como se organizasse os objetos de um culto. À sua volta, a mesma bagunça que vira na primeira visita, à qual tinham sido acrescentados três cavaletes, cada um com o desenho de uma Madona com o Menino em diferentes etapas de sua realização: simples contornos, no caso dos dois primeiros, um retrato já avançado, no do terceiro.

– São exercícios que dou a meus alunos – explicou. – Como pode constatar, há uma grande distância entre o trabalho e o talento.

– Salai também é um de seus alunos?

– Salai...

Hesitou.

– Salai, pois bem! Faz vinte anos que o adotei. É um verdadeiro pintor, hoje em dia, e tem um papel importante no funcionamento do ateliê. Mas há também Marco, Cesare, Lorenzo e o jovem Francesco Melzi, sobre o qual deposito grandes esperanças. A presença deles me consola da destes dois espelheiros alemães e das preocupações que me causam. Você nem imagina... Outro dia, foram vistos atirando em pássaros, com arcabuzes, junto aos guardas suíços! Atirar em pássaros no Vaticano!

Não estava muito inclinado a ficar escutando as recriminações do velho mestre contra seus assistentes. Apontei para o quadro coberto pelo pano:

– Uma nova obra-prima?

– Ai de mim! Meu braço dói, meus olhos não veem mais como antes, e até a seda do pincel me parece dura. Mas devo admitir que sim, que recomecei a pintar. Um tema que me atormentava o espírito há muito tempo e que esses últimos acontecimentos...

Interrompeu-se.

– Não posso mais adiar essas coisas.

– Posso vê-lo?

– Quando chegar o momento, sem dúvida. Ainda que... Não tenho a reputação de começar muito e pouco terminar? O próprio papa me criticou por isso um dia. Mas falemos de você... Aceitou a proposta do cardeal?

– Pensei que ela viesse do senhor...

– Muito bem. Entretanto, deve lembrar que aquele que buscamos é não apenas cruel, mas muito inteligente. Se quisermos impedi-lo de causar novos danos, temos de desentocá-lo o quanto antes.

— E como fazer isso?

— Leonardo avançou em direção ao fogo para secar as mãos.

— Refleti muito desde que encontramos a cabeça de Jacopo Verde e a da velha, na Coluna de Trajano. Por sorte, não me deixaram preso, como a você, no Castelo de Santo Ângelo, e pude me movimentar livremente. Pude até examinar o corpo daquele ourives, Gentile Zara, como lhes contei ontem. Aliás, aquela foi, sem dúvida, minha última visita à sala de dissecação. Deram a entender que... Mas isso é outro assunto. No que concerne a nosso caso, creio poder afirmar que *sei* que todos esses elementos têm um sentido.

— Que *sabe*?

Lançou-me um olhar em que percebi, pela primeira vez, a sombra da angústia.

— Isso não pode ser explicado tão facilmente, Guido. Digamos... Você e eu já supúnhamos desde o começo que havia uma ligação entre esses assassinatos, não é? Pois bem, agora tenho certeza de conhecer essa ligação, mas sem poder ainda nomeá-la ou defini-la. Aquele cadáver com a espada nas costas, aquele velho nu numa escada, o personagem misterioso com a máscara de poupa, as cabeças ensanguentadas afastadas de seus corpos... Todos esses detalhes, todos esses refinamentos... Estou persuadido de já os conhecer. Mais exatamente, eles evocam alguma coisa para mim, como rostos cujos nomes não lembramos mais. Ou silhuetas, entrevistas alguma vez e que agora nos escapam. Mas tenho certeza de que esses elementos se conjugam, Guido, e que, por alguma razão, me são vagamente familiares. O assassino nos diz alguma coisa que tenho a impressão de já saber.

— Isso nos indica como descobri-lo?

— Não, ainda não. Mas a ideia de se informar na biblioteca Vaticana não deve ser descartada. Talvez exista alguma lenda, um livro, crimes semelhantes reunidos numa crônica. Ou uma tradição da antiga Roma que teria se perdido. Afinal de contas, o último crime nos levou ao Fórum. Tommaso Inghirami, o bibliotecário do papa, poderá orientá-lo. Mas a questão mais delicada não é essa.

Sentamo-nos num dos bancos da lareira, de onde eu podia perceber a caixa ornamentada do estranho Ser Piero.

— Precisamos obter informações sobre o assassino, Guido, informações novas que nos coloquem na pista dele. A começar por esse Jacopo Verde. Quem ele era realmente? Quem encontrava? Escolheram-no por acaso ou por uma razão precisa?

— Ele se prostituía, não?

— São muitos os que fazem isso em Roma. Por que ele?

— E conhece alguém capaz de responder a essas questões?

— Você.

— Eu?!

— É claro! Você é jovem, tem a idade dele e inspira confiança. Dirão mais a você do que ao capitão da polícia. Se interrogar habilmente a proprietária, os vizinhos, os rapazes do bairro, não sei mais quem...

— Quer... quer que eu vá à Via Sola?

— Para ser franco, o melhor seria entrar na pensão. Pois um fato me intriga desde o início: as autoridades não encontraram, na casa de Verde, mais do que algumas roupas gastas. Nenhum objeto pessoal, nenhum dinheiro. No entanto, ele morava lá havia vários meses e não parecia ter problemas para pagar suas contas. O que quer dizer que alguma coisa ele tinha, mesmo que pouca. O que aconteceu com o que tinha?

— O assassino também pode tê-lo roubado.

— Duvido muito que um rapaz como ele, tendo em vista seu "trabalho" e suas frequentações, tivesse a imprudência de circular por aí com seu pecúlio. A menos que o assassino tenha tido acesso a seu quarto. O que nos leva de volta à vizinhança: alguém viu um homem entrar no quarto de Jacopo Verde?

A perspectiva de me lançar sozinho nessa investigação me assustou um bocado.

— Há outro detalhe que queria discutir com você. Prestou atenção nas palavras do comendador ontem de manhã?

— Quais palavras?

– A respeito de alguém ou de alguma coisa que teria desaparecido. "Um desaparecimento inexplicável", foram as palavras que empregou. Ele parecia ver, nesse desaparecimento, uma relação com algum dos assassinatos que nos ocupam.

– O comendador de Santo Spirito nunca foi famoso por sua clarividência... – eu disse.

– Sem dúvida. Mas o que me impressionou não foi sua reflexão, e sim a reação de Bibbiena. Pois nosso cardeal pareceu bastante contrariado, a ponto de interromper bruscamente o comendador. Na véspera, entretanto, conversáramos sobre todas as implicações possíveis do caso... Em nenhum momento ele fez alusão a algum desaparecimento. Se este realmente ocorreu, se até um espírito como o do comendador foi capaz de relacioná-lo com os assassinatos, e se Bibbiena não quer nem que ele seja evocado, é por que está escondendo alguma coisa de nós. Qual será então seu objetivo secreto? E por que pediu nossa ajuda? Há algo aí que só faz intensificar todo esse mistério, Guido.

Uma hora mais tarde, eu atravessava o Pátio do Papagallo e transpunha a soleira da biblioteca Vaticana.

Não havia mais do que três ou quatro leitores, mas fiquei contrariado por não encontrar Tommaso Inghirami, novamente de cama, como fiquei sabendo. Na falta do bibliotecário do papa, dirigi-me a seu bibliotecário, o amável Gaetano Forlari. Este me acolheu com muita afabilidade, escutando meus pedidos com atenção.

Não sabia muito bem como apresentar as coisas: por um lado, o escândalo provocado por Argomboldo em minha primeira visita me inclinava à prudência. Por outro, se tinha de ser bastante preciso para fazer avançar a investigação, era-me também necessário permanecer suficientemente vago para não levantar suspeitas. Ninguém devia ficar sabendo do assassinato no Fórum nem das duas cabeças encontradas na coluna. Portanto, falei ao bibliotecário Gaetano de uma pesquisa que me fora solicitada por da Vinci sobre os costumes de Roma em matéria de crimes e de justiça. Ele conhecia obras que contassem a história da cidade sob o ângulo dos delitos ali cometidos? Interessavam-me particularmente, precisei, os crimes ocorridos nos lugares antigos e suas consequências oficiais.

O bibliotecário Gaetano me observou com olhos escancarados, depois me conduziu a uma estante da sala latina onde se encontravam vários volumes de anais jurídicos.

Consultei-os até o meio da tarde sem descobrir nada que pudesse se aparentar aos crimes das colunas. Interroguei o bibliotecário novamente, para saber se outras obras poderiam tratar do mesmo assunto, mas ele me confessou sua ignorância. A única pessoa capaz de me informar era Argomboldo, cuja competência nessa matéria era inigualável.

Resolvi adiar o projeto de voltar a encontrar aquele sinistro personagem e me dirigi à pensão de Jacopo Verde enquanto ainda era dia.

A Piazza di Sciarra tinha a fama de atrair a escória como um cadáver apodrecido atrai os vermes. A Via Sola, que levava até ela, era uma das ruelas mais leprosas do bairro, margeada por casas velhíssimas, inclinadas quase ao ponto de se tocar: parecia um milagre que não caíssem sobre os passantes. No final da tarde, a que acolhera os últimos meses da vida de Jacopo Verde parecia num equilíbrio mais do que precário, prestes a desabar. As madeiras estavam cheias de bolor, as paredes, com marcas de umidade, e a porta gemia em seu gonzo como se toda a construção se queixasse de reumatismo.

A proprietária não destoava do quadro: uma velha ossuda, apoiada numa bengala, cujo rosto bexiguento emergia de um lenço sujo.

– O que procura aqui?

– Gostaria de conversar com a senhora.

Ela fez um gesto de mau humor.

– Não gosto de conversa. Se quer um quarto, ótimo. Senão, pode ir embora.

Aturdido por aquela calorosa acolhida, levei algum tempo até me dar conta do partido que podia tirar de sua oferta.

– Um quarto? Teria um quarto disponível?

Seus olhinhos piscaram desconfiados.

– Não é de um quarto que precisa?

– É claro que sim! Um quarto! É que... estou andando há tanto tempo, já tinha perdido as esperanças de encontrar um.

– É assim mesmo, por causa das festas. Mas tenho um para alugar, há uma semana. Ninguém o quis. Sabe, com o que aconteceu aquele dia... o rapaz na coluna...

– Cheguei a Roma esta manhã, estou vindo de Florença. Aconteceu algo na cidade?

Ela deve ter refletido intensamente, pois seus olhos se apertaram ainda mais, até desaparecerem sob as manchas escuras da pele.

– Florença, hein? E viaja assim como está? Nenhuma mala, nenhuma trouxa?

– Eu... eu as deixei num albergue agora há pouco. O tempo de encontrar um alojamento para a noite e...

A velha bruxa começou a rir, descobrindo dois pedaços de dentes pretos.

– Ah! Ah! Um albergue! Não sabe que estão cheios de ladrões? Aliás, há ladrões por toda parte!

– Justamente. É por isso que preciso de um quarto de verdade. Pode me alugar?

Ela me considerou demoradamente, dos pés à cabeça. Depois desferiu:

– Tem como pagar?

– Eu... não sou rico. Mas...

– Tem como pagar ou não? É um *quattrino* por semana, mais um adiantado para o caso de quebrar a cama. Tem como pagar?

Remexi em meu bolso para me assegurar de que tinha o dinheiro necessário. Minhas mãos tremiam. Estendi duas moedas, que ela se apressou em enfiar na roupa com um despudor obsceno. Um pouco mais acima, na rua, uma voz alta me fez virar a cabeça. Antes de conseguir entender o que estava acontecendo, a velha aproveitou para sumir atrás da porta e batê-la no meu nariz.

– Traga sua bagagem antes do anoitecer – coaxou ela. – O quarto é seu!

O quarto...

O quarto de Jacopo Verde!

CAPÍTULO 10

Ao me instalar aquela mesma noite no quarto de Jacopo Verde, esforcei-me para sentir o que ele teria sentido: coloquei minhas coisas em seu baú, sentei-me em sua cama, olhei por sua janela.

Quem era realmente a infeliz vítima da coluna? Que alegrias, que tristezas tinham sido as suas durante os meses que passara naquela casa imunda da Via Sola? Sua jovem existência conhecera felicidade suficiente para que valesse a pena ser vivida? E que demônio se acreditara autorizado a retirá-la de uma maneira tão terrível?

Todas essas perguntas se amontoavam em meu espírito, e eu interrogava sem parar aquelas paredes decrépitas, a mobília gasta pelas mãos que por ali passaram e o pedaço escuro de céu sobre o pátio.

Mas, fora eu, nada mais falava ali de Jacopo Verde.

O quarto era tão desesperador quanto a pensão e sua proprietária.

Nos andares vizinhos, cinco outros rapazes partilhavam a comida e o mau humor da senhora Alperrina – como refeição, um cozido uniformemente cinza de centeio e restos de carne. Mas logo percebi que aqueles cinco, todos aprendizes de artesãos da cidade, pouco teriam a me informar sobre seu antigo companheiro. Mal pareciam, aliás, ter notado minha chegada, e apenas um deles, Giuseppe, me encarou com uma interrogação muda: que tipo de animal é você para ousar se enfiar nos lençóis de um morto?

Repetidas vezes, tentei aproveitar a ocasião do jantar para descobrir alguma coisa. Mas apenas os ruídos de mastigação e de tigelas me responderam. A proprietária, por sua vez, não era nada eloquente sobre o assunto: exprimia-se por alusões, e suas frases permaneciam opacas para mim. Contente por ter conseguido um locatário, temia que certas conversas o fizessem fugir.

Tive de passar meu tempo no quarto do morto, entre quatro paredes sórdidas, um assoalho desconjuntado e um forro roído pelas traças. Passava esses momentos refletindo sobre o acúmulo extraordinário de acontecimentos: três assassinatos atrozes cometidos em três colunas; uma inscrição e uma mensagem que faziam crer que os pecadores estavam sendo castigados; um possível suspeito, cujos costumes eram no mínimo estranhos. A tudo isso se acrescentavam as intuições de Leonardo: o assassino não se contentara em assassinar Verde, entrara na pensão para furtar seus bens. Mas com que finalidade? Pois se o ladrão era também o assassino, expusera-se assim a um sério risco: pude verificar o quanto a senhora Alperrina vigiava as idas e vindas dos pensionistas, e a que ponto se certificava de que nenhum intruso penetrasse clandestinamente sob seu teto. Ou seria preciso, por eliminação, supor que o assassino era um dos cinco aprendizes?

A hipótese chegava quase a ser hilária: nenhum deles parecia capaz de tamanha maquinação.

Então, quem?

A resposta não tardou a surgir numa manhã em que acabava de deixar a pensão. Era o terceiro dia de minha estada. Nem chegara à Piazza de Sciarra e o frio intenso me obrigou a voltar sobre meus passos para buscar mais casacos. Qual não foi minha surpresa ao subir a escada e abrir a porta do meu quarto! A senhora Alperrina estava lá, ajoelhada, com o nariz enfiado no meu baú e minhas roupas espalhadas pelo chão!

Minha volta inesperada nem sequer a assustou, e em vez de se explicar ou gaguejar alguma justificação, começou a me repreender:

– Como pode guardar roupas tão sujas? Desse jeito, a imundice vai tomar conta do quarto, depois do andar, e logo assolará toda a casa. Se quiser manter o quarto, terá de ser mais limpo.

E saiu, com cara de brava, sem que eu encontrasse nada para responder.

O incidente, por mais desagradável que tenha sido, foi bastante revelador: a proprietária vasculhava os pertences de seus locatários e, certamente, era capaz de levar a indelicadeza ao ponto de roubá-los. Não havia, portanto, nenhum mistério no fato de que os pertences de Jacopo Verde fossem tão pouco numerosos: a senhora Alperrina tinha simplesmente se apossado deles!

Mas isso devia significar também que, após algumas semanas desse tratamento, Jacopo devia ter procurado um meio de escapar à bisbilhotice de sua senhoria. Não haveria no quarto algum esconderijo onde pudesse guardar seu dinheiro, conservando-o, ainda assim, ao alcance da mão?

Comecei a procurar febrilmente, sondando as paredes, examinando o forro, mexendo nas ripas soltas do assoalho. Sem sucesso.

Nada também na estrutura da cama, nada nos pés da mesa, nada no fundo do baú.

Tive então uma ideia: se não era possível esconder nada dentro do quarto... Abri a janela e, ao vento glacial, perscrutei o pátio. Lá embaixo, um monte de estrume, de lixo e pilhas de madeira ruim. Comecei em seguida a apalpar a parede externa até onde meu braço podia alcançar. Após alguns tateios, uma pedra da parede, à altura do meu ombro, se mexeu. Com todo o cuidado, soltei-a e peguei-a.

Era uma espécie de grande calcário escuro, que um hábil trabalho soltara da argamassa. Na parte de cima, a pedra fora raspada e cavada até formar uma cavidade de um dedo de profundidade e um polegar de largura. Sufoquei um grito: dentro do nicho havia uma bolsa de couro fechada por um cordão!

Invadido por uma nova inquietação, saí da janela e abri o precioso achado. Continha uma dezena de moedas e um pedaço de papel enrolado.

O dinheiro era certamente o que Jacopo ganhara com seu triste trabalho: quatro ducados e cinco *quattrini*. Quanto ao papel, parecia uma fita e estava amarelado nas pontas, como se tivesse ficado um bom tempo dentro daquela pedra. Desdobrado, revelou o desenho de uma cabeça de lobo dentro de uma espécie de escudete. À direita, duas palavras estavam escritas, muito desajeitadamente: *do ghirardi*.

— Donato Ghirardi — suspirou Leonardo. — O caieiro. Então Jacopo o conhecia?

— Parece que sim — respondi, com a segurança que tirava de minha descoberta. — Senão, como explicar esse nome?

— Donato Ghirardi — repetiu. — Realmente, não esperava por isso...

— A intuição do Mestre das Ruas foi certeira. Ghirardi está mais implicado nesses assassinatos do que imaginávamos.

Da Vinci virava e revirava o papel nas mãos.

— Parece não haver mais dúvida, com efeito. Já posso até escutar os brados de triunfo do grande Capediferro. Aí está algo que não há de melhorar minha situação — suspirou.

— Sua situação?

— Sim, minha situação. Mas não se preocupe, o ano-novo há de ajeitar tudo. De qualquer forma, devo parabenizá-lo... Você deu provas de um senso de observação e de uma lógica notáveis. Como já lhe disse, a explicação do mundo está na observação e, aquele que sabe ver sabe também compreender. Você, Guido, soube ver.

Baixei os olhos.

— Apenas segui seu exemplo.

— Vamos, vamos! Não seja tão modesto. Para realizar grandes coisas, é preciso conhecer o próprio valor.

De todos os momentos que vivi naquela época, devo confessar que esse permanece para mim um instante de puro orgulho. Ainda revejo o sol que se punha lentamente e da Vinci, com seu traje de pintura, perto de uma alta janela. Eu o surpreendera trabalhando em sua nova obra-prima, aparecendo no ateliê apesar das recriminações de Salai. Pela minha cara, Leonardo compreendera que eu trazia notícias importantes, pois não manifestou nenhuma contrariedade com minha intrusão.

Agora que já lhe dissera o que sabia, podia admirar à vontade aquilo que se tornaria, em minha opinião, a mais bela das composições do mestre.

À sua volta, alinhados sobre um banco, ele dispusera diversos esboços: uma mão elegante, um braço esguio, os finos turbilhões de uma cabeleira... O cavalete estava à sua frente, sustentando o quadro que ele pintava. Via-se ali, emergindo de uma escura profundidade, o busto de um homem, muito fino, muito claro, muito delicado. Os contornos e a luz eram tais que o personagem parecia encarnado na matéria. Leves cachos castanhos, à maneira característica de da Vinci, caíam-lhe sobre os ombros. Com a mão esquerda, apertava contra o peito uma longa cruz, que parecia esculpida numa madeira celeste. Só o rosto e o braço direito ainda não apareciam distintamente. Ou deviam ter aparecido inicialmente, tendo sido depois recobertos por um arrependimento do artista. Subsistia apenas, no lugar da face e do membro, um *dégradé* de cores claras, janelas para um além que só da Vinci podia entrever.

Inacabado, incompreensível, o quadro já irradiava um encanto poderoso.

– Este quadro não ficará ruim – comentou Leonardo. – Já faz algum tempo que trabalho nele. Até os últimos dias, faltava-me o essencial, mas penso tê-lo encontrado. Mais algumas tentativas e... A propósito, Guido, o que acha desse lobo?

Fui arrancado de minha fascinação.

– Esse lobo?

– No papel de Jacopo Verde, aquela cabeça de lobo num escudete. O que pode significar, em sua opinião?

– Não sei. Talvez uma advertência para tomar cuidado com Ghirardi? Significando que seus costumes eram os de um animal selvagem?

O mestre abanou a cabeça negativamente.

– Não concordo. Não, acho que se trata de uma insígnia.

Olhei de novo para o desenho no papel:

– Uma insígnia? Quer dizer... a insígnia de algum estabelecimento?

– Sim, a de uma taverna, por exemplo. Ou de um albergue. Imagino que esse papel tenha sido entregue a Jacopo Verde para lhe indicar um endereço. Um lugar aonde podia, ou *devia*, ir. Talvez ele o tenha recebido antes de sua partida de Avezzano: "Vá ver Do Ghirardi no albergue do Lobo". O conselho se revelou fatal.

– O que não quer dizer que Ghirardi seja o culpado. Podia conhecê-lo, mas não ser seu assassino.

– Quem sabe? Temos é de entregar esse papel ao cardeal Bibbiena, que decidirá como utilizá-lo. O que não nos exime de...

Nossos olhares se cruzaram e compreendi imediatamente em que estava pensando.

Foi assim que me encontrei, na segunda noite do mês de janeiro de 1515, sentado a uma mesa, diante de uma caneca de sidra, num dos lugares mais infames do Trastevere: o albergue da Cabeça de Lobo.

Por dois dias, Leonardo enviou seus alunos para vasculharem a cidade atrás de uma taverna que correspondesse a esse nome. Um deles a descobriu, no fundo de uma das ruelas mais retiradas e mal frequentadas do bairro, para lá da Lungaretta. Minha estada na Via Sola me habituara aos lugares sórdidos, mas a atmosfera daquele albergue me pareceu especialmente oprimente: o teto era baixo, as paredes, cobertas de sebo, e duas lâmpadas precárias banhavam a sala com uma luz sepulcral. Sete ou oito mesas estavam dispostas nos cantos, e o estalajadeiro ia molemente de sua adega até os fregueses. Estes não eram muito numerosos naquele tempo de festas: meia dúzia de farristas de todas as idades, que pareciam todos se conhecer. O estalajadeiro era um homem pesado, gasto pelo álcool, que arrastava a perna direita como se estivesse presa a uma bola de chumbo e ria despudoradamente das piadas que ali grassavam.

Logo senti que minha presença era notada. Alguns me encaravam, outros me olhavam de esguelha, todos me espiavam com maior ou menor discrição. Mesmo sabendo que Salai me aguardava na viela vizinha, não conseguia me sentir tranquilo – aliás, será que podia mesmo confiar em Salai?

Esforcei-me para esvaziar lentamente minha caneca e me absorver na contemplação do fogo. Ficara combinado que não interrogaria ninguém a propósito do caieiro Ghirardi, pelo menos não naquela primeira noite. O risco de despertar a curiosidade de um cúmplice era muito grande. Eu devia, portanto, me contentar em abrir os ouvidos e tentar saber mais sobre o que acontecia ali dentro.

Mas essa primeira visita ao albergue da Cabeça de Lobo se revelou infrutífera: não consegui escutar nenhuma conversa secreta, e o peso dos olhares acabou me vencendo.

Saí dali feliz de ainda poder caminhar sobre minhas pernas.

As noites de 3 e 4 de janeiro não foram mais instrutivas. Havia mais fregueses do que da primeira vez, e fui acolhido com menos hostilidade, mas ninguém me dirigiu a palavra, e não consegui distinguir certos cochichos que pareciam carregados de sentido. Só o estalajadeiro pareceu se interessar por mim, brindando-me até com um sorriso no momento em que fui embora.

Foi na noite de 5 de janeiro que pude, finalmente, recolher os primeiros frutos de minha investigação. Já era tarde, a fumaça invadia a sala e tornava os rostos incertos, quando um homem entrou. Meus dedos se apertaram em volta da caneca. Ele era de estatura média e vestia uma máscara de lobo muito simples, que lhe cobria os olhos e o nariz. Um lobo...

Dirigiu-se sem hesitar ao estalajadeiro, com quem trocou algumas palavras, depois a uma mesa onde conversavam dois jovens da minha idade. Inclinou-se para um deles, murmurou algumas palavras e colocou alguma coisa em sua mão. Depois saiu, logo seguido pelo rapaz, que fez de conta que ia tomar um ar fresco. Estava a ponto de me levantar, pensando ter descoberto uma pista importante, quando um segundo personagem fez sua aparição, também com o rosto escondido por uma máscara preta. Voltei a me sentar, aturdido. O mesmo ritual se repetiu na sala, e o recém-chegado logo saiu, seguido de perto pelo segundo rapaz.

Não era preciso muita perspicácia para entender o sentido daquelas idas e vindas: o albergue servia de ponto de encontro para alguns invertidos da cidade. Fora indicado a Jacopo Verde como um lugar onde poderia exercer sua atividade. E, a crer no papel encontrado na Via Sola, Donato Ghirardi era um dos instigadores desse comércio.

Passei então a olhar com outros olhos cada um dos fregueses. Os mais jovens eram as presas voluntárias; o estalajadeiro, o intermediário, e os dois grandalhões perto da porta, uma espécie de vigias. Quanto aos outros, era difícil dizer o lugar que tinham nessa combinação. Compreendi também por que o estalajadeiro começara a sorrir encorajadoramente para mim: imaginava que eu também fosse um desses jovens decididos a...

Aliás, ele estava vindo em minha direção.

— Então, bonitinho, o passarinho caiu do ninho?

Senti um aperto na garganta.

— Está procurando um lugar para se aquecer, é isso? Você vai ver, caiu no lugar certo, o vovô Albergo vai cuidar de você.

Tocou no meu braço, que afastei, enojado. Seu tom se tornou melodioso:

— Vamos, não banque a virgenzinha. Na sua idade, não se vem ao Cabeça de Lobo sem ter uma ideia na cabeça. Mas talvez eu não o agrade, é isso?

Levantei-me bruscamente, balançando a mesa, mas ele agarrou o meu pescoço.

— Benito! Ignazio! Escutem esta... O bonitinho não me acha a seu gosto.

Os dois grandalhões que estavam perto da porta se aproximaram às gargalhadas.

— Mas, meu fofo, a culpa é sua! Não se deve ir à estalagem se não se gosta do estalajadeiro!

O círculo se fechava à minha volta. Tentei chamar Salai, mas o sujeito estava apertando tão forte meu pescoço que minha boca não produziu som algum. Seus dois cúmplices me agarraram cada um de um lado e me ergueram um pouco do chão. Na sala, todos tinham se calado, regozijando-se com o espetáculo.

Apertando sempre meu pescoço com uma das mãos, o taberneiro acariciou meu rosto com a outra:

– Este passarinho está ainda bem fresquinho. Vamos, meu fofo, está vendo que pudores só vão lhe trazer incômodos. Acredite-me, se quiser voltar aqui, não deve bancar o difícil.

Seu rosto estava a alguns centímetros do meu e exalava um cheiro horrível de vinhaça e dentes estragados.

– A menos...

Olhou-me com crueldade.

– A menos que não esteja querendo dar sua parte ao vovô Albergo? Hein? Nem a Benito e a Ignazio? O que vocês acham? Talvez esteja querendo embolsar tudo sozinho? E deixar seus amigos na mão?

Os dois grandalhões concordaram, e várias gargalhadas explodiram atrás de mim.

– Eu... eu... – gaguejei.

– Você... você o quê, meu passarinho bonitinho?

E sem que eu tivesse tempo de ver nada, deu-me um soco com a mão livre. O golpe acertou minha têmpora e um clarão branco passou diante dos meus olhos. Antes que conseguisse me restabelecer, o taberneiro estava já novamente em cima de mim, prestes a desferir outro soco. Tive o tempo de perceber a mão que se erguia, Benito e Ignazio, que continuavam rindo, e cabeças mais distantes que formavam um círculo.

Então uma voz se ergueu:

– Por favor, Albergo.

Vinha de trás. O taberneiro reteve seu gesto.

– Por favor, Albergo, deixe-o em paz, é um amigo meu.

Apesar de meu aturdimento, percebi que não era a voz de Salai.

– Um amigo seu?

Havia no tom de voz do estalajadeiro um lamento por não ter batido em mim antes e mais copiosamente. Fez sinal aos meus dois anjos guardiães para que me soltassem. Através da bruma de meus olhos, reconheci aquele que se dirigia a mim: Giuseppe, um dos jovens aprendizes da Via Sola. Sem dúvida, acabava de entrar, pois todos pareceram surpresos ao vê-lo.

– Um amigo seu? – repetiu o taberneiro. – Tem certeza?

– Sim, um amigo meu. E também de Jacopo.

O nome de Jacopo teve o efeito de uma bomba. De uma hora para a outra, os rostos se tornaram sombrios e todos se apressaram em me dar as costas; alguns até se persignaram. O taberneiro também arrefeceu e se afastou de mim, dando de ombros.

Giuseppe estendeu o braço e me ajudou a sentar:

– Parece que cheguei na hora exata.

– Obrigado, Giuseppe, obrigado. Não sei o que teria sido de mim sem você.

– Teria recebido a lição que merecia – replicou.

Então, quase num murmúrio:

– O que veio realmente procurar aqui?

Minha cabeça ainda estava rodando e não consegui mentir.

– Você mesmo disse agora há pouco, sou um amigo de Jacopo Verde.

– Nunca o vira antes e ele nunca me falou de você.

– É que nosso encontro foi bastante recente... Fui um daqueles que encontraram seu corpo na Coluna de Marco Aurélio. Desde então, estou tentando entender as razões desse assassinato e daquelas mutilações.

– Foi por isso que alugou o quarto na pensão?

– Exatamente.

– Deve ser louco ou idiota. O albergue da Cabeça de Lobo não é lugar para os filhos dos burgueses.

– Você também está aqui.

– Por necessidade, não por prazer.

Seguiu-se um silêncio constrangido.

À nossa volta, as conversas recomeçavam.

– Foi Jacopo quem lhe indicou esse lugar? – perguntei.

– Um dia descobri de onde ele tirava seu dinheiro. Ele sabia que eu também estava em grande aperto e propôs que o acompanhasse.

– Sabe de alguma coisa que poderia ajudar a identificar seu assassino?

Giuseppe pareceu hesitar.

– Por que deveria confiar em você? Acabo de lhe salvar de uma surra, não é o bastante?

– É claro que sim. Mas já pensou na hipótese de o assassino recomeçar? Se ele continuar atacando o mesmo tipo de vítimas, ninguém aqui estará a salvo, sobretudo você.

– Está bem. O que quer saber?

– Em primeiro lugar, há quanto tempo o conhecia?

– Cheguei à pensão há cerca de seis meses. Jacopo ocupava seu quarto já havia várias semanas. Não fizemos amizade imediatamente, pois ele se mantinha afastado dos outros. Além disso, parecia não ter um patrão único, como todos nós. Eu, por exemplo, trabalho com um tapeceiro da Via dei Cappellari. Ele não se levantava de manhã e sempre se deitava tarde. Uma noite, cruzei com ele no cais do Tibre acompanhado de um homem de certa idade. A atitude deles não deixava dúvidas.

– Pôde ver o rosto desse homem?

– Bastante mal. Mas isso já faz cinco meses, e tratava-se apenas de um cliente. Mais tarde, falei com Jacopo sobre esse assunto. Ele me explicou como a coisa funcionava e, como também estava precisando de dinheiro, após hesitar bastante, acabei... acabei vindo ao Cabeça de Lobo.

Mergulhou o nariz em minha caneca de sidra.

– Ele lhe contou como chegou a este lugar?

– Não. Mas acho que ele não era um dos protegidos do vovô Albergo, e sim de uma mulher, uma velha.

Sorriu.

– Deve saber que esse tipo de ofício não se exerce sem um protetor.

– Uma mulher, você disse? Eu pensava...

A imagem do papel encontrado no quarto de Jacopo Verde me voltou à memória. O emblema de um lobo, "do ghirardi", o caieiro... As deduções que tínhamos feito caíam por terra.

— Giulietta, é como se chama. Vem aqui de tempos em tempos. Mas nunca mais voltou desde o assassinato de Jacopo. Seja por temer pela própria vida, seja porque quer esconder alguma coisa.

Uma outra hipótese atravessou meu espírito: a segunda cabeça na Coluna de Trajano, a da velha.

— Onde posso encontrar essa Giulietta?

— Ela mora numa pequena casa atrás da Igreja Santa Cecília. Mas não é muito simpática, se fosse você...

Interrompi-o:

— Você conhece alguns dos clientes de Jacopo?

— O costume aqui é que os homens venham sempre mascarados. Por uma questão de discrição, evidentemente.

— É claro. E Jacopo não lhe contou nada sobre algum de seus encontros.

— Sim e não. Há algum tempo, Jacopo vinha com menos frequência ao Cabeça de Lobo. Dava a entender que um de seus clientes se propunha a estabelecê-lo, ou seja, mantê-lo, colocá-lo numa pensão melhorzinha, dar-lhe um pequeno ordenado, empregá-lo junto a algum artesão de sua confiança. Em suma, dar-lhe uma segunda chance.

— A de ter a cabeça cortada no alto de uma coluna! Sabe alguma coisa desse generoso mecenas?

— Nada, a não ser que se tratava de alguém rico e poderoso. Acha que pode ter sido ele o assassino de Jacopo?

— Parece-me plausível. Mas homens ricos e poderosos existem aos montes em Roma. Em todo caso, isso inocentaria...

Quase pronunciei o nome do caieiro Ghirardi, mas contive-me a tempo. Este continuava preso em segredo no Castelo de Santo Ângelo, e ninguém devia ficar sabendo de sua implicação no caso.

— Uma visita a Giulietta há de nos trazer informações. Você viria comigo, Giuseppe?

Ele desviou os olhos:

– Não estou aqui para me distrair, você deve ter percebido. Meus credores estão impacientes. Além disso, não sei se Giulietta ficará contente em me ver.

Abstive-me de qualquer pensamento, pedi que me explicasse melhor o endereço de Giulietta e saí do albergue sem mais demora.

Lá fora, a noite estava glacial.

Procurei Salai, mas não o encontrei. Fui tomado pela cólera: se não fosse a intervenção de Giuseppe, eu poderia ter gritado o quanto quisesse, ninguém viria me socorrer. Essa deserção, no entanto, não me surpreendeu, e decidi ir sozinho até a casa da protetora de Jacopo Verde. Além do mais, a Igreja Santa Cecília ficava ali perto, ao sul da Lungaretta, descendo em direção ao porto: o trajeto só levaria alguns minutos.

A caminho, lembrei-me das histórias que minha mãe contava sobre Santa Cecília, a quem dedicava, como muitos romanos, uma veneração particular. Segundo a lenda, Cecília, cristã fervorosa no tempo das perseguições, teria sobrevivido três dias após ter sido decapitada.

Mas, 12 ou 13 séculos depois, havia poucas chances de que o milagre se repetisse com a velha Giulietta...

A casa era uma típica construção daquele bairro: feita de ladrilhos e pedras, com um andar projetado e janelas abaloadas. Devo acrescentar que, 40 anos atrás, esse setor da cidade não era tão populoso, e não tive nenhuma dificuldade em encontrar o lugar.

Ao redor, tudo estava silencioso e deserto. Bati com a aldraba na porta, mas, como era de se prever, ninguém respondeu. Decidi então experimentar o ferrolho e, como esperava, a porta se abriu.

Um odor que já conhecia bem pairava no ambiente...

Só me restava alertar as autoridades.

Apesar da hora tardia, o capitão Barberi não hesitou em me acompanhar: levou-me na garupa do cavalo e, depois de termos atravessado a cidade, chegamos ao bairro Santa Cecília, que continuava tranquilo e inocente.

Atravessando a soleira da casa de Giulietta, o capitão também não pôde deixar de sentir o cheiro que impregnava o ambiente.

– Parece que você tinha razão, Guido.

Pegou a tocha que tínhamos trazido e subiu a escada prontamente. Abriu a primeira porta, à esquerda, a do quarto de dormir.

À luz ondulante da chama, o estômago revolvido pelo fedor, descobrimos o novo espetáculo que nos oferecia o assassino das colunas: sobre a cama, deitado de bruços, o cadáver nu e decapitado de uma velha.

O sangue secara, formando longas rugas negras sobre as costas e as pernas, e a putrefação começava a se apoderar das carnes.

– Que abominação! – exclamou Barberi.

Apesar da repulsa, aproximei-me da pobre forma martirizada.

– Parece ser mesmo a mulher cuja cabeça encontramos na Coluna de Trajano. A maneira como o pescoço foi cortado não deixa dúvidas – eu disse.

Então, inclinei-me sobre o corpo e percebi dois detalhes inquietantes:

– Viu isso, capitão?

Barberi se inclinou também. Entre as pernas da morta, com a lâmina virada para cima, via-se uma grande faca, toda vermelha de sangue.

– É a faca com que o assassino realizou seu trabalho – sugeriu ele.

– Talvez. Mas por que deixá-la deste jeito, com a lâmina virada para o céu? Essa posição nada tem de natural.

– Sem dúvida uma alusão aos vícios que o assassino denuncia em suas vítimas: "Eum qui peccat, Deus castigat"!

– Pode ser. Mas... e o que pensa disto?

Apontei para uma coisinha preta, em forma de asas abertas, delicadamente colocada entre o ombro e o pescoço da morta. Ele a pegou para observá-la à luz da tocha:

– Parece... Parece um mexilhão... Uma concha de mexilhão!

– Sim, um mexilhão. Aberto e esvaziado de seu fruto. Sem dúvida, mais um indício que o assassino deixa para nós. Uma concha de mexilhão vazia e uma faca de corte...

Naquele momento, escutamos barulhos na escada.

– Capitão, capitão!

O rosto de um soldado apareceu na porta:

– Capitão, viemos o mais rápido que pudemos. Estão comigo Aldo e também Baltazar. Baltazar afirma conhecer essa casa.

O tal de Baltazar avançou tapando o nariz:

– É verdade, capitão. No bairro, todos conhecem esta casa. É a casa da velha Giulietta.

Barberi fez um gesto de enfado.

– Isso eu já sabia. Se não tem nada de novo a acrescentar...

– Capitão – continuou Baltazar –, o que quero dizer é que Giulietta não é qualquer pessoa... Giulietta é a mãe de Ghirardi, o caieiro!

CAPÍTULO 11

O que dizer dos dias seguintes?
Uma grande confusão se apoderou da cidade e de minha existência.

Após a descoberta do corpo de Giulietta Ghirardi, tornou-se impossível esconder a verdade dos romanos. O primeiro conservador de Roma, ao mesmo tempo chefe da administração municipal e representante do povo, deu uma declaração diante do conselho comunal sobre os desdobramentos do caso. Revelou aos magistrados, reunidos no Capitólio, que dois outros assassinatos tinham sido cometidos depois do de Jacopo Verde na Coluna de Marco Aurélio. O primeiro no Fórum, na noite de Natal, o segundo no bairro Santa Cecília, provavelmente no mesmo dia. Esses dois crimes, perpetrados de maneira horrível, haviam vitimado duas figuras reconhecidamente ligadas à cupidez e à luxúria: um usurário, Gentile Zara, e uma cafetina, Giulietta Ghirardi.

As constatações feitas sobre os cadáveres, assim como uma inscrição encontrada na Coluna de Trajano, permitiam afirmar que as três vítimas tinham sido mortas pelas mesmas mãos. Se as autoridades tinham resolvido manter silêncio sobre acontecimentos tão trágicos, fora sobretudo para preservar o recolhimento durante as festas da Natividade e para permitir que os oficiais conduzissem eficazmente suas investigações.

Graças ao empenho do Mestre das Ruas, estas tinham, aliás, sido coroadas de êxito num tempo bastante curto. O primeiro conservador podia anunciar, com efeito, que o culpado já fora identificado e capturado. O assassino era um caieiro do Campo Torrechiano que fora possuído por uma crise sanguinária e monstruosa, ainda mais monstruosa tendo em vista que uma das vítimas era sua própria mãe. O referido caieiro, Donato Ghirardi, estava preso nos calabouços do Castelo de Santo Ângelo, à espera de sua punição.

Os conselheiros e mandantes ali reunidos podiam, portanto, divulgar em todos os distritos que a ordem fora restabelecida e que a justiça logo seria feita.

Essas afirmações oficiais não produziram, no entanto, o efeito esperado sobre a população.

Pelo contrário, a cidade voltou a fervilhar com os rumores mais insensatos, especialmente no que tangia às mutilações sofridas pelos cadáveres. Falou-se muito em canibalismo – palavra recente, que devia sua fama aos povos selvagens do Caribe –, de missas negras e de bruxaria. Várias inscrições com as palavras "Eum qui peccat, Deus castigat" floresceram aqui e ali nos muros da cidade.

Principalmente, formaram-se ajuntamentos nos lugares privilegiados da geografia "dos crimes de horror", como foram batizados: a Coluna de Marco Aurélio, a de Trajano, a de Focas e, mais do que todos, a casa da velha Giulietta. Alguns indivíduos tentaram entrar, jogar pedras ou pôr fogo na casa, de tal modo que foi necessário proibir o acesso a ela tanto de dia quanto de noite. Chegou-se até a organizar um pequeno comércio: vendedores ambulantes que ofereciam lenços supostamente embebidos no sangue das vítimas.

Mas o ápice da agitação se deu nos arredores do Castelo de Santo Ângelo. Primeiro, um ou dois indivíduos isolados; depois um pequeno grupo, e logo uma multidão de fanáticos se revezava, gritando injúrias contra Ghirardi. Os mais moderados exigiam que fosse esquartejado; os mais radicais, que fosse esfolado vivo e que seus despojos fossem levados a todos os bairros da cidade. Na ponte de Santo Ângelo, os soldados se esforçavam para impedir que toda aquela excitação se transformasse numa briga geral. Trocavam-se socos e insultos, semeando a confusão entre os peregrinos que lotavam Roma na época do Natal. A cólera do povo parecia só poder se aplacar com a morte do caieiro.

Quanto a mim, estava convencido, naquele momento, pelo feixe de indícios que convergiam para Ghirardi: o papel encontrado no quarto de Jacopo Verde, sua perturbadora descoberta do assassinato no Fórum, seu laço de parentesco com Giulietta.

Mas Leonardo não compartilhava de minhas certezas:

— Há muitos elementos que não se encaixam, Guido, a começar pelo motivo desses três crimes. Que o filho mate sua mãe, posso admitir. Que o faça com tamanha crueldade, ainda vai. Mas por que associar esse gesto a dois outros crimes igualmente pavorosos? E, ainda por cima, ir espontaneamente à Casa de Polícia? Isso já não é insensatez, é suicídio.

— Talvez para tentar despistar as suspeitas que recairiam sobre ele? É bastante raro que um assassino proclame assim seus delitos.

— E o que me diz daquele mouro com cabeça de poupa? Na noite do baile no Palácio Marcialli, nenhuma testemunha notou nele proporções tão excessivas quanto as do caieiro!

— Poderia se tratar de um cúmplice — argumentei.

— Um cúmplice... Humm... Por que não? Outra questão que me chamou a atenção... Percebeu como o primeiro conservador se esforçou por deixar o Vaticano afastado do caso? Escutando seu discurso no Capitólio, poderíamos crer que só a administração municipal está concernida. Mas, até onde sei, Bibbiena e o próprio Leão X estão no comando das investigações.

— E o que isso significa?

— Que a opinião do papa não está formada, e que ele quer evitar se comprometer.

– Caso Ghirardi não seja o único culpado?

– Por exemplo. Essa desconfiança do pontífice poderia também provir de alguma informação de que dispõe e que nós ainda ignoramos. E isso nos remete, mais uma vez, àquele desaparecimento misterioso que evocávamos outro dia, desaparecimento que bem poderia estar ligado a todo esse caso. Enquanto você estava na Via Sola, conduzi minhas próprias investigações no círculo do comendador. Parece que os mais altos dignitários da Igreja estão aturdidos pela perda de um objeto sagrado. Uma relíquia, provavelmente, mas cuja natureza exata ignoro. O que sei é que o alto Vaticano está intrigado com a maneira como o referido objeto pôde ter sido roubado. Um indivíduo habilidoso e bem informado teria conseguido penetrar num lugar considerado inviolável. Copiando alguma chave, talvez. Chaves, um lugar inviolável – está vendo agora que ligações podemos estabelecer com nosso criminoso?

– Suspeita-se que o ladrão da relíquia também tenha entrado nas colunas?

– Nas colunas e em outros lugares igualmente bem protegidos... Donde a inquietação e a discrição de Bibbiena aquele dia, no hospital Santo Spirito: não deve ter-lhe parecido bom divulgar que alguém está passeando à vontade pelos lugares mais bem protegidos de Roma.

– Interrogaram o oficial das chaves?

– Falei com ele esta manhã... Acredito que seja inocente. E Bibbiena também confia nele. Eis o que justificaria o fato de o Vaticano preferir esperar para se pronunciar sobre o caso Ghirardi... Querem primeiro se certificar de que é realmente ele quem atravessa as paredes.

– E ainda não têm essa certeza.

– Só o papa poderia lhe responder.

– Mas, se essa relíquia realmente desapareceu, e se o ladrão é também o assassino, que coerência vê nisso tudo?

– Absolutamente nenhuma. Mas é a única explicação que encontro para a atitude de Bibbiena e da cúria.

– Então acredita cada vez menos na culpabilidade de Ghirardi?

– Infelizmente, Guido. Estou quase convencido de que o verdadeiro culpado continua livre.

Essas reflexões me levaram a prolongar um pouco minhas investigações e, apesar de minha reticência, a procurar o sombrio Argomboldo. Esperava que ele pudesse me informar sobre a existência de obras que tratassem de crimes semelhantes.

Fui primeiro à Vaticana, onde o bibliotecário Gaetano me recebeu no calor aconchegante da Grande Biblioteca. Depois de nossa última conversa, ele selecionara para mim alguns livros que falavam das tradições e lendas da antiga Roma. Examinamos juntos os volumes, mas nenhum deles fazia alusão às práticas bárbaras lamentadas pela cidade nos últimos dias. Em compensação, Gaetano sabia onde encontrar Argomboldo, e explicou-me como chegar à sua residência, no bairro do teatro de Marcellus.

Estava determinado a visitá-lo aquela tarde quando fui detido no caminho pela multidão de fiéis que saíam da Igreja Santa Maria in Portico depois da missa da Epifania. Entregue a meus pensamentos, não lhes dei atenção até que, entre as mulheres de casaco de pele, acreditei reconhecer de repente a bela desconhecida do Palácio Médici!

Sua pele era fresca e rosada, deliciosamente colorida pelo frio, seus grandes olhos azuis brilhavam alegremente, e alguns cachos de um loiro encantador escapavam de seu capuz. Seu olhar cruzou o meu e, por um instante, acreditei – sim, acreditei – ler neles como que um sentimento de surpresa.

Seria possível que ela tivesse me notado? Que reconhecesse em mim o rapaz que a observara na outra noite com tanta paixão?

Esqueci a um só tempo os assassinatos, minha missão e o velho Argomboldo.

Fingi retomar meu caminho, afastei-me da igreja em direção ao teatro de Marcellus, e então voltei sobre meus passos. A moça e sua mãe subiam a Via del Portico em direção ao Campo dei Fiori, em meio a uma confusão de transeuntes. Charretes carregadas de palha, rebanhos conduzidos por cães, barris rolados pelo chão, carregadores curvados sob sacos de trigo: o congelamento do Tibre obrigava as mercadorias a circular pelas ruas da cidade. Aproveitando a multidão, aproximei-me das duas mulheres: era uma oportunidade única de descobrir quem eram e onde moravam!

Escoltei-as assim até a Via del Monte della Farina, na qual entraram à direita. Tive uma intuição quando as vi entrar na Via dei Barbieri: estariam indo para o Palácio de Capediferro? Atordoado, logo vi as duas desaparecerem na residência do Mestre das Ruas.

Até onde sabia, no entanto, este só tinha por família a mãe, que morrera recentemente em Ostia. Seria possível que minha bela desconhecida fosse parente do detestável Capediferro? Ou que pertencesse a seu círculo?

Só havia uma maneira de saber.

Decidi então me fazer anunciar na casa do Mestre das Ruas, sob o pretexto de lhe comunicar informações relativas aos crimes de horror. Não precisei esperar muito na antecâmara dos visitantes, o que atribuí a meu papel na descoberta de Giulietta Ghirardi: Capediferro fora obrigado a reconhecer minha importância nas investigações.

Recebeu-me com a expressão exasperada que já vira em seu rosto, numa pequena sala ornada de veludo escarlate. Mas – o que era mais importante – a jovem que dominava meu espírito também estava ali, sempre acompanhada pela mãe.

– Estamos de saída, Sinibaldi; peço-lhe, portanto, que se explique o mais rápido possível.

Esforcei-me para não me perder em meu desejo de contemplação:

– Queira perdoar minha audácia, Vossa Senhoria. Venho na esperança de impedir um crime. Mas está acompanhado e... não sei se essa conversa não ferirá ouvidos...

Virei-me para a jovem beldade, que, longe de baixar os olhos, fuzilou-me com o olhar.

– Não se preocupe. Essas damas, que têm a paciência de o escutar, são da família Aldobrandini. Minha prima e sua filha Flora. Vieram da Toscana para passar algum tempo aqui e, como seu nome ilustre o sugere, há poucas conversas que não possam escutar.

A família Aldobrandini! Uma das mais poderosas e antigas linhagens de Florença! E era a essa prestigiosa casa que eu pretendia fazer o cerco!

– Senhoras – continuou Capediferro – esse jovem inoportuno se chama Guido Sinibaldi e é o filho de nosso antigo chefe de polícia. Quis o acaso que ele nos fosse de alguma utilidade nesse triste caso sobre o qual tantas vezes falamos. Ele é, além do mais, um dos... um dos ajudantes de Mestre Leonardo da Vinci.

A evocação do grande homem causou uma expressão de admiração na mãe e um franzir de sobrancelhas na filha.

– Então, Sinibaldi, as apresentações estão feitas. Quanto a esse crime que pretende evitar...?

– Trata-se de Donato Ghirardi, Vossa Senhoria. É preciso adiar a todo custo sua execução. Vários argumentos importantes me levam a crer que ele não pode ser o culpado ou, ao menos, não o único culpado.

– Levam-no a crer? A você ou ao mestre que o envia? Ou ainda ao cardeal Bibbiena, que conserva por vocês uma estima que julgo irresponsável?

– Falo apenas por mim mesmo, Vossa Senhoria.

– Que seja – enervou-se ele. – O que tem a me dizer então sobre o caieiro?

Encorajado pela presença das duas mulheres, expus-lhe o raciocínio que Leonardo desenvolvera pouco antes, a ponto de sustentar como minhas – sem vergonha, admito – as conclusões a que chegara: Donato Ghirardi não poderia ter conduzido sozinho toda aquela maquinação.

– É tudo o que tem a dizer? – perguntou Capediferro quando terminei. – Essas são típicas quimeras de artista! E não é com essas elucubrações que poupará Ghirardi do inferno!

Olhou-me com uma expressão maliciosa.

– Ainda que eu compreenda que estejam preocupados com sua sorte. Não lhe prometeram que ele não seria perturbado?

Não reagi ao desafio, ocupado demais em julgar o efeito que produzira sobre a bela Flora. Pela sua expressão, não fora tão ruim.

– De qualquer modo – prosseguiu o Mestre das Ruas –, toda sua eloquência não mudará nada. Conversei agora há pouco com o vice-chanceler, a decisão está tomada... É preciso acabar com toda essa agitação. Donato Ghirardi é culpado, tudo indica isso. Será executado amanhã de manhã.

– Amanhã de manhã?! – exclamei. – Mas talvez seja um inocente que vão...

– Basta, Sinibaldi. O Vaticano bateu o martelo, como era seu dever. Você já nos reteve demais, a mim e a essas damas. Peço que se retire.

Dividido entre a comoção e o medo de nunca mais rever a bela Aldobrandini, comecei a tartamudear:

– E... e pode-se saber qual... qual será a pena?

Capediferro interrogou as duas mulheres com o olhar para se certificar de que não desfaleceriam:

– Pois bem! Decidimos executar o condenado em sua cela, a fim de evitar os riscos de um suplício público. Quanto ao castigo, Ghirardi será estrangulado amanhã na primeira hora.

CAPÍTULO 12

Poderia ter feito mais? Haveria um meio de salvar Ghirardi, apesar de tudo? Ou ele já estava mesmo condenado de antemão? Essas perguntas me atormentaram por muito tempo.

Hoje, inclino-me a pensar que havia interesses demais em jogo para que o caieiro pudesse escapar a seu destino. Além do mais, será que merecia mesmo ser poupado?

Na aurora daquela manhã tão particular de janeiro de 1515, enquanto a noite ainda recobria as margens do Tibre, uma horda de romanos já ocupava o pavimento em frente ao Castelo de Santo Ângelo. Para se proteger do frio, a maioria tinha coberto com roupas o rosto e as mãos; alguns agitavam tochas, outros tentavam juntar madeiras para acender um fogo.

Na véspera, a notícia da execução de Ghirardi se espalhara pela cidade sem que se soubesse quem a tinha semeado. Corria o boato de que o vice-chanceler acedera ao último desejo do caieiro: ver pela última vez o nascer do dia.

Ninguém sabia se a anedota era verdadeira, ninguém tinha como verificá-la. Ignorava-se em que parte do castelo a sentença seria executada. Os soldados e os dois carrascos escolhidos para oficiar tinham sido obrigados a ficar no castelo. A multidão só podia se alimentar de sua própria imaginação. O que não a impedia de ir longe: evocavam-se massacres, antigos crimes, monstros célebres que haviam semeado o horror na cidade. Recordavam-se os bandos de esfoladores que percorriam outrora os campos, batalhas terríveis a que se tinha escapado. Sobretudo, cada um se regozijava de estar do lado de fora da fortaleza, vivo entre os vivos, ao passo que, a alguns metros dali, numa cela fétida...

Finalmente, um primeiro clarão rasgou a espessura da noite. O dia, o dia nascia! Depois de um momento de silêncio, daquele silêncio tão particular das multidões mudas, pareceu que um longo gemido se elevava do castelo, um gemido que se transmitia de pedra a pedra até se erguer para o céu.

Então, não houve mais nada. Ou talvez jamais tenha havido nada?

Depois da execução de Ghirardi, vaguei por algum tempo pelas ruas de Roma, percorrendo os trajetos do assassino. Primeiro, a Coluna de Marco Aurélio. Como ele pudera penetrar ali, como pudera deixá-la sem ser notado? Por que decapitar a vítima e ainda lhe enfiar uma adaga nas costas? Por que deixar aquela mensagem e aquela inscrição? Que objetivos secretos visava, na realidade?

Em seguida, a loja do ourives e usurário Gentile Zara: fora lá que o assassino encontrara o velho? Sob que pretexto lhe administrara o veneno? Como o levara até o Fórum? Por que correr o risco de exibir assim o morto, numa noite de Natal? A tenda, infelizmente, estava cuidadosamente fechada e não se podia adivinhar nada do seu interior.

Então, a Coluna de Trajano e a de Focas: por que essa obsessão com as colunas? Que relação havia com os imperadores? O assassino buscava algo além da repercussão de seus crimes?

A casa de Giulietta, finalmente, única vítima cujo laço com o assassino não deixava dúvidas. Se é que o assassino era realmente o caieiro...

Foi quase sem pensar que meus passos me conduziram para os lados do teatro Marcellus. A caminho, a imagem da bela Aldobrandini voltou a se apoderar de mim.

Flora...

Sua fina silhueta, seus cabelos de um loiro luminoso, seus olhos curiosos e profundos, aquele olhar que me lançara... Sim, queria acreditar que tinha me reconhecido. Que vira em mim alguma inteligência e um pouco de beleza. Mas como adivinhar seus sentimentos? Seu sangue a tornava totalmente inacessível... Como abordá-la novamente?

Estava acalentando os mais doces sonhos quando finalmente cheguei à casa de Argomboldo. Hesitei em bater à porta: todas as janelas pareciam condenadas, e o lugar, desabitado. Por fim, me decidi.

Para meu grande espanto, a porta se abriu. Argomboldo apareceu, com o rosto emaciado, os olhos brilhantes, todo vestido de preto sob uma capa que descia até o chão. Não me disse nada, contentando-se em me observar, sem constrangimento nem surpresa.

– Queira desculpar essa intrusão, mestre Argomboldo. Sou Guido Sinibaldi, encontramo-nos na...

– Sei muito bem quem é você – replicou. – É o filho do antigo chefe de polícia e ajudante do pintor do Belvedere. Nunca esqueço aqueles que encontro. Quaisquer que sejam as circunstâncias.

Era um início um tanto promissor...

– Então deve saber também que Tommaso Inghirami abriu as portas da biblioteca para mim e que estou conduzindo ali certas pesquisas.

– Que seria melhor interromper, a julgar pelos livros que consulta. Ainda que, em minha opinião, o verdadeiro culpado seja o bibliotecário Gaetano.

– Não é dessas pesquisas que queria falar, mestre. Pediram-me também para me informar sobre obras que pudessem ajudar a...

Um transeunte apareceu no final da rua, e Argomboldo me interrompeu de novo:

– Não ficaria mais à vontade do lado de dentro?

Entrou e fez sinal para que o acompanhasse.

Obedeci, curioso para conhecer a intimidade do personagem.

Como era de esperar, tudo era escuro em sua casa. Apenas duas velas ardiam sobre a mesa de madeira, iluminando um grande livro aberto que ele se apressou em fechar. Quanto ao resto, a sala chamava a atenção por sua nudez. Fora dois bancos e um pequeno baú, uma cruz muito simples sobre a cobertura da lareira e um pequeno fogo, quase apagado, estava tudo vazio: o velho devia ser uma espécie de asceta.

Aliás, sequer me convidou para sentar.

— Obras que pudessem ajudar...?

— Para ser franco, mestre Argomboldo, trata-se de todos esses assassinatos que deixaram a cidade de luto.

— O assassino não foi castigado hoje?

— Sim, mas nem o motivo nem as circunstâncias desses crimes foram estabelecidos com exatidão.

— Achei que o criminoso perseguia os pecadores.

— Essa é a explicação mais difundida, de fato. Mas talvez seja insuficiente.

— Insuficiente! Ah!

Não soube como interpretar aquela exclamação.

— De maneira que talvez seu conhecimento da Vaticana pudesse nos ajudar a elucidar alguns mistérios. Lembra-se de obras que evoquem crimes semelhantes ou tradições da antiga Roma que possam ter algo a ver com eles? Penso sobretudo nessa série de decapitações.

— Não há nenhuma obra desse tipo em toda a Vaticana, posso lhe assegurar.

— E que diga respeito, por exemplo, à figura de um homem com uma máscara de poupa?

— Uma máscara de poupa? Que ideia! Mas não, isso não me lembra nada.

— E as colunas? Não ignora que desempenharam um papel importante nesses crimes. Não haveria lendas ou cerimônias pagãs que as tivessem como cenário?

— Nenhuma que esteja exposta num livro, até onde sei.

Minha decepção foi grande: a investigação entrava de novo num beco sem saída.

– Fico pensando... É extraordinário, mas... encontramos perto do cadáver da mulher uma concha de mexilhão vazia e uma faca de corte. Essa associação de objetos o faz pensar em alguma coisa?

Houve um tempo quase imperceptível de hesitação.

– Meu jovem, é realmente de meu conhecimento sobre os livros que precisa? Não lhe seria mais útil um adivinho, um astrólogo ou um bruxo? Pois, creia-me, aquele que se pretende a espada de Deus não perde tempo com essas superstições.

– Perdoe-me, mestre Argomboldo, não estou entendendo. Acha realmente que esses assassinatos sejam a obra de um enviado de...

Deixei minha frase em suspenso.

– Ignora a inscrição? "Aquele que peca, Deus castiga." E não conhece minha reputação? Nesse caso, saiba que, ao contrário de vocês todos, a notícia do assassinato suscitou em mim alguma... sim, alguma esperança. Pareceu-me que, talvez, isso fosse o sinal de novos tempos.

– De novos tempos?

Argomboldo se animou de repente, falando mais rápido e mais alto:

– É claro! Os tempos do arrependimento e da contrição! Os tempos da mudança! Não tem olhos para ver e ouvidos para escutar? Não sente a pestilência que exala desta cidade? Roma, a capital da cristandade? Ah! Cidade do demônio, isso sim! E a Igreja? A santa esposa de Nosso Senhor. Ela é que devia dar o exemplo da fé.

Bateu com o punho sobre a mesa.

– Uma prostituta voluptuosa entregue ao dinheiro e ao jogo! Uma sanguessuga que se alimenta do sangue dos fiéis! Veja, pense nas indulgências... Basta isso. Não há aí motivo suficiente para queimar todos os papas no inferno? Vender o Paraíso para construir templos a sua própria glória. Não é este o verdadeiro sinal do pecado? Se ainda os que estão atrás do papa fossem melhores! Mas não, estão todos de acordo, dançando a mesma dança! Quantos cardeais têm por única religião aumentar sua fortuna? Quantos prelados mantêm haréns maiores que os dos sultões? Quantos fazem filhos e os engordam com abadias e bispados até os fazer esquecer o próprio nome de Cristo? Não compreende isso, rapaz? Esta cidade está podre, das fundações à cumeeira. Não há um romano, está escutando, um romano que valha a pena salvar! Então lhe digo, Roma só poderá ser lavada pelas águas do dilúvio!

Recuei um passo, impressionado por tanta veemência. Ele inspirou profundamente, como se estivesse fazendo um grande esforço. Depois retomou, mais calmamente:

— Assim, você compreende que, diante de todos esses crimes cometidos em nome de Deus, diante de todos esses pecadores castigados por seus vícios, eu tenha desejado que isso fosse um sinal de que a cólera divina finalmente se abatia sobre a cidade. Infelizmente...

— Infelizmente?

— Faltava grandeza e inspiração ao criminoso. Em vez de um anjo redentor, um lamentável caieiro. Pobre Roma, que vai voltar às suas perversões!

O velho asceta era louco, não havia a menor dúvida.

— E o que diria, mestre Argomboldo, se Donato Ghirardi não fosse o verdadeiro culpado?

Seus olhos se abriram mais e seu longo nariz começou a tremer.

— Se ele não fosse o verdadeiro culpado? Ele não foi executado? Você gosta de escândalos, rapaz.

— Não é uma ideia minha, e sim do Mestre da Vinci.

— Ah! O Mestre da Vinci!

Seu tom retomara a acidez do início.

— Isso não me surpreende nem um pouco! Deus sabe que ele é especialista em matéria de escândalos.

Seu rito me desagradou muito.

— Posso saber o que está insinuando, mestre Argomboldo?

— Ora, meu rapaz, para o filho de um chefe de polícia, você parece bastante ingênuo.

— Seja mais claro, por favor. Tenho a honra de ser amigo de Leonardo e seria uma traição deixar que falasse dele nesses termos.

— Realmente não sabe?

Ele parecia sinceramente surpreso, o que aumentou meu incômodo.

– No final das contas, talvez seja melhor que seja eu a lhe contar. Mas sente-se primeiro. Temo que não aprecie o que vou lhe dizer.

Sentamo-nos um de cada lado da mesa, eu com mais impaciência do que desejaria.

– Considerando sua juventude – começou –, entendo que a admiração seja mais forte do que o discernimento. Infelizmente, descobrirá que o gênio dá também mais talento para fazer o mal. E, se reconheço de bom grado o gênio do pintor, condeno a malícia do homem com ainda maior firmeza.

Sem me deixar o tempo de protestar, continuou:

– Vivi em Florença por alguns anos. Faz muito tempo agora. Da Vinci também morava lá. Mas, naquela época, ele era menos célebre por sua arte do que por certo escândalo envolvendo seus costumes. Um caso que lhe valeu ser interrogado longas horas pelos oficiais da noite e dos monastérios, e que implicava também outros homens, particularmente um, bastante jovem... Um pouco jovem demais. Não preciso lhe dar mais detalhes, suponho.

A alusão aos costumes de Jacopo Verde era transparente.

– A acusação era grave? – perguntei com voz ríspida.

– Bem menos do que aquelas de que estamos tratando. Até onde me lembro, não chegou a haver nenhuma condenação. Não obstante, parece-me arriscado confiar no julgamento de um homem sobre um caso em que suas próprias inclinações estão em questão.

– Se não houve condenação – retorqui –, foi porque não houve crime. E, como disse, esse caso é muito antigo. Além disso, o senhor conhece tanto quanto eu alguns nomes ilustres que, reconhecidamente, compartilham dessa inclinação. Por que isso haveria de impedir da Vinci de se colocar a serviço da verdade?

– Da verdade? Mas de que verdade? Eis a questão!

Argomboldo apontou para a cruz sobre a lareira.

– Não da verdade de Cristo, em todo caso. Pois só lhe apresentei até agora um aspecto do indivíduo. Mas se esses crimes dizem respeito também à religião, devo alertá-lo sobre as ideias de da Vinci nessa matéria.

– Ainda tem outros segredos a me revelar, mestre Argomboldo?

– Não ria, jovem incrédulo. Ou não venha com a pretensão de que quer resolver esse caso.

Cedi diante de seu olhar chamejante. Ele continuou:

– Já ouviu falar nos joanitas?

Fiz sinal de que não.

– É uma espécie de seita. Uma seita para a qual o Messias, o único verdadeiro Messias, é João Batista. Esses... esses joanitas recusam a palavra de Cristo. Falam de Jesus como de um falso profeta e condenam todas as religiões do Livro. Uma heresia, em outros termos, mas uma heresia perigosa. Pois faz já um século que cresce no seio de nossa Igreja. Oh! Não de maneira espetacular, e sem mover as massas. Ela seduz antes os espíritos fortes. Aqueles que consideram o cristianismo moribundo e querem se liberar de seus princípios. Pôr abaixo a cristandade, impor novas regras ao mundo... E, sobretudo, dar-lhe novos mestres. Não que eu considere o ensinamento do Batista condenável em si mesmo, mas o uso que fazem dele esses sectários não tem outro objetivo senão perverter as consciências para se apropriar do poder. Os joanitas constituem uma afronta para nossa fé, mas, também, uma ameaça para nossa cidade.

O universo do velho Argomboldo era feito de cruzadas e guerras religiosas...

– Vai me revelar que da Vinci, na realidade, é um desses joanitas, é isso?

– Era o que todos diziam na época em que ele estava em Milão, a serviço de Ludovico Sforza. Que, ele próprio... Mas este já está morto, deixemo-lo em paz. Ouvi dizer o mesmo a propósito de da Vinci quando chegou a Roma. Ora, parece que os joanitas são bastante numerosos no círculo do papa.

– Dispõe de outras provas?

– Essas pessoas são muito hábeis. Dissimulam-se e apoiam-se uns aos outros. Sua principal força é o silêncio. Quanto a Leonardo, ele só pintou um pequeno número de temas religiosos, e você perceberá que a maior parte retrata o Batista. Parece algo mais do que uma simples coincidência...

Vasculhei minha memória, mas estava longe de conhecer tudo a respeito da obra do mestre. Lembrei-me de uma escultura entrevista em Florença, de uma pintura em que João batizava Cristo e de uma outra que representava a Virgem e o anjo com João e Jesus a seus pés. Talvez também de um João no deserto. Mas isso realmente provava alguma coisa?

— Mesmo que isso seja verdade, mestre Argomboldo, que interesse da Vinci teria em se intrometer nesse caso?

— As vias da seita são tortuosas. Se um deles participa das investigações, talvez seja para desviar seu curso.

— Com que finalidade?

— Não estava dizendo agora há pouco que Donato Ghirardi podia ser inocente? Isso significaria que os culpados devem ser procurados em outra parte. Ora, há um símbolo que os joanitas prezam acima de tudo... o da morte de seu profeta. E você sem dúvida sabe qual foi o trágico fim do Batista: Herodes Antipas mandou decapitá-lo.

Saboreou por um instante o efeito de sua declaração.

— Sim, decapitar. A decapitação tornou-se assim, entre os sectários, uma espécie de senha. Sua evocação, uma maneira de se reconhecerem entre si. Eis o que nos leva talvez aos crimes com que se preocupa, meu jovem... dois decapitados e um crucificado. A primazia de Batista sobre Jesus Cristo!

CAPÍTULO 13

Não fiz nenhum comentário, julgando mais prudente retirar-me antes que Argomboldo acusasse o papa de ser o chefe dos conspiradores.

Depois de um desvio em direção ao Palácio de Capediferro, onde espreitei em vão a aparição da bela Flora, tomei o caminho do Belvedere para conversar com o mestre sobre a investigação.

Ao chegar, fui surpreendido pela agitação que ali reinava: criados iam e vinham, carregando malas e quadros empacotados, conversas e gritos subiam das diferentes peças, roupas passavam de mão em mão. O próprio ateliê estava em plena efervescência, e parecia ter sido esvaziado das invenções e ferragens diversas que se encontravam ali até então.

Quando entrei, da Vinci estava dando ordens para que fosse disposta com cuidado, numa caixa alta e larga, uma espécie de grande lente de vidro, o modelo reduzido de seu espelho calorífero. O mestre parecia estar de péssimo humor e assolava os ajudantes com recomendações:

– Assim não, com mais cuidado, seu desajeitado! Vai arranhar a lente. Mais para baixo, para baixo!

Esperei que a operação terminasse para avançar.

– Ah, Guido! Chegou em boa hora, vai nos ajudar. Pegue desse lado e ajude Salai a colocar essa caixa no grande baú à entrada.

Obedeci, não querendo exprimir nada diante de Salai, a quem não perdoara a deserção daquela noite no albergue Cabeça de Lobo.

De volta ao ateliê, fui direto ao mestre.

– Está fazendo as malas?

– Infelizmente sim, Guido! Não me deixam escolha. Fizeram-me saber ontem que devia aproveitar as núpcias de Giuliano para me afastar e acompanhar meu protetor à Saboia. Partindo o mais rápido possível, amanhã de manhã.

– Amanhã de manhã! Mas o que pode justificar tanta pressa?

– Inimigos, sem dúvida. Inimigos poderosos e que gozam da confiança de Leão X. O cardeal Bibbiena tinha me avisado. Sem falar nesses dois alemães, que não param de intrigar para me desmerecer. É por causa deles que estou fechando tudo aqui, por medo de que eles roubem meus procedimentos.

– Mas quem são esses inimigos? O que eles têm contra o senhor?

– Eu mesmo não sei. A inveja e o rancor são maus conselheiros. O fato é que o papa parece ter recebido uma carta de denúncia. Acusam-me...

Seus punhos se fecharam e senti a fúria que se apossava dele novamente.

– Acusam-me de práticas de necromancia com os cadáveres de Santo Spirito.

– O quê?

– Sim, Guido, você escutou bem. De necromancia! Segundo a carta, minhas pesquisas de anatomia são apenas um pretexto para profanar os cadáveres, para invocar os mortos e prever o futuro em suas entranhas. E não sei que outras diabruras.

– Mas isso não faz o menor sentido!

– Isso é o que me incomoda. Essas acusações são absurdas e, no entanto, Leão X parece lhes dar importância. Ele me proibiu oficialmente de voltar ao hospital Santo Spirito.

Já irritado pelas insinuações de Argomboldo, essa notícia acabou de me derrubar. Da Vinci condenado como adivinho e bruxo!

– O pontífice deve ter motivos bastante fortes para se resignar a afastá-lo! Afinal, goza da proteção de seu irmão!

– Oh! As coisas não foram apresentadas assim. Apenas me aconselharam a partir por algum tempo, sob o pretexto de que as dissecações ainda constituem um assunto delicado para a Igreja. Que era preciso que os espíritos se acalmassem, sobretudo depois da sequência de acontecimentos que vivemos. Mas minha pensão será mantida, assim como meu apartamento no Belvedere e toda a estima de Leão X, como você pode imaginar.

Uma coincidência me chamou a atenção: minha conversa na véspera com Capediferro. As confidências que eu fizera sobre as ideias de Leonardo!

– Esse exílio poderia ter alguma coisa a ver com nossa investigação?

– É bem possível – admitiu ele. – Não escondi minha hostilidade em relação à execução do caieiro.

– E a hostilidade de Capediferro em relação ao senhor também não é nenhum segredo – acrescentei. – Ora, o Mestre das Ruas foi quem prendeu Ghirardi. Pode ter tomado suas reticências por um ataque contra ele.

Enquanto falava, fui percebendo que eu era o verdadeiro culpado pela desgraça de da Vinci. Tudo por causa da minha tagarelice insensata e do meu desejo de impressionar a jovem Aldobrandini!

– Devo... devo lhe confessar que encontrei Capediferro ontem, Mestre, e que ele... que ele pôde deduzir de algumas de minhas proposições...

Leonardo colocou a mão em meu ombro:

–Você é um bom rapaz, Guido, honrado e escrupuloso. Se fosse para eu ter um filho...

Não terminou a frase.

– Entretanto, não vale a pena se mortificar. Mais cedo ou mais tarde, ficariam sabendo. E estou determinado a defender essa opinião contra tudo e contra todos: o caieiro não pode ter sido o instigador de toda essa série de crimes. Ainda mais... ainda mais que me lembrei de algo, ontem. Veja só... Sabe como chamam as mulheres na região de Avezzano?

Fiquei completamente estupefato. Aquele homem, acusado de heresia e bruxaria, aquele homem, o maior pintor de seu tempo, expulso da cidade como um malfeitor, conversava tranquilamente sobre a língua dos apeninos!

– Avezzano? – repeti.

– Sim, Avezzano. Passei um ou dois dias lá quando estava indo para o Adriático. Deve fazer uns quinze anos.

– Lamento, mas não estou entendendo.

– Avezzano, Guido, a cidade de origem de Jacopo Verde! Pois bem, saiba que lá raramente se utiliza o termo senhora para se falar de uma mulher. Emprega-se de preferência o termo *donna*: *donna* Albizzi, *donna* Sinibaldi. Pode parecer estranho, mas é como falam na região.

– Ainda não entendi aonde quer chegar...

– Pense, Guido, pense! *Donna*! Como *donna* Ghirardi, por exemplo! O papel que descobriu no quarto de Jacopo Verde! "do ghirardi"! Entendeu agora? Aquele que indicou ao jovem Verde a pessoa que devia encontrar no albergue do Lobo não escreveu "do ghirardi" referindo-se a Donato Ghirardi, e sim à "*donna* Ghirardi", como se costuma fazer em Avezzano! Foi à cafetina que o jovem se dirigiu, e não ao seu filho. É mesmo provável que os dois nem soubessem da existência um do outro! E, se adotamos esse raciocínio, não subsiste nenhuma razão para que o caieiro tenha matado Jacopo Verde!

– O que explica também por que não encontramos nenhuma significação para aquela concha de mexilhão e aquela faca – endossei. – Nem para a máscara de poupa e todo o resto. Culpar o caieiro não oferece respostas a todas essas questões!

– Estou contente que partilhe essa opinião. Ainda mais que continuo achando que esses detalhes têm sua importância. Que bastaria encontrar sua coerência, um pouco como faz um artista quando procede através de pequenos toques em sua obra, para...

Interrompeu-se. Um clarão que eu já conhecia bem iluminou seu olhar.

– E por que não? Por que não, Guido? Já pensou na pintura?

— Na pintura?

— Sim. Disse-lhe da outra vez que todos esses indícios evocavam alguma coisa para mim. Talvez não devamos procurá-la nos livros e nas lendas. Talvez se trate de um quadro que vi, ou do estilo de um pintor que conheço. E meu espírito o estaria associando inconscientemente a esses crimes. Uma espécie de analogia, cujo mecanismo me escapa, mas que tem sua razão de ser. Por isso não consigo formular claramente o que sinto. Isso parece... sim... uma intuição de pintor...

Mais uma vez, não me sentia à altura de seu raciocínio. Prometi a mim mesmo, no entanto, que estenderia minhas pesquisas aos pintores...

— Já que estamos falando de pintura, Mestre... Antes de sua partida para os Alpes... posso ver a composição que estava terminando aquele dia? Ficaria muito feliz em ser o primeiro a...

Seu rosto adquiriu uma expressão de alegria e orgulho:

— Não ficará decepcionado, Guido. Estou bastante contente com esse trabalho. O quadro ainda está suspenso em seu cavalete, mas, de qualquer forma, vou levá-lo comigo para Chambéry. Aproveitaremos para baixá-lo.

Aproximou-se do estranho sistema de polias que permitia pendurar os quadros à altura do forro, longe de mãos e olhares indiscretos. Desbloqueou uma roda dentada, depois outra, acionou sucessivamente duas alavancas, girou a manivela, e o quadro desceu suavemente até nós. Mas continuava escondido por um pano.

— Oh! Já que estamos falando de minha partida, antes que eu esqueça...

Colocou a mão no bolso.

— Gostaria de deixar isso com você.

Estendeu-me uma chave.

— Durante minha ausência, essa chave lhe dará acesso a meu apartamento. De vez em quando, venha dar uma olhada para ver se ninguém entrou aqui: temo muito a intrusão desses dois alemães. Além disso, quem sabe, talvez precise de um lugar onde ninguém pense em procurá-lo. Agora...

Com um pouco de encenação, retirou o pano que cobria o quadro. Não pude reprimir um movimento de estupor.

Era realmente uma obra-prima, uma obra-prima de suavidade e sutileza. O personagem que representava, inacabado da outra vez, resplendia agora em toda a plenitude.

Continuava com uma cruz na mão esquerda, seus cabelos ainda caíam em cachos sobre os ombros, e seu corpo, seminu, flutuava mais do que nunca para fora da sombra. Mas o que agora capturava o olhar era aquele gesto do braço direito. Aquela mão e aquele dedo que apontavam para o céu, aquele movimento cheio de graça e de enigma que dava a entender que lá em cima, em algum lugar, havia um mistério.

A que viagem desconhecida convidava aquele indicador erguido?

Mas o essencial ainda não era isso. O essencial, foi preciso ainda um instante para que se apresentasse a mim, para que invadisse meu espírito e logo me cegasse. Pois não havia dúvida: o rosto do jovem com uma cruz era o rosto de Jacopo Verde.

Da Vinci pintara Jacopo Verde!

Mas um Jacopo que não tinha mais a expressão torturada e hedionda que eu vira na Coluna de Trajano. Um Jacopo apaziguado, com os olhos cheios de tranquilidade, com um sorriso quase zombeteiro. Um Jacopo vivo, com uma vida que o gênio de Leonardo tornara eterna. Um Jacopo inspirado, radiante pelos séculos dos séculos!

CAPÍTULO 14

Era na manhã de 9 de janeiro de 1515 que da Vinci devia deixar Roma e tomar o caminho da Saboia.

Naquela data, o caso já tinha vinte dias, e estimava-se com certeza que o culpado fora punido: Donato Ghirardi assassinara sua mãe, uma cafetina sem escrúpulos, Jacopo Verde, um de seus protegidos, e Gentile Zara, um usurário de má reputação. A razão dos crimes? A loucura sanguinária. A crueldade e o refinamento no cenário? A loucura sanguinária. As mensagens, a concha, a faca ou a adaga? A loucura sanguinária.

As autoridades, até então, atinham-se a esse princípio.

Já Leonardo pensava de outra forma: havia sem dúvida um outro rosto sob a máscara de poupa, o de um homem que não era o caieiro, no Palácio Marcialli; um homem que entrara no Vaticano para roubar uma relíquia; um homem que talvez conhecesse bem o universo da pintura. Essas deduções, por incoerentes que parecessem, tinham força suficiente para que alguém se esforçasse por afastar o mestre. Calúnias, denúncias, tudo isso acabara levando à sua desgraça.

E agora eu me encontrava sozinho à procura do assassino.

A amargura não conseguia, entretanto, apagar de minha memória a bela Aldobrandini. A manhã mal começara e eu já me dirigia ao Palácio de Capediferro, na esperança de surpreendê-la no vão de uma janela. Estava apaixonado, e aquele foi o meu dia de sorte.

Não fazia nem 10 minutos que estava à espreita quando uma porta lateral se abriu. A entrada dos criados...

– Por aqui, mestre Sinibaldi.

Avancei, incrédulo e, à sombra do lintel, percebi a mais amável das silhuetas: Flora! Flora, que estendia a mão para mim! A emoção e a surpresa me sufocaram.

– Rápido! Minha mãe e meu tio foram rezar uma missa para minha tia avó, teremos pouco tempo.

Seu tom decidido não dava margem a réplicas. Ela empurrou a porta e, atraindo-me para si, deu um beijo impetuoso em meus lábios.

– Por aqui!

Fazendo sinal para que ficasse quieto, arrastou-me por uma rede de corredores e escadas que nos levava de andar em andar.

– É o acesso dos criados – sussurrou. – A maioria está na cozinha, mas...

Fiz de conta que estava entendendo, mas estava completamente aturdido: eu, ali, naquela escada, com ela! Quase no topo da torre, Flora abriu a porta de uma peça inundada de luz. As paredes estavam pintadas com desenhos de arbustos e plantas extraordinariamente realistas: a natureza despertava em mil flores na da direita, explodia em cores e frutos na do meio e se suavizava nos tons desbotados do outono na da esquerda. Na última parede, duas belas janelas dominavam Roma. Um paraíso campestre no coração da cidade.

– É a sala de minha tia avó. Gostava de se retirar aqui quando era jovem. Chamava esse lugar de jardim do céu.

– É... é magnífico – eu disse, ainda aturdido demais para pensar em algo melhor.

Flora virou-se para mim e segurou minhas mãos:

– Mestre Sinibaldi, tenho... tenho 17 anos hoje. Essa estada em Roma tem me matado de tédio. Quer ser meu amigo?

– Eu... É claro...

– Que bom.

Seus olhos me fixaram com uma estranha luz.

– Mestre Sinibaldi... Ou talvez possa chamá-lo de Guido? Conhece a maneira como se amam as senhoritas?

– As... as senhoritas? – respondi, passando por todas as nuances do vermelho.

– Sim, as senhoritas. Você sabe muito bem que os homens gostam de mulheres, mas que os maridos sempre desposam meras mocinhas. Ora, a inocência é uma prisão muito cruel.

Passou a ponta dos meus dedos sobre seu queixo e sua face.

– Acha justo, mestre Guido, que o prazer seja o apanágio apenas das esposas?

Balbuciei não sei o quê que ela tomou por uma aprovação.

– Felizmente, há um meio para que dois jovens muito judiciosos...

Ela me beijou de novo, desta vez, com toda a delicadeza. Eu não sabia mais nem o que fazer nem o que pensar: tudo o que sabia nesse campo, devia às mulheres da vida... cujo forte não costuma ser a paciência!

Deixei-me, portanto, guiar até o divã em forma de meia lua encostado à parede sob as janelas. Sem parar de olhar em meus olhos, Flora desfez o cinto que segurava seu vestido. As duas mangas se abriram e, logo, o veludo deslizou sobre seu seio.

Aproximou-se

Sua pele, de uma brancura de neve, derreteu entre meus lábios.

Por todo esse momento em que perdi a noção de mim mesmo, aprendi que podemos nos procurar sem querer nos encontrar, e que podemos nos abandonar sem querer nos perder.

Aprendi que o corpo das mulheres é mais sutil do que o nosso, que suas emoções são mais ricas e mais exigentes. Que é preciso tato e engenhosidade. Amor, também.

Aprendi finalmente, com os olhos perdidos na folhagem, um pouco do mistério das virtudes florentinas.

De repente, um barulho de carruagem rompeu o encanto que nos ligava. Flora se levantou bruscamente:

– Meu tio! É o carro do meu tio!

Uma sege puxada por dois cavalos acabava de entrar no pátio.

– Rápido, você tem de sair daqui.

Agi o mais rápido que pude: peguei minhas coisas e, com o coração em disparada, saí correndo daquele jardim das delícias. Se o Mestre das Ruas me encontrasse daquele jeito em sua casa!

Desci correndo as escadas e corredores, esforçando-me para não errar o caminho. Ao sair, enquanto terminava de me vestir, vi Flavio Barberi surgir no canto da ruela. Ele avançava para mim, gesticulando.

– Guido! Guido! Onde você andou? Procurei-o em toda parte!

Ele me observava com espanto, lançando olhares intrigados ora para o palácio, ora para meus trajes em desordem. Eu deixara Flora tão bruscamente que todos os meus sentidos ainda estavam transtornados por sua beleza.

– Não foi nada, Flavio, apenas alguns esclarecimentos que queria obter do Mestre das Ruas...

Enquanto isso, tratava de assumir uma aparência normal.

– Mas e você, o que houve? Minha mãe não...

– Não, fique tranquilo. É o nosso caso, Guido. Há novidades! Meu pai pediu que o encontrasse o mais rápido possível.

– Novidade? O quê? Fale!

– Uma mensagem! Uma mensagem do assassino! Você tinha razão, talvez o caieiro não seja o culpado! Venha!

Puxou-me pela manga e, sem que eu tivesse tempo de retomar fôlego, levou-me quase correndo até a Casa de Polícia.

Aquela travessia de Roma no frio invernal acabou de me desembriagar. O capitão e dois de seus homens esperavam-me em volta de uma mesa, considerando com perplexidade um pedaço de papel branco.

–Ah! Guido! Aproxime-se. Olhe o que nos trouxeram esta manhã.

Estendeu-me um retângulo sobre o qual estavam inscritas estas poucas linhas:

O pecador perdeu a cabeça
O inocente perdeu a vida
O Pontífice perdeu a Face
E a poupa ganhou o céu

Van Aeken pinta.

– A poupa! – exclamei.

– Foi o que me convenceu da importância desta mensagem. Essas alusões não podem ser fortuitas.

– Mas onde foi descoberto este papel?

– Estava afixado no Pasquino.

– No Pasquino!

Meu espanto se intensificou. O Pasquino era aquela estátua de Hércules, amputada dos braços e das pernas, que fora desenterrada havia quinze anos perto do Campo dei Fiori. Fora colocada num pedestal, perto da Piazza Navona, e criou-se o costume de ali se afixarem panfletos. A maioria deles criticava a conduta do governo da cidade ou o ensino na universidade. Alguns eram tão virulentos que foi criado um cargo de inspetor do Pasquino para que houvesse um controle sobre o conteúdo do que era afixado ali. Ora, a estação das pasquinadas era em abril, na época da festa de São Marcos, não em janeiro.

– Eu tinha dado ordens para que me trouxessem qualquer manifestação suspeita – explicou o capitão –, inclusive em conversas ou escritos. Esta mensagem deve ter sido afixada na noite passada.

– O texto está impresso – observei. – Impossível identificar o autor.

– Certamente. Mas o papel e os caracteres lembram o bilhete que foi deixado na casa de Capediferro nos primeiros dias da investigação. Não há dúvida de que esta mensagem tem a mesma origem.

– Pelo menos, é o que querem que pensemos – concordei. – "O pecador perdeu a cabeça" remete evidentemente aos decapitados das colunas; "O inocente perdeu a vida", à execução do caieiro Ghirardi; "O Pontífice perdeu a Face" coloca em questão a autoridade do próprio papa. Quanto a essa poupa que ganhou o céu, significa, evidentemente, que o pássaro voou e que o assassino continua livre...

– Concordo com você, Guido. Mas o que acha destas últimas palavras..."Van Aeken pinta"?

– Lembram-me uma reflexão de Leonardo, que via em todo esse caso uma relação com a pintura. Vários indícios deixados pelo assassino sugeriam-lhe o talento ou o universo de um artista. Sem que conseguisse nomeá-lo, no entanto. "Uma intuição de pintor", foram suas palavras.

– Não duvido das intuições de da Vinci – disse Barberi, sorrindo. – Mesmo se algumas delas o levam mais longe do que ele próprio desejaria. Mas esse nome, Van Aeken, não me diz nada.

– A mim também não. Tinha me proposto a consultar a coleção de gravuras da Vaticana. Talvez haja algo sobre esse Van Aeken?

O capitão parecia estar refletindo:

– De qualquer forma, esse verbo... Por que Van Aeken *pinta*? Isso significaria que sua obra ainda está em curso? Que está inacabada e a ponto de continuar?

Eu pensava de maneira semelhante:

– Nosso homem provavelmente ainda vai se manifestar. Com toda a evidência, quer ser admirado e reconhecido por seus crimes. Afinal, para que este novo bilhete, senão para atrair a atenção sobre si?

– E para desafiar ainda mais o poder do Santo Padre...

Barberi se levantou.

– Devo prestar contas destas novidades ao cardeal Bibbiena. Quer me acompanhar até o Vaticano? A biblioteca poderá, talvez, satisfazer nossa curiosidade.

Tommaso Inghirami, o bibliotecário do papa, se recuperara um pouco. Seu rosto estava corado, andava com mais firmeza, e foi com a costumeira ênfase que se manifestou a respeito dos infortúnios de da Vinci. Após ter deplorado as mesquinharias que atingiam o grande pintor, levou-me até o móvel onde eram conservadas gravuras e cópias dos quadros dos mestres.

Passei um bom tempo consultando-as: havia ali reproduções de algumas das mais belas obras-primas dos dois últimos séculos, dos desenhos de afrescos de Giotto até os esboços de um jovem pintor de Veneza chamado Ticiano. Nem todas eram boas réplicas, longe disso, e eu não conhecia nem a metade daqueles artistas – muitos deles, aliás, não eram italianos. Mas pareceu-me ter entre as mãos um pouco da grandeza daqueles homens.

Por infortúnio, nenhuma das reproduções levava o nome de Van Aeken, e nenhuma representava poupas, conchas de mexilhões ou corpos decapitados.

– O senhor conhece algum pintor chamado Van Aeken? – perguntei finalmente ao bibliotecário.

– Van Aeken? Não. Mas me interesso mais pelos livros do que pelos pincéis. Seria preciso perguntar a...

Lançou um olhar às outras salas, mas estavam todas desertas, a tarde recém começara.

– Se Leonardo estivesse aqui, poderia informá-lo. A menos...

Apertou os olhos.

– Afinal, já que nossos leitores não parecem estar com pressa... Venha, Guido, vou fechar a biblioteca e conduzi-lo até a parte de cima. Não é sempre que se tem uma oportunidade como esta.

– Até a parte de cima?

– Sim, a Capela Sistina. Sua Santidade acaba de encomendar a Rafael tapeçarias para decorar as paredes. Vi o pintor subindo a escada agora há pouco para tirar as medidas. Na falta de da Vinci, ele talvez possa lhe informar.

Desde sua construção, havia 50 anos, a Capela Sistina se tornara o verdadeiro santuário do vaticano. Era lá que os cardeais se reuniam para eleger o papa, e que este celebrava suas missas mais íntimas e mais solenes. Sobretudo, era lá que se exprimira com mais talento o outro grande gênio do século: Michelangelo. Eu tivera a sorte, em 1511, de ver a abóbada da Sistina quando o pintor ainda não tinha terminado sua obra e o papa Giulio II permitira aos romanos admirá-la. Mas era a primeira vez que a via no esplendor de sua completude.

Bastava entrar na capela para que os olhos fossem atraídos pela abóbada, e a alma inteira aspirada pelo céu. Os episódios do Gênesis se apresentavam ali num teatro de cor e de grandeza: Deus separando a Luz das Trevas, a Criação do homem, a Queda, o Dilúvio... Em volta desse drama sagrado, agitava-se uma multidão de figuras, os profetas e as sibilas que Michelangelo retratara em atitudes simples e nobres. A beleza do traço, a riqueza dos verdes, dos laranjas e dos azuis, a variedade dos personagens e de seus movimentos: o teto inteiro estava animado por uma potência e uma graça sobre-humanas. E tudo isso a 20 metros de altura!

Em sua parte inferior, a abóbada era iluminada por uma faixa de janelas, entre as quais se viam 28 retratos de papas. Continuando a descer, o olhar chegava a seguir a uma bela série de afrescos que se estendiam pelas quatro paredes. Eram obras dos pintores preferidos de Sisto IV, o fundador da capela. Botticelli, Ghirlandaio e Rosselli tinham representado ali, com uma arte admirável, a vida de Cristo e de Moisés. Na base das paredes, enfim, uma armação de tapeçarias estragada pelo tempo.

Quando entramos, Rafael estava sentado no chão, no centro exato da capela. Não se mexeu, perdido que estava em sua meditação. O mestre de Urbino, que mal chegara aos 30 anos, era o artista mais famoso de Roma naquele momento. Pintor oficial de Leão X, depois de ter sido o de Giulio II, arquiteto da Igreja de São Pedro, organizava ainda as festas do papa e era responsável pela conservação das antiguidades. Sua fortuna e sua imensa glória não prejudicavam sua modéstia, e não era raro ouvi-lo louvar seus confrades, a começar por Michelangelo e da Vinci.

"Que tapeçarias poderiam estar à altura das obras-primas da Sistina? Como ser digno daquele lugar?" – eis no que devia estar pensando o mestre de Urbino.

À sua volta, alguns instrumentos, uma tabuleta e cordas de medir. É verdade que a parte inferior das paredes fazia uma péssima figura em relação ao resto. O desenho das tapeçarias estava em mau estado, manchas de umidade surgiam aqui e ali e, num trecho inteiro, a pedra era visível e estava bastante escavada.

– Mestre Rafael... – começou Inghirami. – Queira perdoar nossa intrusão.

O pintor se virou para nós, com o olhar distante:

– Nosso bibliotecário, que surpresa! Já veio se queixar dos trabalhos?

– De modo algum. É uma honra para nós estudar sob a capela, e esta reforma é muito necessária. Na verdade, estou aqui com um jovem rapaz que da Vinci gostaria de lhe ter apresentado. Infelizmente, já deve ter ficado sabendo que...

– Que ele teve de partir esta manhã para Chambéry. Sim, já me contaram. Há intrigas demais em Roma para nós, artistas. Mas o papa lhe fará justiça um dia, tenho certeza. Quanto a esse jovem... Já nos cruzamos, não é? Na casa de Giuliano de Médici, na noite de Natal?

Fiz que sim com a cabeça.

– Perfeito. Bom, já que as apresentações estão feitas, digam-me como posso ajudá-los. Temo infelizmente não poder lhes dedicar muito tempo. Meu ateliê está cheio de encomendas, meus alunos já não estão dando conta do recado, e tenho agora esses projetos de tapeçarias para a capela.

– É coisa rápida – tranquilizou-o Inghirami. – Gostaríamos apenas de saber se o nome de Van Aeken lhe diz alguma coisa.

O divino Rafael franziu a testa:

– Van Aeken... Vejamos... Esse nome não me é estranho...

– É um pintor – precisei.

Ele se levantou.

– Um pintor, é isso! Vi alguns de seus quadros em Veneza. Mas, que eu saiba, não é por esse nome que ele é conhecido habitualmente. Pinturas estranhas, aliás...

– E pode nos dizer por qual nome ele é conhecido?

– Sim, claro. Ele assina suas pinturas com o nome de Bosch. Hieronymus Bosch.

– Hieronymus Bosch – repetiu o bibliotecário.

Ele ainda estava agradecendo ao mestre de Urbino e eu já descia a escada correndo.

Bosch... Hieronymus Bosch...

Estava certo de ter visto reproduções desse pintor na Vaticana. De volta à sala grega, precipitei-me sobre o móvel das gravuras. Efetivamente, havia ali uma série de imagens inspiradas de Bosch: *A Cólera, A Inveja, A Luxúria, A Preguiça*, quatro tiragens de boa fatura, extraídas sem dúvida de um conjunto sobre os pecados capitais. Mas, se não me detivera nelas da primeira vez, era porque nenhuma dessas gravuras apresentava particularidades notáveis. Personagens com roupas normais, cães, casas, objetos familiares, nenhum deles oferecia nada de extraordinário. Apenas o que era consagrado à inveja me deixou pensativo: dois namorados trocando flores à revelia de seus pais... Mas nenhuma ligação visível com o caso. E Bosch não era o único artista a representar os pecados capitais.

Um detalhe, no entanto, chamou a minha atenção. Sob cada gravura, ao lado do nome, viam-se três letras juntas: MdA. Interroguei Inghirami, que passara a se interessar por minhas pesquisas:

– Essas três letras sob as gravuras são iniciais?

Ele aproximou as folhas dos olhos.

– Sim. MdA, Martino d'Alemanio. É a marca do autor das gravuras. Várias das reproduções que possuímos aqui provêm, aliás, de sua loja, perto da chancelaria.

– Acha que ele poderia me dizer mais sobre Hieronymus Bosch?

– É provável que sim. D'Alemanio tem uma reputação muito boa e exerce esse ofício há muito tempo.

– O senhor conhece outras obras desse pintor?

– Não, nunca vi. Para ser exato, foi meu predecessor que escolheu essas gravuras. Lembro-me de que ele chegou a hesitar em incluí-las na coleção. Ele deu a entender que nem toda a obra de Bosch era digna da biblioteca de um papa. Que alguns de seus quadros estavam mesmo mais próximos do pesadelo do que da pintura.

Seu olhar se perdeu acima de meu ombro:

– "Pesadelos de um demente", sim, era essa a expressão que usava.

A escada, as colunas, as cabeças... Pesadelos de um demente, eis uma expressão que se aplicava bastante bem aos crimes de horror.

CAPÍTULO 15

Eu costumava passar pelo bairro da chancelaria, mas o acaso nunca me conduzira até a loja de Martino d'Alemanio. Na parte comercial da butique, altos móveis com gavetas erguiam-se até o teto, e um grande balcão de vidro ocupava o centro da sala. O lugar era bem iluminado, e respirava-se um cheiro um pouco acre de tinta e papel. A parte de trás se abria para o ateliê, onde se viam a roda de uma prensa e pilhas de papel.

Um homem magro, uns 30 centímetros mais alto do que eu, avançou até mim assim que abri a porta:

— Este jovem senhor deseja...?

— Gostaria de falar com Martino d'Alemanio.

— Infelizmente, meu mestre saiu. Não deve voltar antes das cinco horas. Mas se se trata de uma encomenda ou de uma escolha de gravuras, poderei lhe ajudar.

O personagem tinha algo de afetado.

— Fui enviado pelo cardeal Bibbiena — menti. — Sua Eminência deseja se informar sobre um certo pintor cujas obras vocês reproduzem.

— Sua Eminência — disse, esfregando as mãos. — Mas é claro. Algum pintor em particular?

– Folheando a coleção da Vaticana, o cardeal notou uma série de representações dos pecados capitais. O autor era um certo Hieronymus Bosch.

– Bosch?

O tom mostrava espanto.

– Isso é surpreendente.

– Não obstante, essas gravuras vêm de seu ateliê.

– Sem dúvida. Meu mestre aprecia bastante o universo desse pintor e tomou-o muitas vezes por modelo. Não, o que me surpreende é que Bosch não costuma ser solicitado por nossos clientes. Ora, você é a segunda pessoa que se interessa por ele no espaço de poucos dias. E meu mestre acaba de encontrar o outro comprador.

– O outro comprador? Que coincidência! Tenho certeza de que o cardeal Bibbiena gostaria de conhecer esse amador e trocar algumas opiniões com ele.

– Infelizmente, não posso lhe ajudar: mestre Martino tratou sozinho dessa venda. Foi almoçar com esse cliente para concluir o negócio.

Fui tomado por uma suspeita:

– Foi almoçar? Sabe onde?

Ele me olhou com desconfiança:

– Duvido que isso possa interessar a Sua Eminência.

– Pois está muito enganado – repliquei. – Como primeiro conselheiro do papa, o cardeal Bibbiena tem curiosidades que não cabe a nós discutir. A menos, é claro, que queira lhe expor suas reticências pessoalmente.

Ele bateu em retirada.

– Não queria me esquivar, mestre. Simplesmente, ignoro tudo a respeito dessa negociação. Mestre Martino passou aqui depois do almoço, mas não me contou nada, salvo que a venda tinha sido realizada. Quanto ao resto...

– Então você o viu depois do almoço.

– Sim, logo antes de sua chegada. Depois foi para casa, onde sua mulher está doente.

Respirei.

– Está bem. Virei visitá-lo daqui a cinco horas. Enquanto isso, você poderia me instruir sobre esse Bosch? E me mostrar as gravuras que têm dele?

Enquanto começava a responder, o ajudante se dirigiu ao móvel mais próximo e abriu uma gaveta sobre a qual se lia em grandes caracteres: "Bell-Buon".

– Meus conhecimentos sobre ele talvez o decepcionem. O que sei pode ser resumido em poucas palavras. É um pintor do Norte, um flamengo, acho. Deve ter 60 ou 70 anos. Suas obras são conhecidas sobretudo para lá dos Alpes, o que explica por que os romanos não procuram muito nossas gravuras. Mesmo assim, meu mestre continua a produzi-las, menos por interesse financeiro do que por prazer. Afirma que há mais invenção num detalhe de Bosch do que na obra inteira de muitos artistas. Quanto a mim, confesso não ser muito aberto a esse tipo de talento. Veja, julgue você mesmo.

Da gaveta grande e larga com pegador dourado, tirou um maço de folhas embaladas num papel fino. Escolheu uma meia dúzia, que dispôs sobre o balcão.

As gravuras eram de um estilo bem diferente daquelas do Vaticano. Em vez de cenas familiares, monstros estranhos e grotescos, montarias com cabeça de rato, rostos com corpos de salamandra, pássaros com expressões horríveis chicoteando juntas de homens, máquinas de guerra feitas de capacetes, rodas e funis, e, em toda parte, torturas, suplícios, pecadores entregues a demônios insensatos, sangue que escorria de membros arrancados.

Comecei a entender o que Leonardo queria dizer com "uma intuição de pintor": os crimes de horror tinham tudo a ver com aquele universo de demência.

– De fato, não são obras ordinárias...

Examinei mais de perto aqueles desenhos, à procura de um indício. Mas, se a loucura de Bosch inspirava realmente o assassino, aquelas gravuras não revelavam nem como nem por quê. No entanto, a mensagem encontrada naquela manhã deixava bem claro: "Van Aeken pinta".

– Mestre Martino reproduz, a cada vez, apenas um elemento do quadro, é isso?

– Sim. Essas pinturas são muito complexas para que sejam reproduzidas inteiras. Os personagens e os detalhes se perderiam. Martino prefere valorizá-los.

– Você teria outras para mostrar?

Ele mexeu de novo no maço.

– Eu lhe mostrei um exemplar de cada tiragem. Há também o conjunto dos pecados capitais, que o cardeal deve ter consultado na Vaticana. Creio que existia também uma outra lâmina, mais antiga, mas não estou encontrando.

– Uma outra lâmina? O comprador de hoje poderia tê-la adquirido?

– Só se ele tiver adquirido a série inteira. Uma dezena de gravuras, se não mais. O que é bem pouco provável, ainda mais que sempre conservamos uma prova para o caso de surgir um novo comprador.

– Comprar toda a tiragem e exigir que não subsista nenhuma cópia. Isso justificaria que a negociação fosse feita num lugar discreto?

– Não sei. Em todo o caso, é bastante insólito.

– E essa gravura desaparecida, lembra-se de seu conteúdo?

– Lembro que era do mesmo gênero que estas. Mas descrevê-la com exatidão...

Eu sentia a verdade se esquivar à medida que me aproximava dela.

– Faça um esforço. Estou certo de que o cardeal está interessado justamente nesse homem e nessa gravura.

Apesar do frio de janeiro, o suor começou a perolar seu rosto.

– Eu... eu não sou um grande admirador desse pintor, você já percebeu. Não prestei muita atenção nessas tiragens. Não sei nem direito de quando data. A menos...

Olhou com hesitação para o lado do ateliê.

– A menos?

– Você saberia guardar silêncio junto ao meu mestre? E... dar a saber ao cardeal minha boa vontade?

– Explique-se.

– Mesmo que as gravuras tenham desaparecido, a matriz certamente subsiste. Bastaria imprimi-la.

Era tudo o que eu queria.

Assegurei-o da gratidão eterna do cardeal e o acompanhei até o ateliê. Ele procurou à direita e à esquerda, abriu vários baús, levantou pacotes de papel, suando cada vez mais.

Finalmente, brandiu uma placa de cobre com ar de triunfo:

– Encontrei!

Quis pegá-la, impaciente por saber, mas ele me deteve com um gesto.

– Sua Eminência certamente apreciará possuir uma prova.

Tirou a poeira da placa, que brilhava na luz, espalhou um pouco de tinta sobre a superfície, depois enxugou-a com um pano macio, de maneira que a tinta permanecesse apenas nas partes gravadas. Colocou a seguir a placa na prensa, cobriu-a com uma folha branca e depois com uma espécie de pano. Acionou a roda, fazendo girar o parafuso de madeira que comprimia o conjunto. Ao cabo de alguns instantes, retirou a folha impressa e me estendeu:

– Suplico-lhe principalmente que não diga nada a meu mestre.

Peguei a gravura pelas bordas, como se o papel fosse queimar meus dedos. Tinha finalmente em mãos a solução dos crimes de horror.

Até hoje guardo essa gravura comigo. Ela constitui a melhor prova da verdade do que relato. Aqueles a quem a mostrei, jamais o contestaram. E como poderiam? Todos os assassinatos figuravam ali.

O de Jacopo Verde, em primeiro lugar. O corpo nu, decapitado, com uma espada enfiada nas costas. Da Vinci via nessa espada uma das chaves do enigma: encontre o sentido que o assassino deu a esse gesto, e não estará longe de desmascará-lo. A cabeça de Jacopo Verde também está lá, um pouco mais longe, com os olhos vendados, tal como a encontramos na Coluna de Trajano.

O segundo crime, o do Fórum, figura no segundo plano da gravura. Um homem nu, de novo, com as mãos amarradas às costas, preso a uma escada. Um demônio alado parece segurar sua cabeça com uma corda. Para enforcá-lo, sem dúvida, ou movimentá-lo como se faz às vezes com as marionetes. De fato, ao que tudo indica, Gentile Zara, no momento de sua morte, não era mais do que uma marionete...

Ilustração: Jacques Durvie

No centro de uma linha ligando os dois homens, assiste-se ao calvário da velha Giulietta. A concha e a faca que tanto nos surpreenderam quando as descobrimos têm no desenho um tamanho desmesurado. Nem por isso o assassino deixou de seguir seu modelo: dispôs os elementos no leito de tortura. Ele próprio parece presente, ao lado de sua vítima, com a espada erguida, pronto para cortar sua cabeça. Seus olhos estão dissimulados por uma espécie de máscara de lobo. Alusão aos invertidos do albergue e a seus estranhos costumes?

Três crimes de horror, portanto, imaginados por Hieronymus Bosch e fielmente executados pelo assassino das colunas. Esse mesmo assassino que pode ser visto mais abaixo sob os traços da poupa: a fantasia moura, as luvas, uma arma na cintura, a máscara de pássaro... O retrato exato que a senhora Melchioro descrevera no início do caso.

O mais inquietante, no entanto, provinha do resto da gravura: aqueles membros amputados, aquele corpo jogado num buraco, aquele outro, enforcado dentro de um sino, o terceiro, estendido aos pés de uma árvore, o personagem gordo, parcialmente despido e trespassado por uma flecha... Aquele desenho maléfico era mais do que uma ameaça: o macabro programa dos crimes por vir.

"Van Aeken pinta", afirmava a mensagem do Pasquino. O assassino estava, portanto, apenas no início de sua obra...

Era preciso encontrar Martino d'Alemanio com toda a urgência. Perguntei seu endereço e fui direto para a opulenta casa em que morava, atrás do Panteão. Ali encontrei uma criada de expressão severa, pouco disposta a incomodar seus patrões. Não adiantou insistir, nem me valer do nome do cardeal. Foi somente quando falei de meu pai, o qual devia tê-la ajudado em tempos passados, que ela aceitou me conduzir ao interior da casa.

Várias mulheres estavam ali, sentadas em volta do leito da senhora d'Alemanio. Esta, uma velha senhora muito pálida, estava deitada, visivelmente cansada, mas com o olho vivo e o espírito alerta.

– Disseram-me que é filho do chefe de polícia Sinibaldi e que deseja ver meu marido.

A assembleia de mulheres me observava.

– Sim, minha senhora. Por um motivo de grande importância.

– Você se parece com ele.

– Perdão?

– Com o seu pai, o chefe de polícia. A mesma nobreza no rosto, a mesma chama no olhar. Era um homem de bem.

– Esses elogios me tocam o coração – respondi, um pouco surpreso.

– Que idade tinha quando ele se foi?

– Dezoito anos.

– Pobre rapaz. Lembro-me bem daquele triste incidente. Sua mãe deve ter sofrido muito...

Não respondi nada, incerto quanto ao sentido daquelas palavras.

– Sabia que nos conhecemos um pouco?

– Não, não o sabia.

– O filho de Rosina, minha criada, metera-se numa enrascada. Seu pai soube tirá-lo dela com inteligência e humanidade.

A assistência ao meu redor pôs-se a cochichar.

– E o que fez desde então?

– Eu... eu estudo medicina.

– Ah! Pena que tenha chegado tão tarde. Temo que nenhum médico possa fazer algo por mim. Não façam essa cara, minhas primas, não estou tentando fazer com que o rapaz se apiede de mim. Aliás, vejam como está impaciente.

Seu tom se fez gentilmente zombeteiro.

– Já que é ele que o interessa, saiba que meu querido esposo – ela enfatizou essas palavras – foi tomado de uma ligeira indisposição e teve de se ausentar por razões imperiosas.

Uma ligeira indisposição... Lembrei-me do acônito e das outras drogas utilizadas pelo assassino.

– Ele estava sentindo dores? – perguntei.

– O médico em você está se alarmando inutilmente – respondeu ela. – Meu marido está sofrendo apenas as consequências de uma refeição temperada demais. Ele tem o estômago frágil, e os excessos lhe são desaconselhados.

– Perdoe-me por insistir, senhora, mas tenho motivos para acreditar que os alimentos que ele ingeriu poderiam estar...

Minha frase permaneceu suspensa.

– Poderiam estar estragados?

Ela pareceu se divertir de verdade.

– Ai ai! Não se é punido sempre por onde se peca? Mas, se não há outro meio de tranquilizá-lo, Rosina pode conduzi-lo até a latrina. Martino deve estar lá, amaldiçoando seu apetite.

– Se me permite, gostaria de me assegurar. Uma última pergunta, no entanto. Sabe com quem ele almoçou?

– Ele não quis me dizer. É por isso que desconfio que não soube se comportar.

Não me demorei mais e segui Rosina até o térreo. Ela me conduziu até o jardim, no espaço que separava a casa do gravador da casa vizinha, lá onde uma construção de madeira abrigava as latrinas.

– Mestre d'Alemanio? – chamei.

Não houve resposta. Avancei um passo. Talvez Martino já tivesse voltado para dentro de casa?

Movida pelo vento glacial, a porta começou a bater levemente. Não estava fechada, portanto... Aproximei a mão, decidido a abri-la.

A criada não pôde conter um grito: Mestre d'Alemanio estava sentado na latrina com a cabeça pendendo para o lado. Morto. As calças estavam baixadas até os pés, e a camisa, erguida até as axilas. Uma flecha estava profundamente enfiada em seu peito. A gravura de Bosch, evidentemente.

Tentei me controlar e refletir. O assassino não podia estar longe. Devia ter se assegurado de seu alvo, disparado sua flecha, talvez ajeitado a posição do corpo. Tudo isso levara tempo. E como pudera chegar...

Virei-me de um salto. Do outro lado do jardim, à luz que declinava, alguma coisa se mexia. Uma silhueta cinza com um chapéu. O assassino fugia, escalando a paliçada!

– Vá buscar ajuda – ordenei a Rosina. – Na Casa de Polícia, rápido.

Comecei a correr. Uma distância de 50 metros me separava da barreira e, quando cheguei a ela, o homem já a saltara.

Pulei para o outro lado e me encontrei numa rua lamacenta e esburacada. À direita, vi o assassino correndo. Ele mantinha a mesma distância e parecia estar tomando a direção do Tibre.

Era bastante robusto, mas não conseguia identificá-lo: sua capa estava deformada pelo arco e um chapéu cobria sua nuca. Acelerei ainda mais. Ele virou duas vezes em obscuras vielas, sem dúvida tentando me despistar. Senti, no entanto, que estava ganhando terreno e que, se a corrida durasse mais algum tempo, poderia alcançá-lo.

Chegando à esquina da ruela seguinte, ouvi um barulho de trovoada. Uma mistura de relinchos e batidas de cascos. Diminui a velocidade, temeroso... Um grande cavalo negro surgiu bruscamente, montado pelo homem do chapéu. O animal me percebeu no último instante e empinou, enquanto eu me jogava para o lado. Fez uma espécie de desvio, evitou-me por pouco, e partiu a toda velocidade, levando seu cavaleiro através do labirinto do bairro Santo Eustáquio.

Acabava de perder minha primeira chance de conhecer o culpado.

CAPÍTULO 16

— Seu relato é instrutivo, Guido. E todo esse encadeamento me parece calculado.

— A mim também.

— O assassino quis que encontrássemos sua mensagem esta manhã no Pasquino. Deu-nos o nome de Van Aeken, apostando que deduziríamos o de Bosch e, então, mais cedo ou mais tarde, chegaríamos a Martino d'Alemanio.

— Ele só não imaginava que progrediríamos tão rápido. Graças àquelas reproduções da Vaticana...

— Sim, sua presença de espírito quase o perdeu. Mas também poderia ter custado caro para você mesmo. Terá de ser mais prudente de agora em diante, e me manter informado de seus passos.

— É que eu não imaginava que o encontraria na casa do gravador.

— Sem dúvida, mas ele agora o conhece, e pode querer se vingar. Você poderia ter visto seu rosto, reconhecido sua postura ou um detalhe de sua roupa.

— Infelizmente, nada disso.

— Mas ele não sabe disso... Tem tudo a temer de sua parte.

O capitão Barberi se calou, atribuindo um peso suplementar a essa ameaça.

Tinha me chamado à Casa de Polícia tarde da noite, enquanto seus homens terminavam de interrogar a vizinhança do mestre gravador. Ninguém percebera nada nos arredores do Panteão, ninguém sabia explicar como o assassino pudera penetrar no jardim, ninguém se lembrava de um cavalo a galope nas ruelas do bairro. O homem da capa e do grande chapéu se desvanecera no anoitecer.

À luz das velas, sozinhos em volta da mesa, com a gravura e a mensagem dispostas à nossa frente, Barberi decidira então confrontar nossas maneiras de pensar.

– Pergunto-me, capitão... o que acha que o assassino espera de nós?

– O que ele espera de nós? Que o deixemos agir como quer, imagino. E que nos tornemos ridículos para a população de Roma.

– No entanto, sua atitude é das mais contraditórias. Faz tudo para escapar de nós, mas também faz tudo para nos colocar em seu rastro. Que necessidade tinha de nos entregar essa mensagem *antes* de matar d'Alemanio? Expôs-se assim a um risco inútil.

– Sua satisfação deve ser proporcional a esse risco.

– Certamente. Mas então, por que escrever "Van Aeken pinta", e não "Hieronymus Bosch pinta"?

– Ele se dava assim um prazo suplementar. O tempo que levaríamos para associar um ao outro.

– Devemos concluir então que ele não nos subestima tanto assim. Que sabe que seríamos capazes de chegar a d'Alemanio assim que tivéssemos o nome de Bosch.

– Provavelmente. Mas, francamente, não acho que devamos nos importar com o que ele pensa.

– A questão é esta, antes de tudo: não parece que o assassino sabe demais sobre nós? Quem somos, como reagimos, em que pé se encontram as investigações, como desviá-las? Sem dúvida, ele age segundo o plano que estabeleceu, mas desconfio de que disponha de meios para se manter a par de nossa investigação... Essa história da gravura é o exemplo cabal. É simplesmente absurda!

– Absurda?

– Sim, essa ideia de comprar todas as tiragens, como que para fazer desaparecer o original. Adquire as gravuras, se livra do gravador, mas negligencia a matriz que permite reproduzir a obra ao infinito! Oferecendo um bom preço – o que não parece ser um obstáculo para ele –, poderia facilmente tê-la obtido. Tudo isso não lhe parece absurdo?

– Talvez... Mas se ele não é simplesmente louco, como interpretar seu gesto?

– Não sei. Por um lado, ele nos esconde essa gravura; por outro, nos deixa vê-la. É como se representasse dois papéis ao mesmo tempo.

– Talvez a execução do caieiro o tenha obrigado a modificar seus planos? Se este era seu cúmplice, sua morte pode ter...

– Não me leve a mal, capitão, mas a culpabilidade de Ghirardi é pouco verossímil. A mensagem do Pasquino o comprova: "O inocente perdeu a vida".

O capitão esfregou os olhos, aturdido pelo cansaço:

– Todas essas horas de vigília, Guido... Confesso não saber mais o que pensar. O que você propõe?

– Pois bem! Antes de refletir sobre essa gravura, talvez valha mais a pena voltar ao próprio assassino. Examinar seu temperamento, suas inclinações... Fazer com ele o que está fazendo conosco! Para começar, que traços de sua pessoa conhecemos com exatidão?

– A lista não é longa.

– Tentemos, mesmo assim. Possuímos três mensagens escritas, ou, pelo menos, impressas por ele. A primeira é a das colunas: "Eum qui peccat... Deus castigat". Latim e sangue para atordoar os espíritos. Supusemos que nosso homem detestava o pecado e que queria ser uma espécie de flagelo de Deus. Ao mesmo tempo, se Jacopo Verde realmente encontrou seu carrasco no albergue da Cabeça de Lobo, o assassino deve ter tido dificuldade em chegar até ele. Não esqueça que levamos dois dias para descobrir esse lugar, e olhe que éramos vários. Conduzir essa pesquisa sozinho talvez exija mais fascinação do que repulsa... Dito de outro modo, o assassino não seria, ele próprio, um invertido? Isso simplificaria as coisas.

– Não creio que o Vaticano vá apreciar sua interpretação.

– Não importa. Há também a informação que me foi dada por Giuseppe, o outro aprendiz da Via Sola. Segundo ele, Jacopo encontrara um protetor, um homem rico e poderoso. Talvez se trate justamente do assassino. Nesse caso, a inscrição denunciando os pecadores não seria mais do que um pretexto, uma máscara adicional para proteger o culpado! Além disso, se esse personagem é tão rico e importante, se realmente goza de influência, não teria dificuldade em acompanhar nossas investigações. E eis-nos de volta a meu ponto de partida.

– Rico e poderoso... Cuidado para não lançar acusações sem provas, Guido. Os grandes detestam os boatos.

– Estou apenas pensando alto, capitão. Acrescentaria, ainda, que nosso assassino deve ser um apreciador das letras. Ao menos, é no que estas mensagens me levam a crer:

Jacopo Verde perdeu duas vezes a cabeça.
A Via Sola está vazia e a cidade em festa.

O pecador perdeu a cabeça
O inocente perdeu a vida
O Pontífice perdeu a Face
E a poupa ganhou o céu.

– Sem revelar o talento de um poeta, essas linhas demonstram, ao menos, cultura e educação. Certo prazer com as palavras, também. Duvido que nosso assassino seja um simples pobretão.

– Se seu retrato estiver certo, Guido, ele aponta para um grande número de pessoas da cidade!

– Sim e não. Pois sabemos alguma coisa de sua aparência. Um homem bastante robusto, capaz de cortar uma cabeça com um machado. Bastante vivo, embora não muito rápido na corrida. Mas bom cavaleiro. Que escolhe geralmente vítimas mais velhas. Fora Jacopo, os três outros mortos tinham passado dos sessenta. Porque constituíam presas mais vulneráveis? Ou haverá outra razão?

– Se entendi bem, procuramos um invertido, de idade incerta, bom cavaleiro e fino letrado?

– Com recursos e poder, sim.

– Mas... e o motivo? Se esses crimes de horror não têm por alvo o pecado, qual é sua finalidade?

– O motivo me escapa, confesso. Se posso compreender o que ligava Jacopo e Giulietta, ignoro o que os une ao usurário Zara ou ao gravador. Se é que essa loucura assassina tem um sentido...

– Esta gravura não pode nos informar a esse respeito? Sobre a próxima vítima e a maneira de salvá-la?

Olhei de novo a reprodução de Bosch:

– Para mim, isso não diz nada sobre os acontecimentos por vir. A não ser que vigiemos todos os sinos e todos os poços de Roma... Em todo caso, interrogarei amanhã a senhora d'Alemanio. Talvez ela possa nos esclarecer sobre as razões do assassinato de seu marido.

– Se não, estaremos de novo à mercê do assassino. E nossa confissão de impotência não vai agradar ao pontífice.

Essas palavras me impressionaram, e reli a mensagem do Pasquino:

– O pontífice – repeti. – "O Pontífice perdeu a Face"... Se não há um erro da parte dele... Mas não, ele está sempre tão seguro...

– Encontrou alguma coisa?

– Um pressentimento. Sabe por que o assassino afixou esse texto no Pasquino?

– Para nos colocar na pista de Van Aeken, suponho.

– Sim, mas por que precisamente no Pasquino?

– Para que fosse encontrada e lida, é claro.

– Sim, para que a cidade inteira pudesse lê-la. Para que todos os romanos estejam a par. Mas também para alertar o primeiro dentre eles, o papa Leão X!

– É tarde, Guido, estou cansado. Seja mais claro.

– É por causa das maiúsculas – arrebatei-me. – Capitão, das quatro linhas desta mensagem, a mais importante não é aquela que pensávamos! Avise se eu estiver enganado: "O pecador perdeu a cabeça" – isso nós já sabíamos. "O inocente perdeu a vida" – alguns de nós já tinham adivinhado. "E a poupa ganhou o céu", apenas a constatação de nosso fracasso. Nada de novo em tudo isso. Mas "O Pontífice perdeu a Face": veja essas maiúsculas!

Estendi o papel, que ele me devolveu sem compreender.

– Lamento, meu rapaz, mas ainda não entendi.

– Em suas conversas com o pessoal do Vaticano, não foi evocado um desaparecimento suspeito? Um objeto sagrado ou alguma espécie de relíquia que teria sido perdida? Algo suficientemente importante para deixar os cardeais aflitos e obrigá-los ao silêncio?

Ele respondeu negativamente.

– Entretanto, esse rumor chegou aos ouvidos de da Vinci. Que o relacionou com uma observação do comendador, aquele dia em Santo Spirito. Leonardo está convencido de que esse furto tem a ver com nosso caso. Que foi cometido por um homem que circula à vontade na cidade e no Vaticano e que teve acesso às chaves das colunas.

– Refere-se ao oficial das chaves?

– Não, este está fora de questão. Trata-se de outra pessoa. Alguém que é também nosso assassino.

– Nem Sua Santidade nem o cardeal fizeram alusão a esse furto diante de mim! Além disso, o que o assassino faria com uma relíquia? E qual a relação disso com essa mensagem?

– "O Pontífice perdeu a Face", capitão... A terceira maiúscula... Não se trata da honra do papa! Trata-se do véu de Cristo. Da Santa Face!

– A Santa Face? A Verônica? A da Basílica de São Pedro?

– Está na cara! Esse "F" maiúsculo só pode significar isso: "O Pontífice perdeu a Face"! A Verônica foi roubada, Leão X não soube protegê-la!

Barberi levantou-se de um salto. Eu nunca o vira tão agitado:

– A Santa Face! Todos esses crimes de horror, e agora a Santa Face! Mas que desígnio diabólico ele pode estar meditando?

– Este é mais um enigma. Com toda a certeza, a Verônica é um dos principais tesouros do Vaticano. O homem demonstra, assim, sua audácia e sua habilidade. Além de tudo, já que o rosto do Senhor a impregnou, é como se tivesse roubado o próprio Cristo debaixo dos olhos do papa!

– Sua Santidade nunca me perdoará por ter deixado o gravador morrer...

– Quem sabe? Talvez haja uma chance. Afinal, essas mensagens são do mesmo tipo. Bastaria encontrar quem as imprimiu.

– O impressor nunca falará. Deve ter sido pago para ficar calado! Isso se ainda estiver vivo...

– Se ele se calar, outros terão a língua mais solta. Este papel, estes caracteres, alguém do ofício já deve tê-los visto em algum lugar. Se descobrirmos o artesão, bastará pressioná-lo um pouco. Ele é cúmplice desses crimes, em certo sentido. Capitão, posso ficar com estas mensagens?

– Quer conduzir a investigação junto aos impressores?

– Não sou a pessoa que melhor conhece esse caso? Lá, onde seus soldados poderiam se deixar enganar, tenho certeza de que poderei ser mais vigilante. E o senhor pode me acompanhar.

O capitão não tirava os olhos de mim.

– Que assim seja: encarrego-o dessa missão. Baltazar o escoltará amanhã aonde você quiser. Mas nada de imprudências, viu?

Eu não disse mais nada, satisfeito com a liberdade que ele me dera.

O assassino não teria sempre um cavalo para fugir de mim...

CAPÍTULO 17

Na manhã seguinte, levantei bem cedo e fui direto ao Palácio de Capediferro. No entanto, nenhuma janela se abriu, nem tampouco a porta dos criados. Voltei para casa com o coração dolorido e tentei me distrair fazendo um balanço detalhado de tudo o que sabia sobre o caso.

Numa folha de papel, recapitulei os nomes das vítimas, as circunstâncias e as datas das mortes, os indícios encontrados e as possíveis razões dos assassinatos.

Obtive aproximadamente o seguinte inventário:

Jacopo Verde
- 20 de dezembro de 1514.
- Coluna de Marco Aurélio. Decapitado. Envenenado?
- 19 anos, vindo de Avezzano, morava pensão Via Sola, frequentava albergue Cabeça de Lobo, protegido Giulietta Ghirardi. Nu, espada nas costas, cabeça com os olhos vendados na Coluna de Trajano (encontrada no dia 26). Mantido por um homem influente? Criminoso com máscara de poupa.
- *Razão possível*: pecador? Assassino: cliente?

Giulietta Ghirardi
- Entre 20 e 26 de dezembro de 1514.
- Decapitada casa bairro Santa Cecília.
- Cerca 70 anos. Cafetina Jacopo Verde, mãe caieiro. Nua, de bruços, concha mexilhão, faca de corte. Cabeça na Coluna de Trajano (encontrada no dia 26).
- *Razão possível*: pecadora? Mãe caieiro?

Gentile Zara
- 25 de dezembro de 1514.
- Envenenado (acônito?), morto no Fórum.
- Cerca 70 anos. Usurário. Nu, pendurado na escada, mãos nas costas.
- *Razão possível*: pecador?

Martino d'Alemanio
- 9 de janeiro de 1515.
- Morto com uma flecha, latrina no jardim. Envenenado primeiro?
- Cerca 70 anos. Gravador. Calças abaixadas, camisa levantada, flecha bem no coração. Criminoso com chapéu e longa capa.
- *Razão possível*: impressor gravura Bosch?

Isso feito, anotei que o assassino também tinha nos dado as seguintes informações:

20 de dezembro, inscrição na Coluna de Marco Aurélio
- "Eum qui peccat..." completada em 26 de dezembro: "Deus castigat"
- Castigo pecadores?

22 de dezembro, mensagem na casa do Mestre das Ruas
- Impressa (verificar impressores), revela Jacopo Verde e Via Sola.
- Por que essas informações sobre a vítima?

9 de janeiro, mensagem Pasquino
- Impressa (verificar impressores), referência aos pecadores, ao inocente, à poupa. Alusão provável à Santa Face. Van Aeken (= Hieronymus Bosch).
- Permite encontrar gravura Bosch. Por quê?

Depois, virei e revirei esses elementos em todos os sentidos. De tanto adicioná-los e subtraí-los, cheguei às quatro proposições seguintes:

Primeiro: única certeza, o assassino segue rigorosamente a gravura de Bosch. Três outros assassinatos estão portanto previstos.

Segundo: retirados os indícios ligados à gravura (cabeças cortadas, máscara de poupa, flecha no coração, etc.), restam poucas pistas sobre os crimes: pecado – lugares antigos – venenos – idade de três das vítimas.

Terceiro: o assassino é também o ladrão da relíquia (ver mensagem Pasquino). Caso se trate realmente da Santa Face (a confirmar), esta não figura na gravura. Qual sua relação então com os crimes de horror? Pecado? Religião?

Quarto: por que essa necessidade de publicidade do culpado? Pura vaidade? Ou está tentando se dirigir a alguém (advertência, ameaça...)? Ao papa (ver terceira proposição)?

Estava acabando de escrever essas linhas quando Baltazar bateu à porta. Peguei casaco e capuz e saímos juntos em direção ao Panteão para visitar a esposa do gravador.

O silêncio e a dor tinham se apossado da casa d'Alemanio. Os amigos de luto – entre os quais o ajudante do gravador – esperavam no corredor a vez de entrar no quarto do morto. Aguardamos nossa vez, em meio aos suspiros e murmúrios incrédulos.

Martino jazia em seu leito vestido de preto, as mãos cruzadas sobre o peito segurando um rosário, o rosto cinza e céreo. Nenhum vestígio do ferimento nem da violência do assassinato. Um velho como qualquer outro, que a vida acabava de abandonar.

Permitiram-me, em seguida, encontrar sua esposa.

Continuava na cama, como na véspera, apenas com os olhos mais tristes e a fisionomia mais cansada. Sem dúvida, esperava me ver, pois, assim que entrei, pediu às primas que saíssem. Indicou-me uma cadeira perto do baldaquino. Sua voz estava fraca:

– Ei-lo de volta, jovem Sinibaldi.

– Queria lhe dizer, senhora d'Alemanio, que não me perdoo por não ter podido evitar...

– Não se sinta culpado, meu rapaz. Ninguém teria feito melhor do que fez. Eu mesma não estou certa de estar surpresa. Além disso, logo encontrarei Martino.

– O momento é inoportuno, sei, mas preciso lhe fazer algumas perguntas.

– Eu já sabia. Alguns carregam o pecado no sangue, outros, a vontade de combatê-lo. Você pertence a esta categoria, como seu pai.

– Obrigado.

– Lembro-me de uma reflexão que ele me expôs um dia, a propósito do filho de Rosina. O chefe de polícia achava que não havia tanta diferença entre o vilão e aquele que o persegue. Este luta com tanto afinco contra o mal justamente por invejar aquele, que pode fazê-lo. É também este o seu sentimento, jovem Sinibaldi?

Ela tinha o poder de me confundir o espírito falando de meu pai.

– Eu... não sei bem o que dizer. Parece-me que a justiça em si mesma é um fim nobre e que não é necessário outro motivo para...

– Então nega que a procura do culpado o excita?

– Não, não nego, mas...

– E que essa excitação se deve mais à própria caça do que à necessidade de castigar o culpado?

– Não sei. Nunca pensei...

– E acha que essa excitação é tão diferente daquela que sente o criminoso? Não, claro que não... É o cheiro do sangue contra o cheiro do sangue.

– Senhora, não estou entendendo aonde quer chegar.

Ela continuou, sempre com uma voz muito suave:

– Quero fazê-lo compreender que este caso é uma história de homens, unicamente de homens. Há bem poucas mulheres que matam por prazer, não é verdade? Ou que travam batalhas, ou que conduzem uma investigação como a sua. Sempre histórias de homens. E, entre os homens, amei apenas um. Bom ou mau, permaneço fiel a ele.

– Não tinha a menor intenção de...

– Sim, é claro que tinha a intenção. Você está no rastro desse assassino e desses crimes de horror. A seus olhos apenas isso conta.

– Não é o assassino de seu esposo? Não deseja que ele seja preso?

– Sem dúvida. E vocês o pegarão, tenho certeza. Mas não espere informações de minha boca.

– Então sabe de que maneira mestre d'Alemanio está implicado nesse caso?

– Que está implicado, sua morte bem o prova. Quando vi você ontem, quando seu nome foi anunciado, tive uma premonição. Martino nem sempre se conduziu como devia. Inclusive em relação a mim... Acho que, de certo modo, já esperava o que aconteceu.

– Sua morte parece estar relacionada a uma gravura. Ele lhe fez alguma confidência a esse respeito?

– Martino não me confiava nada que não fosse necessário ao bom andamento da casa. Ainda menos sobre suas atividades.

– Mas a senhora deu a entender que desconfiava de algo...

– Expliquei-lhe também que me calaria.

– E, sem trair esse silêncio, não poderia ao menos me revelar se ele conhecia seu assassino?

– Eles não almoçaram juntos?

– Sim, mas além disso?

– Além disso começa meu silêncio.

– Senhora, precisa me ajudar!

– Gosto de você, jovem Sinibaldi. Mas mesmo que tivesse alguma certeza, eu a guardaria para mim. Faça como se eu já estivesse morta.

– Qualquer indício pode ser decisivo! E qualquer demora pode ter consequências terríveis!

– Novas vítimas? Só se for a vontade de Deus. E não me oporei a Sua vontade justo no momento em que vou encontrá-Lo.

Sem refletir, peguei em sua mão.

– Senhora d'Alemanio, preciso saber quem estou procurando e por quê. Se não o nome, dê-me pelo menos algum elemento, algum detalhe...

– Ela pressionou minha mão com seus dedos gelados.

– Você não obterá mais nada de mim, meu rapaz. Em outros tempos, teria desejado ajudá-lo, e nos tornaríamos amigos. Não tive filhos, sabe? Mas, para as poucas horas que me restam, o mais importante é a paz de minha alma. Depois...

Fechou os olhos por alguns instantes.

– Agora, precisa me deixar.

Obedeci contrariado, convencido de que ela não diria mais, nem a mim nem a ninguém.

Na soleira da porta, pensei numa última pergunta:

– Poderia ao menos me contar o que aconteceu com o filho de Rosina?

Seu olhar se animou um pouco:

– Deixou Roma depois do incidente de que lhe falei. Rosina ficou sabendo que ele partiu para a Espanha e se alistou numa caravela.

Tossiu.

– Deve estar navegando em algum lugar nos mares do mundo. Mas vá saber: com os homens...

Baltazar e eu passamos o resto da manhã interrogando os livreiros e impressores de Parione.

Falávamos com cada um em particular, explicávamos nossa missão e, solicitando o mais absoluto sigilo, mostrávamos as duas mensagens, a deixada na casa do Mestre das Ruas e a do Pasquino. O risco era evidente: recomeçarem as especulações sobre a série de assassinatos. Mas, antes mesmo de começarmos, já tínhamos constatado que novos rumores percorriam a cidade. O assassinato do gravador não passara despercebido, nem a atividade dos homens do capitão Barberi. Não se tratava de um novo crime de horror? Donato Ghirardi não fora erroneamente condenado?

Por volta do meio dia, pequenos ajuntamentos começaram a se formar nos campos. Aqueles mesmos que, ontem, exigiam em altos brados a morte do caieiro, garantiam hoje acreditar em sua inocência. Cada vez mais numerosos, os curiosos se aproximavam para escutá-los, batendo palmas ou sacudindo os chapéus. Por sorte, ainda não se falava na gravura de Bosch. Com certeza, ela teria esquentado ainda mais as cabeças.

Todos já concordavam, no entanto, a respeito da inércia dos magistrados. Os romanos tinham que garantir sua segurança com as próprias mãos.

Estávamos nesse ponto de efervescência, e nossa coleta de informações se revelava bastante magra. Os diferentes impressores ou livreiros encontrados – vários exerciam os dois ofícios, e todos pertenciam à mesma corporação – não tinham podido se pronunciar. Depois de examinar as mensagens, diziam invariavelmente que as duas folhas de papel tinham sido cortadas de maneira que a filigrana, a marca do papeleiro, não fosse mais visível. Impossível, portanto, identificar sua procedência. Quanto aos caracteres utilizados, pareciam antigos: um gótico clássico, de bela composição, mas já raro naqueles tempos em que se privilegiavam escritas mais legíveis.

Todos garantiam a própria honestidade: jamais teriam aceitado imprimir tais mensagens, qualquer que fosse o pagamento oferecido.

Antes de deixar Parione e o Campo dei Fiori, restava-nos visitar a livraria de Evangelista de Tosini, que tinha a insígnia de Mercúrio. A loja, de entrada minúscula, mas que se estendia em profundidade, era famosa por seus tesouros, que a tornavam preciosa aos olhos dos conhecedores. Virgílio, Estrabão, Ptolomeu, os *Discursos* de São Gregório de Nazianzo, um tratado de Alberti sobre *A Felicidade*, esplêndidos missais encadernados ou em pergaminho, estampas representando navios e portos, almanaques e calendários – Evangelista oferecia um calendário a cada duas obras compradas – e, lá no fundo, lá onde a luz quase não chegava, um baú trancado, contendo exemplares únicos de Aristóteles ou de Platão.

Mostramos as duas mensagens, que o velho barbudo examinou cuidadosamente:

— Isso tem a ver com a agitação de hoje de manhã, não? Humm... Não é de surpreender, eles apertaram o pescoço dele muito depressa. Que posso lhes dizer sobre esta impressão? Vejamos... Este papel vem de um bom moinho, sem que se possa dizer qual, por falta da marca. Perdeu um pouco de sua maleabilidade, sinal de que a fabricação não é recente. No entanto, a tinta...

Ele cheirou a missiva do Pasquino.

— Sim, a tinta ainda não está completamente seca. Óleo de linhaça e fuligem, nas proporções habituais. Não mais de um dia ou dois. Restam os caracteres...

Acariciou o papel com a ponta dos dedos antes de colocar o mesmo tipo de óculos que eu vira no nariz de Leonardo.

— É um trabalho que não se encontra mais hoje em dia. Muita elegância na gravura, uma imitação bastante próxima da letra manuscrita. Muita nitidez também na moldagem. Um trabalhador alemão, sem dúvida, e da velha escola. Disseram que isso foi impresso em Roma?

— É praticamente certo que sim — respondi.

— Então não creio me enganar afirmando que se trata de Conrad Sweynheim.

Baltazar e eu trocamos um olhar de entusiasmo:

— E onde podemos encontrar esse Conrad Sweynheim?

Evangelista soltou uma gargalhada sonora que fez tremer os livros nas prateleiras.

— Não, meu jovem, não é bem assim. Conrad Sweynheim morreu há quase quarenta anos. Mas posso apostar que essa tipografia é obra dele.

— Talvez ele ainda tenha descendentes? Ou alguém que tenha mantido seu ateliê?

— Seu ateliê, não. Ele tinha sócios... Um corretor, Arnold Pannartz, acho, e um lombardo, Andrea de Bossi. Sweynheim era originário de Mainz, como Gutenberg, por isso me lembro. Foi também um dos primeiros impressores em nossa região. Instalou-se em Roma nos anos 1460, a três ruas daqui. Depois de sua morte, em 1475 ou 1476, seu ateliê pegou fogo. Quanto aos outros, nunca mais ouvi falar deles.

– Mas, se seu ateliê se queimou, como esses caracteres podem, hoje...

– Sweynheim era um tipógrafo requisitado. Depois do incêndio, foi possível reconstituir um jogo de tipos quase intacto. Não faltou quem quisesse comprá-lo.

– O que explica como esses caracteres ainda existem. Quem os comprou?

– Talvez os surpreenda, mas o comprador foi o próprio Sisto.

– Sisto? O papa Sisto IV?

– Ele mesmo. Ele colecionava livros, como certamente sabem. Tinha também muita estima pelo trabalho de Sweynheim.

– Mas, se o papa os adquiriu... esses tipos ainda devem estar no Vaticano?

– Não é impossível. Mas também não é certo. Sisto IV possuía várias residências, em Roma e em outros lugares.

– Perdoe-me a pergunta, mestre Tosini... tem mesmo certeza de que esses caracteres são os de Conrad Sweynheim?

Ele não pareceu incomodado, contentando-se em verificar alguma coisa numa das tabuletas à sua direita.

– Não, não tenho nada aqui impresso por Sweynheim. Posso procurar, se desejarem. Mas levará alguns dias. Ou então, procurem na biblioteca Vaticana. Devem ter lá pelo menos *A Cidade de Deus*, de Santo Agostinho. É uma das obras mais famosas do ateliê Sweynheim. Poderá compará-la com essas mensagens.

E, se tivéssemos sorte, pensei, saberiam também onde encontrar os tipos.

– Mestre Tosini, prestou-nos um grande serviço.

– É um prazer conversar sobre essas coisas. Ah! Já que vão à Vaticana, perguntem a Tommaso Inghirami se teria interesse numa *Vida de João Batista*. Recebi de Constantinopla uma edição original que deverá interessá-lo.

Deixando a livraria de Mercúrio, não pude me impedir de desviar minha rota até o Palácio de Capediferro. Disse a Baltazar que esquecera algo na casa do Mestre das Ruas e, uma vez só, esperei alguns minutos na frente da residência, no lugar que me trouxera tanta sorte na véspera. Mas ninguém entrou ou saiu. A bela Flora continuava invisível. Seu tio teria ficado sabendo de minha passagem?

A espera e a dúvida se insinuavam em meu espírito, e meu desejo se tingia de uma impaciência inquieta. Será que ela já me esquecera?

Decidi, no entanto, voltar à Via del Governo Vecchio. De longe, avistei um guarda suíço em frente à minha casa. Apressei-me, temendo algum infortúnio, mas o guarda me interpelou tranquilamente:

– Esta casa é sua?

– Sim.

– Você é Guido Sinibaldi, filho de Vincenzo Sinibaldi?

– Sim, mas...

– Sua Santidade o papa Leão X encarregou-me de convidá-lo para o jantar. Deve se apresentar em seus aposentos privados logo após o entardecer. Será esperado.

Devo ter gaguejado algumas palavras ininteligíveis, entre surpresa e agradecimento, pois o suíço achou melhor acrescentar:

– Após o entardecer, Guido Sinibaldi. Conseguirá lembrar?

CAPÍTULO 18

Nunca me interessara muito pela pessoa de Leão X, mas me lembrava muito bem das circunstâncias de sua eleição. Até onde sabia, Leão X era um homem insípido, que gostava de arte, de caça e de viver cercado por músicos e poetas, sendo pouco resoluto em questões políticas. Diziam ser fiel na amizade, generoso até o desperdício, influenciável e bom cristão. Quando da morte de Giulio II, em fevereiro de 1513, acorrera de Florença onde a família Médici voltara a reinar havia pouco tempo. Acorrer não é bem o termo, pois ele sofria, naquele momento, de uma grande fístula, o que fez com que tivesse que vir de liteira até o Vaticano. Foi mesmo preciso operá-lo em pleno conclave, num canto da Sistina, de tanto que a ferida era dolorida.

Por um meandro da sorte, o que poderia ter sido um obstáculo a sua candidatura acabou favorecendo-a: os outros cardeais, que o acreditavam prestes a morrer, concordaram facilmente sobre seu nome. E, no dia 11 de março de 1513, Giovanni de Médici se tornou o papa Leão X, tendo por divisa: "Recorro ao senhor em minhas atribulações, e ele me reconforta". Não tinha nem 38 anos.

A ascensão de um Médici ao trono de São Pedro encheu a cidade de alegria. Para sua entronização no Latrão, Roma se enfeitou como não se enfeitava havia décadas. Por toda parte, flores e altares, antiguidades e arcos do triunfo, cantos e gritos de "Coragem! Coragem!" para festejar o filho de Lourenço, o Magnífico. O cortejo era suntuoso. Centenas de homens, lanceiros, criados, soldados, guardas suíços, magistrados, cardeais, embaixadores precediam a equipagem do papa.

Leão X fechava a marcha, avançando sob um dossel carregado por burgueses, montado no cavalo branco que lhe permitira escapar quando fora prisioneiro dos franceses. Sua tiara pontifical, coberta de pedrarias, cintilava com mil fogos à luz da primavera. Essa foi para mim a primeira aparição de Leão X.

Antes de comparecer aos seus aposentos, naquela tarde, decidi me informar na Vaticana sobre a existência dos caracteres Sweynheim. Levei também as chaves do Belvedere, que Leonardo me confiara antes de sua partida, para me assegurar de que estava tudo em ordem em seu alojamento.

A caminho, pude verificar que a agitação das ruas só fazia aumentar. Muitos artesãos conversavam na frente de suas oficinas, as tavernas mantinham as portas abertas, tamanha era a afluência: trabalhadores circulavam em pequenos grupos, em vez de trabalhar.

No Borgo, uma multidão de curiosos se misturara à multidão de peregrinos. Prova das tensões do momento, a maior parte dos cambistas guardara seus bancos, enquanto os vendedores de *souvenirs* – rosários, frascos de água benta, cruzes consagradas, estatuetas de São João, guias das Sete Igrejas... – se interpelavam violentamente. No centro das conversas, o assassinato do gravador. Os detalhes já eram conhecidos, quando não deformados: falava-se de uma flecha de ouro, de entranhas espalhadas aos quatro ventos, de maldição sobre a cidade... No entanto, não se dizia nada sobre d'Alemanio que pudesse esclarecer os enunciados misteriosos de sua viúva...

Quando cheguei à Praça São Pedro, duas hordas de mendigos se enfrentavam, insultando-se. Um dos maiores deles, com a barba hirsuta, tirara sua venda de cego e ameaçava um manco vestido de trapos. Acusava-o de ter lhe roubado uma moeda e preparava-se para surrá-lo – não tinha, portanto, a vista tão ruim –, enquanto o outro tentava fugir por entre suas pernas – sinal de que não andava tão mal... Uma pancadaria daquelas teria acontecido, mas os suíços intervieram com rigor, obrigando todos a se dispersar. Sem dúvida, a querela ia acabar nos cais de Ripa ou nas cabanas do Trastevere...

Nas portas da muralha, a guarda fora dobrada, e apenas uma magra fila de pedintes podia entrar no Vaticano. Uma vez lá dentro, os costumeiros murmúrios sobre a possível aparição de Leão X e de uma boa esmola tinham se transformado em considerações sobre a segurança da cidade: era preciso aumentar as milícias e distribuir armas aos cidadãos. Os peregrinos, por sua vez, queixavam-se da má acolhida: esperas intermináveis, interrogatórios desconfiados, impossibilidade de chegar perto do papa e das relíquias. Do que valia viajar a Roma se não podiam obter indulgências em número suficiente?

A biblioteca, felizmente, mantinha-se afastada dos rumores. Na sala dos manuscritos latinos, a assistência estava recolhida, e mal se ouvia o rumor das páginas virando. Teria preferido consultar Tommaso Inghirami – a alusão do livreiro a João Batista não me escapara – mas, na ausência do bibliotecário, foi ao bibliotecário Gaetano que me dirigi.

– Vocês possuem, ao que parece, uma edição de *A Cidade de Deus* impressa por Conrad Sweynheim. Seria possível vê-la?

O bibliotecário Gaetano, normalmente tão afável, parecia incomodado.

– Conrad Sweynheim? Esse nome não me diz nada. Tem ideia da data de publicação?

– Suponho que entre 1465 e 1475.

– Instale-se na sala grega. Aqui, todos os lugares estão ocupados. Trarei para você assim que o encontrar.

Obedeci e esperei na sala seguinte, observando pela janela os fiéis que se amontoavam ainda no Pátio do Papagallo. O céu estava carregado de nuvens cinza que ameaçavam se transformar em neve.

Em alguns minutos, Gaetano voltou.

– Aqui está! Acho que encontrei o que procura.

Colocou sobre a estante de leitura um grande volume em couro marrom.

– Mestre Inghirami não está aqui hoje?

– Não, ele teve... teve de sair agora há pouco.

Depois, em tom mais baixo:

– Para ser franco, Argomboldo está aqui. Está trabalhando em não sei o quê na Grande Biblioteca. Tommaso preferiu...

– Ah... E Argomboldo está mais bem-disposto em relação a você?

– É difícil saber. Ele é tão imprevisível.

– Tenho outra pergunta. Vocês guardam tipos de impressão aqui?

– Tipos? A tipografia não é nossa especialidade.

– Contaram-me que o papa Sisto IV teria comprado os tipos desse impressor, Sweynheim. Sabe em que lugar poderia estar guardado esse gênero de objeto?

– Realmente não sei. Mas perguntarei a Tommaso assim que ele chegar. A propósito, mestre Sinibaldi, já que está vindo lá de fora... Sabe a razão de toda essa animação?

– Falam de um novo crime... – desconversei. – O povo não está longe de se armar para se defender com as próprias mãos.

– Ai de nós! – suspirou. – Violência gera violência.

Agradeci a Gaetano e abri a obra de Santo Agostinho ao acaso. Aparentemente, Evangelista de Tosini tinha razão. Os caracteres das mensagens eram mesmo idênticos aos usados em *A Cidade de Deus*. A única diferença era que, no livro, as maiúsculas tinham sido impressas em vermelho, dando mais relevo à página. Tomei o cuidado de comparar letra por letra, mas não havia dúvida: o assassino encontrara e utilizara os tipos Sweynheim.

Senti uma mão pousar sobre meu ombro:

– Ora, meu jovem amigo! Tornou-se agora um frequentador da biblioteca Vaticana.

– Boa tarde, mestre Argomboldo.

Estava vestido de preto, como sempre, e seus olhos brilhavam com uma febre perpétua. Prosseguiu:

– Acabo de ouvir falar de você.

– Bem, espero.

– Com curiosidade, em todo caso. Foi a propósito desse assassinato, sabe, o do gravador. Hoje de manhã, no mercado de carne de caça, duas mulheres afirmavam que um jovem rapaz teria visto o assassino e o teria perseguido pelo bairro Santo Eustáquio até perdê-lo de vista. Logo pensei em você, é claro.

– É claro... E que sorte que estivesse lá para escutar isso!

– Não é mesmo? É que, depois de sua visita, tudo o que diz respeito a esse caso me intriga.

Conversávamos em voz baixa, mas um dos leitores fez cara feia para nós. Retomei, quase cochichando:

– Continua acreditando numa manifestação da cólera divina?

– Digamos antes que voltei a acariciar a esperança. Se esta cidade não se decide a fazer penitência...

Debruçou-se sobre meu livro.

– Ah! Santo Agostinho! Assim está bem melhor. O bibliotecário Gaetano seguiu meu conselho.

– Para ser honesto, mestre Argomboldo, estou mais interessado no impressor do que na obra. Conhece Conrad Sweynheim?

Coçou o longo nariz antes de responder:

– Conrad Sweynheim? Esse nome não me é estranho.

Tomou o livro nas mãos e folheou-o.

– Sim, um impressor. Não morreu num incêndio ou algo assim?

– Até onde sei, seu ateliê se queimou depois de sua morte. Mas conseguiram salvar um lote de tipos que o papa Sisto IV teria comprado. Por volta de 1475 ou 1476.

– Ouvi falar dessa história. Você disse 1475... Já viu o afresco de Melozzo da Forli?

– Aquele na sala latina, ao lado? Sim, Inghirami me mostrou.

– Então sabe que a Vaticana foi fundada em 1475. No afresco, o homem que está representado de joelhos diante de Sisto IV é Bartolomeo Platina, o primeiro de nossos bibliotecários. Lembro que ele se interessava um pouco por tipografia. Era uma arte bastante nova naquela época. Não me surpreenderia que ele tivesse aconselhado essa aquisição ao papa.

– O papa poderia tê-la doado à biblioteca

– Não sei. Quanto a mim, nunca vi esses tipos entre nossas paredes.

Devia acreditar?

– Quem seria capaz de me informar?

– Inghirami, talvez. Devo concluir que há uma relação entre esse Sweynheim e o assassino que procura?

Ele murmurou essa pergunta sem o menor constrangimento.

– Terá de perguntar às comadres do mercado, mestre Argomboldo...

Teria tido tempo de ir cem vezes aos aposentos de da Vinci, mas, impressionado pela importância de meu anfitrião, apresentei-me ao camareiro encarregado das visitas ao papa antes mesmo do soar dos sinos. Ele me conduziu ao primeiro andar; depois, através dos corredores ricamente mobiliados, até uma pequena antecâmara, onde já estavam esperando dois monges e um diplomata.

Tive de esperar por um bom tempo, enquanto os outros eram recebidos, até ser introduzido na câmara de Audiência.

Era uma peça alta e bela, com uma grande janela dando para o Belvedere e magnificamente decorada por Rafael. O pintor decidira dedicá-la inteiramente ao milagre da presença divina: Heliodoro expulso do templo pela cólera de Deus, os anjos libertando São Pedro de sua prisão, as hordas de Átila recuando diante da Cruz de Cristo, a missa de Bolsena, em que a hóstia sangrara... O mestre de Urbino tomara também o cuidado de representar ali seus benfeitores: Leão, o Grande, diante de Átila, tinha os traços de Leão X, e Giulio II ocupava um lugar central em dois outros afrescos. Tudo isso só fazia intimidar ainda mais o jovem visitante que eu era.

No meio da sala estava o papa Médici, sentado numa poltrona de veludo carmesim ornada com bolas de ouro. Vestia seu traje de interior: uma túnica branca, espessa e adamascada, sob um amplo capuz vermelho que lhe cobria os ombros. O barrete, de um vermelho idêntico, cobria-lhe a fronte até as sobrancelhas.

Diante dele, dois criados preparavam a refeição, trazendo, em pratos de prata, azeitonas e frutas secas. Nas pontas da mesa estavam dispostas duas cadeiras, uma ocupada pelo cardeal Bibbiena.

Este me fez um sinal para avançar:

– Este é Guido Sinibaldi, que Vossa Santidade mandou chamar.

Dirigi-me ao papa, inclinando-me, e beijei a mão repleta de anéis que ele me estendeu. Ele não disse nada, e eu não sabia o que fazer enquanto os criados continuavam sua função.

– Sente-se, Guido – encorajou-me o cardeal.

Obedeci, constrangido, observando aquele personagem tão poderoso, que cheirava a flor de laranjeira. Seu rosto era o de um homem pesado e inchado, amante dos prazeres da vida, um homem que era difícil imaginar cavalgando horas a fio em suas terras da Magliana. Tinha, no entanto, a reputação de ser um excelente caçador, apreciador de cães e falcões e de que não se furtava, eventualmente, a matar um cervo com uma lança. Mas apreciava também artes mais delicadas: a pintura, evidentemente, e, acima de tudo, a música, que chegava até a compor. A corte de Leão X era, aliás, célebre na Europa pela qualidade de suas orquestras e pelo salário de seus músicos. Quando não oferecia um concerto, o papa regalava seus hóspedes com torneios poéticos ou espetáculos menos convencionais, como aqueles dos bufões, que ele adorava. Tais eram as distrações do chefe da cristandade.

Quando os criados se retiraram, Leão X rompeu seu silêncio:

– Conheci pouco o chefe de polícia Sinibaldi, seu pai. Cruzamonos algumas vezes durante minhas estadas em Roma, mas nunca chegamos a conversar de verdade. Sei, no entanto, que Giulio II, meu predecessor, tinha-o em alta conta...

Sua voz era agradável e quente, contrastando com a espessura e a flacidez de seus traços. Contentei-me em inclinar respeitosamente a cabeça.

– Assim, fiquei surpreso ao saber que você pertencia ao círculo de da Vinci. É um grande artista, sem dúvida, mas se desvirtuou muito, e frequentá-lo hoje é no mínimo arriscado.

– Da Vinci sem dúvida tem muitos defeitos – admitiu Bibbiena –, mas seu talento foi-nos precioso mais de uma vez... Recordo a Vossa Santidade que ele permitiu...

– Conheço sua indulgência a respeito dele, cardeal. Mas não a compartilho...

– Esclareço, entretanto, se Vossa Santidade o permite, que foi apenas por ocasião desses crimes que o jovem Sinibaldi travou conhecimento com Leonardo.

– Sim, esses crimes...

O papa levou a mão até um prato cheio de biscoitos de pinhão. Pôs um na boca, depois outro, e mastigou lentamente. Contava-se que seu estômago frágil o obrigava às vezes a jejuar por vários dias após refeições muito temperadas.

– Esses crimes...Você é um rapaz muito jovem, meu filho, para se meter nesse tipo de acontecimentos. Inscrições feitas com sangue, cabeças cortadas, corpos eviscerados, desenhos... demoníacos. Estranho aprendizado para um estudante de medicina. Não deveria antes se consagrar aos vivos?

Minha garganta estava mais seca do que a mais seca das pedras da África.

– Sant... Santíssimo Padre... Foi uma série de coincidências... Primeiro houve aquele assassinato na coluna, e depois...

E depois me calei, incapaz de me explicar.

– Trouxe ao menos a gravura e as mensagens?

Tirei do estojo as três folhas que ele queria.

Ele pegou a lupa que tinha sempre consigo, pois sua visão era bastante medíocre, e inspecionou-as uma após a outra.

– "O Pontífice perdeu a Face" – leu. – Então é isso... Essa frase bastou para levá-lo à Verônica?

– Ela me... Ela me indicou... Leon... Pensei ter entendido que uma relíquia desaparecera do Vaticano e...

– Uma relíquia? A Santa Face é muito mais do que uma relíquia, meu filho. *Vera Icona*, a Imagem Verdadeira! O Rosto do Salvador durante a Paixão! Não é sensível à Sua impressão?

Lembrava-me de tê-la avistado uma vez em São Pedro, atrás de véus que aumentavam ainda mais seu mistério. Mas era criança e, em minha memória, os traços sobre o pano permaneciam imprecisos.

– Não tive a ocasião de me aproximar verdadeiramente dela...

– Então não faz ideia do que ela representa... Conhece ao menos sua história?

Confessei que não.

– Alguns sustentaram outrora que o véu teria sido dado por Nosso Senhor à Hemorrágica, aquela mulher que perdia seu sangue e que foi curada ao tocar em Jesus. Nós sabemos que não foi assim: foi para Santa Verônica que o milagre se realizou. Ela se encontrava no caminho do Gólgota no momento do Calvário. Apiedou-se do filho de Deus e enxugou Seu rosto com um pano. A Santa Face imprimiu-se ali com tanta realidade quanto o estou vendo agora, oferecendo aos homens incrédulos o retrato do Salvador. Mais tarde, o imperador Tibério enviou Volusânio a Jerusalém. Este pediu que lhe contassem a Paixão em detalhes e ficou sabendo da existência do véu. Foi até a casa de Verônica, que lhe entregou o pano sagrado sob a condição de que pudesse acompanhá-lo até Roma. Ao final dessa viagem, o imperador Tibério também conheceu o milagre: prosternou-se diante da Face e foi curado de todos os seus males. Verônica conseguiu que o véu fosse confiado à Igreja e, desde então, ele honra nossa cidade como nenhuma outra relíquia. Compreende, portanto, o que é a Verônica?

Assenti.

– Acrescento que, há três séculos, meu augusto predecessor Inocêncio III decidiu prestar à Santa Face o culto que ela merecia. Sua decisão se seguiu a um novo milagre: debaixo de seus próprios olhos, o véu se mexera bruscamente sem que ninguém o tocasse! O sinal era claro. Inocêncio III instituiu, desde então, a procissão da Santa Face, no domingo que se segue à oitava da Epifania. É assim que, há três séculos, os cônegos de São Pedro carregam solenemente o véu até o hospital Santo Spirito.

Sua voz se tornou mais suave:

– A procissão deve acontecer dentro de quatro dias.

Quatro dias! A Verônica devia ser mostrada ao público dali a quatro dias!

– Agora entende por que nossa discrição se fazia necessária – reforçou o cardeal. – Nas circunstâncias atuais, tal anúncio teria um efeito desastroso.

O papa meneou a cabeça com gravidade:

– Desde hoje de manhã, parece que os espíritos voltaram a se esquentar. Formam-se bandos, surgem instigadores. É, pois, uma revolta que se incuba. Pensamos que ganharíamos tempo após a execução do caieiro, mas... ainda não conseguimos encontrar a Verônica.

– Como alguém pôde se apoderar de tal tesouro? – perguntei.

Bibbiena respondeu:

– O véu estava guardado em São Pedro, num tabernáculo de grades douradas. O ladrão aproveitou os trabalhos da nova basílica para chegar lá. Devia dispor de chaves...

– Ainda as chaves!

– Ainda... No entanto, não foi constatada a falta de nenhuma delas... Encontram-se todas no Castelo de Santo Ângelo, e, de agora em diante, sob a maior vigilância.

– E as do oficial?

– Sua Santidade o demitiu de seu cargo. Mas ele parece não saber de nada.

– Então, acham que o objetivo seria o de impedir a procissão?

– De certa forma. Qualquer outra relíquia não traria tamanhas consequências... Mas se trata da Verônica, e ela nos foi roubada! Você entende, Guido, que, depois desses assassinatos, isso faria o pontificado cair em descrédito. Internamente, mas também externamente... Ora, Roma é o último ponto de resistência da Península: se sua cabeça for abalada, a Itália inteira se tornará uma presa fácil...

– Um complô...

Não ousei olhar para Leão X, que, ele próprio, terminou minha frase:

– Um complô para derrubar o papa, sim. Certamente, nossos vizinhos teriam o maior interesse em instigar uma insurreição. Alemães, espanhóis, franceses, pretendentes não faltam. A começar por esse Valois, François I. Não faz 10 dias que está no trono e já se vê como dono da Itália. E o casamento de meu irmão em Chambéry não pesará muito em seus cálculos: os reis têm talvez o senso da família, mas raramente ele lhes tira o apetite.

– Um estratagema desses supõe apoios e cúmplices!

– Não seja ingênuo, meu filho. Assim que fui eleito, metade dos cardeais se declarou pronta para me suceder. E a outra metade se calou, para aumentar suas chances. Não estou falando de si, Bibbiena, é claro.

O cardeal restituiu seu sorriso.

– Mesmo assim... Todos esses crimes para sublevar o povo...

– Não temos outra explicação, Guido. E, como quer que seja, é preciso encontrar o culpado para encontrar a Verônica. Fez algum progresso de sua parte?

– Creio ter encontrado uma pista. Para imprimir suas mensagens, o assassino utilizou tipos bem particulares: tipos Sweynheim, do nome de um tipógrafo morto há 40 anos. Ora, parece que o papa Sisto IV comprou, naquela época, os únicos caracteres Sweynheim que existiam. Se, como acredito, esse lote de tipos continua no Vaticano ou nos seus arredores...

– É porque o nosso homem também se encontra aqui – concluiu Bibbiena. – Mais um argumento para o complô!

– Mas, para imprimir, é preciso uma prensa – sugeriu Leão X.

– Informei-me a esse respeito. Elas são vendidas em toda parte, pequenas e de fácil manuseio. Chegam até a ser oferecidas por vendedores ambulantes pelos campos, de aldeia em aldeia.

– Portanto, quem quer que seja o detentor desses tipos deve ser o autor das mensagens... e dos crimes... Quem quer que seja... Isso realmente nos ajuda?

– Vossa Santidade – respondi –, quando descobrirmos esses tipos, desmascararemos também a pessoa que os utiliza.

– E se não os descobrirmos?

– Martino d'Alemanio almoçou com seu assassino no dia fatídico. Se pudéssemos identificar o albergue onde ocorreu a refeição, talvez recolhêssemos testemunhos interessantes...

– O capitão Barberi está cuidando disso – disse o cardeal. – Virá prestar contas de suas investigações daqui a pouco. Mas, se o assassino é tão hábil quanto se supõe...

– Restará a gravura – afirmei. – Ela revela, à sua maneira, as intenções do assassino. Quatro assassinatos foram cometidos, e três outros deverão sê-lo.

Apontei para a folha entre as mãos de Leão X.

– Com toda a probabilidade, um desses assassinatos ocorrerá perto de um poço ou de uma espécie de buraco. Impossível saber mais do que isso. As circunstâncias do segundo são ainda mais imprecisas: uma vítima estendida, com um braço sobre a cabeça... Nada que possa nos ajudar. A terceira, no entanto, deve reter nossa atenção: um corpo pendurado pelos pés dentro de um sino. Se tivermos homens suficientes para vigiar as igrejas, pelo menos as principais, e se agirmos com prudência, talvez possamos surpreender o culpado.

Um silêncio pesado acolheu essa proposição.

Leão X se serviu uma taça de um vinho muito claro e comeu várias azeitonas uma atrás da outra, cuspindo os caroços num lenço. Depois bebeu demoradamente com pequenos ruídos de sucção. Por seu lado, Bibbiena me observava sem que eu pudesse interpretar seu olhar.

Que absurdo eu acabava de proferir?

O papa enxugou a boca e pegou ainda um confeito açucarado antes de parecer novamente se interessar por mim:

– Esse assassinato no sino de que está falando, meu filho... já ocorreu.

– Já oc...

– Há cerca de três semanas, em Santa Maria Maior. Conte-lhe, cardeal...

– Bem, os fatos são bastante simples. Foi um mendigo, um tal de Florimondo. Era cego, ou fingia sê-lo. No inverno, o padre permitia-lhe dormir atrás da porta, dentro da igreja. Uma caridade fatal... O sineiro o descobriu na manhã de 16 de dezembro, no alto do campanário. Amarrado pelos pés no sino maior. Com o pescoço quebrado.

– Amarrado no sino maior? Em 16 de dezembro? Mas foi antes...

– Antes do assassinato da Coluna de Marco Aurélio, sim. Mas até ontem não tínhamos estabelecido a relação. Foi só quando Barberi nos falou da gravura que esse caso voltou a nossa memória.

– Quem mais está a par desse quinto crime?

– Não divulgamos a coisa... A alguns dias do Natal, era inaceitável que alguém pudesse matar um homem em uma das quatro basílicas de Roma. O padre alertou o Vaticano, e fizemos de modo que... que esse óbito passasse por morte natural. Quanto à investigação, não deu em nada. Era um mendigo, pouca gente o conhecia... Também não era o caso de ficar assediando os fiéis...

– O campanário de Santa Maria Maior – comecei. – Não é a torre mais alta de Roma.

– Exatamente.

– Eis por que ele escolheu a seguir a Coluna de Marco Aurélio! Tentara já o campanário, mas sem obter a repercussão com que contava. Na praça da coluna, estava certo de seu efeito...

Leão X parou um instante de chupar seu confeito:

– Excelente dedução, meu filho. Mas tudo isso chega um pouco tarde, pois, sobre os assassinatos por vir, não temos nenhuma pista.

– Nenhuma. É por isso que temos agora esta gravura: ela já não oferece perigo para o criminoso. Oferece-nos o roteiro de seus delitos, mas não permite chegar até ele.

Virei-me para o cardeal.

– Que idade tinha o mendigo?

– Não sei ao certo... Um homem idoso, em todo caso. Talvez 60 ou 70 anos.

– Um velho. Mais um velho. Uma cafetina, um usurário, um mendigo, um gravador. Excetuando-se Jacopo Verde, é o único ponto em comum. Todos da mesma idade.

Uma relação se estabeleceu subitamente em meu espírito:

– Como Vitorio Capediferro, o Mestre das Ruas.

Não provocaria maior indignação se tivesse cuspido no prato de azeitonas... O papa engoliu seu confeito, franzindo as sobrancelhas.

– O que está querendo insinuar, rapazinho?

– As coincidências são muitas, Santo Padre. Não procuramos um homem influente, bem informado sobre os progressos da investigação, bom cavaleiro e de uma idade respeitável? Quem melhor do que o Mestre das Ruas para ter acesso aos monumentos da cidade? Sem contar que, até onde sei, ele nunca teve uma mulher. Certa atração pelas pessoas do mesmo sexo não deve ser descartada.

Num gesto inabitual, Leão X retirou seu barrete e passou a mão suavemente sobre os cabelos.

–Você é apenas uma criança, Sinibaldi. Uma criança... Por isso vou lhe perdoar essas proposições inoportunas. Para seu governo, saiba que Capediferro é um dos mais preciosos colaboradores do Vaticano, e que nada o interessa menos do que o poder... Não pode, portanto, fazer parte do complô e querer o infortúnio da Itália. Mas vejo, através de você, a opinião de um outro personagem... Alguém que foi acusado ultimamente de práticas muito condenáveis...

Compreendi que o julgamento do papa não aceitaria objeções: minha ideia podia ser boa, mas Capediferro estava fora de questão, quisesse eu ou não.

Durante o resto da reunião, exortaram-me a continuar minhas investigações e a prestar contas diariamente de meus progressos.

Recomendaram-me também a maior prudência e o maior sigilo. Ninguém, dali em diante, devia evocar a mensagem nem fazer alusão à Verônica... Enquanto se tentava recuperar o véu, esperava-se que o Carnaval pudesse distrair os romanos.

Finalmente, Bibbiena se levantou para me acompanhar até a saída.

Ao abrir a segunda porta, sussurrou:

– Continue, Guido, talvez não esteja errado... Foi o Mestre das Ruas que enviou a carta contra Leonardo!

A neve caía agora em grandes flocos.

Andei o mais rápido possível até o Belvedere, lamentando não ter trazido o capuz para cobrir a nuca.

Chegando ao interior da residência, subi cautelosamente a escada de Bramante até o andar de da Vinci. Tudo estava escuro e silencioso.

Girei a chave na fechadura e entrei no apartamento do mestre. Nenhum barulho, nenhum sinal de desordem.

Inspecionei cada peça sob a fraca luz das janelas, verificando os cadeados nos baús e levantando os panos sobre os móveis. Parecia que não tinham mexido em nada. Os alemães, que Leonardo parecia temer tanto, não tinham se manifestado.

Terminei minha visita pelo ateliê do pintor, e minha atenção logo foi atraída por um pequeno recipiente aos pés do cavalete. Colocado ali, sozinho, sem razão aparente...

Tomei-o nas mãos e passei um dedo em seu fundo. Havia um resto de matéria seca que poderia passar por tinta, não fosse seu odor característico: cheiro de sangue coagulado. Coloquei-o de volta no lugar, sem compreender o que da Vinci podia ter feito com um pote de sangue.

Atrás de mim, uma voz desconhecida atravessou o silêncio:

– Com que direito está aqui?

Dei meia-volta.

No vão da porta, erguia-se uma silhueta, com alguma coisa na mão.

– Meu nome é Guido Sinibaldi. Venho a pedido de Mestre Leonardo – respondi com firmeza. – Com quem estou falando?

O outro avançou um passo e pude reconhecer Giovanni Lazaro Serapica, o tesoureiro de Leão X.

Ele abaixou seu punhal.

– Guido Sinibaldi? Tomei-o por um ladrão.

– Pelo contrário, asseguro-me de que ninguém invadiu a residência de da Vinci.

– Então temos a mesma preocupação... Vi essa porta entreaberta e... Mas, diga-me, não devia encontrar o papa hoje?

– Acabo de fazê-lo.

– Ah! Ele lhe falou do complô que está sendo tramado contra nós?

– Sua Santidade recomendou sobretudo que fosse discreto.

– E tem razão. As pessoas nunca são o que fingem ser. Veja, Mestre Leonardo... Quem teria imaginado que ele disfarça um lagarto de dragão para assustar seus visitantes? E ainda por cima dando-lhe o nome de seu pai. Ser Piero. Conhece Ser Piero. No entanto, é assim, os homens têm várias caras... Mas, para voltar a esse complô, fui eu que sugeri sua existência ao pontífice. O dinheiro, o poder... São as duas rédeas que dirigem o mundo, não é? Ora, acontece que Roma tem o poder. E o poder mais alto, o poder das almas. Mas Roma está sem dinheiro. Ninguém sabe disso melhor do que eu. Então, Roma é contestada. Nas fronteiras, os grandes reis se impacientam: quem tiver Roma, terá a Itália, eles sabem. A fruta está madura, pensam. Uma batidinha, uma comoção da população, uma insurreição, o papa, que já não tem meios para se defender... E a fruta cai... É isso que precisamos impedir, Guido Sinibaldi. Encontrar o verme na fruta e sanar a carne corrompida. Eis o que queria lhe dizer. Agora, já que os bens de da Vinci estão em segurança, desejo-lhe boa noite.

Girou nos calcanhares sem que eu tivesse tempo de responder, deixando-me, entretanto, com uma certeza: aquele encontro não tinha nada de fortuito.

A neve pintava agora de branco os jardins e telhados da cidade, como na noite de Natal.

Apressei-me em voltar para casa, deixando para depois minha visita ao padre de Santa Maria Maior e minhas investigações sobre aquele Florimondo. Como era de esperar, o mau tempo dispersara os descontentes e os agitadores das redondezas do Vaticano. Leão X ganhava um pouco de descanso...

De minha parte, esforçava-me por dar um sentido aos acontecimentos do dia: os caracteres Sweynheim, a Verônica, o assassinato no sino, o complô contra o papa, Serapica... Em algum ponto, devia haver uma ligação.

Estava prestes a atravessar a ponte Santo Ângelo, protegendo-me o melhor que podia das rajadas e do frio, quando senti alguma coisa picar meu pescoço.

Tentei me virar para ver o que era, mas, em vez de me obedecer, minhas pernas, brutalmente, desfaleceram. Caí como um saco de pedras sobre o tapete de neve, a visão embaçada por uma cortina de lágrimas, incapaz de me mexer ou de emitir qualquer som.

Pareceu-me que uma forma imprecisa se debruçava sobre mim. Fui puxado pelos pés, com a cabeça batendo nas pedras. Houve então a sensação do vazio. Depois, mais nada.

CAPÍTULO 19

A primeira coisa que vi foi o rosto de minha mãe. Seus olhos, sua preocupação, sua mágoa. Depois, senti meu corpo. Minhas mãos, meus pés, meus membros que me gelavam e me queimavam ao mesmo tempo, minhas veias, em que se fundiam a lava e o gelo.

Desmaiei.

Despertei mais tarde, sozinho no quarto. O peso das cobertas, o lençol encharcado de suor... Minha cabeça zumbia, e todos os meus ossos doíam. A febre, no entanto, diminuíra. Tentei me levantar. Consegui me apoiar num cotovelo. O esforço me esgotou e desfaleci de novo.

Uma noite, um dia e mais uma noite passaram assim.

Na manhã do segundo dia, consegui finalmente falar.

Depois de tomar uma sopa magra e de terem me esfregado com panos, soube como tinha sido salvo naquela noite sobre a ponte Santo Ângelo. Era a Gaetano Forlari que devia a vida.

Minha mãe me explicou que, por uma sorte inaudita, o bibliotecário, que tinha se demorado na biblioteca, deixara o Vaticano pouco depois de mim. Chegando ao castelo, percebera um homem sobre a ponte lançando uma forma bastante grande no Tibre.

Mas, com a neve e a escuridão, não conseguira perceber o que estava acontecendo.

Foi só quando viu o desconhecido sair correndo que o bibliotecário Gaetano se aproximou. A forma em questão parecia humana e, tendo sido lançada de tamanha altura, quebrara a superfície congelada e estava afundando no rio.

Não havia um instante a perder...

Gaetano chamou os guardas da fortaleza e todos se precipitaram para a margem. Um soldado, mais leve do que os outros, conseguiu andar sobre o gelo e passar uma corda em volta do meu punho. Minha cabeça desaparecera sob a água, e, quando cheguei à margem, estava mais morto do que vivo...

Mal respirava, com os pulmões cheios de água e diversos cortes no rosto. Gaetano me reconheceu mesmo assim, e me trouxeram até a casa de minha mãe, que velara por mim desde então.

Evidentemente, esse relato não podia satisfazer inteiramente minha curiosidade: que alguém quisesse me matar, era provável. Mas quem? E como?

Revia-me caindo sem motivo sobre a neve. Não tropeçara, ninguém encostara em mim. Apenas aquela dor no pescoço, como uma minúscula picada, e minha consciência que fora embora. Pedi que examinassem minha nuca, mas havia arranhões demais para que se pudesse distinguir o que quer que fosse. Ou teria ingerido alguma droga? O gravador, o usurário... Mas não bebera nem comera nada desde o almoço. Aquele mal-estar fulminante era incompreensível.

No final da manhã, a visita do bibliotecário Gaetano não me trouxe nenhuma informação a mais.

Veio a pedido de minha mãe, para que eu pudesse lhe agradecer. Parecia constrangido, quase envergonhado do reconhecimento que queríamos lhe testemunhar. Assegurou-me que eu faria o mesmo em seu lugar, que o acaso quisera que Tommaso Inghirami não voltasse aquela tarde, obrigando-o a fechar a Vaticana ele próprio. Donde seu atraso e sua presença oportuna na ponte Santo Ângelo.

– Conseguiu ver meu agressor? – perguntei, com voz cavernosa.

– O tempo estava tão ruim, as silhuetas tão confusas...

— Nenhum passante, nenhum soldado que tenha assistido à cena?

— Até onde sei, não. As ruas estavam praticamente vazias.

— O homem escolheu bem o momento. Estava me seguindo, com certeza. E quanto aos tipos Sweynheim, descobriu alguma coisa?

— Falei com Tommaso. Não parece mais bem informado do que eu. Mas posso fazer pesquisas, se quiser. Consultar os arquivos.

Eu queria.

O bibliotecário Gaetano logo me deixou: a febre estava voltando a subir. Apesar de seus protestos, no momento de ir embora, minha mãe o carregou com uma torta de carne, uma réstia de linguiças e uma bilha de cerveja.

Embora o bibliotecário não soubesse descrever o assassino, o número de suspeitos diminuíra. Pois, com toda a evidência, o criminoso me seguira desde o Vaticano. Era mesmo de supor que tinham sido os últimos progressos de minha investigação que o fizeram intervir. Com efeito, se tivesse pensado ter sido desmascarado na véspera, depois da morte do gravador, não teria esperado o convite do papa para me atacar: teria agido antes.

Inferi, portanto, que, para ele, fora minha visita ao Vaticano o momento decisivo. Os caracteres Sweynheim, o desparecimento da Verônica, o crime do campanário, a revelação do complô... Em conjunto ou separadamente, essas descobertas deviam tê-lo alarmado. E não eram muito numerosos os que partilhavam esses segredos. Dava mesmo para contá-los nos dedos de uma mão...

Em primeiro lugar, evidentemente, estava o próprio Leão X. Mas não inscrevia o papa nessa lista senão para afastá-lo logo em seguida: os pontífices têm outras maneiras de eliminar aqueles que os incomodam. Além do mais, não conseguia imaginá-lo cobrindo-se com um casaco velho para me atacar na ponte Santo Ângelo! Quanto ao proveito que poderia tirar desse caso... Não corria, ao contrário, o risco de perder tudo?

A seguir vinha o cardeal Bibbiena. Também ele estava a par das pesquisas e, até certo ponto, as dirigia. Devia ver nele o pivô de um complô contra Roma e a Itália? Por certo, Leão X fizera alusão aos prelados de seu círculo que não desejavam outra coisa senão sucedê-lo. Mas logo excluíra Bibbiena.

O que, na verdade, não provava nada, nem num sentido nem no outro.

Serapica vinha logo atrás. Não me deixara enganar por nossa conversa no Belvedere. O tesoureiro do papa me vira entrar nos aposentos de da Vinci. Espionara-me? Em todo caso, aproveitara esse pretexto para me interrogar. Queria saber o que eu sabia. Concluíra daí que eu era perigoso para ele? Nesse caso, por que não utilizou o punhal que trazia consigo.

Além desses homens poderosos, encontrara Argomboldo na biblioteca.

O sombrio Argomboldo. Aquele parecia capaz de tudo. Seu zelo religioso, seu medo irracional dos joanitas, a chama negra que o consumia... Podia imaginá-lo ruminando cada um daqueles crimes. Ora, por imprudência, eu mesmo o alertara interrogando-o sobre os caracteres Sweynheim. Sentira que eu estava me aproximando da meta?

Finalmente, ao lado daqueles com quem cruzara no Vaticano, não podia excluir o Mestre das Ruas. O raciocínio que eu expusera a seu respeito merecia ser punido. Ele não manifestara várias vezes sua hostilidade por da Vinci? Não intrigara para obter seu exílio? E por que razão, senão pelo temor de que a verdade fosse descoberta? Depois de minha partida, Leão X podia ter lhe contado as acusações que eu formulara contra ele. Capediferro era um impulsivo. Não ignorava onde eu morava, nem o caminho que devia tomar. Nada o impedia de perseguir-me até a ponte Santo Ângelo. Não, sobretudo não negligenciar o Mestre das Ruas...

O calor de meu corpo me oprimia. Abrindo os olhos, vi que a noite caíra. Lá fora, gritos, exclamações... A Piazza Navona, sem dúvida.

No fundo do quarto, minha mãe e o médico Safardi conversavam em voz baixa:

– Uma febre benigna... Forte, mas benigna. O corpo compensa o resfriamento aquecendo-se proporcionalmente, até que os humores se equilibrem. Mas os membros resistiram, e as feridas não infeccionaram. Isso é o essencial, amanhã estará melhor.

– Quanto à alimentação?

– Líquidos, apenas líquidos. Com um pouco de pão ensopado. Agora, senhora Sinibaldi, tenho que ir. A multidão começa a se juntar, e detesto a multidão.

Minha mãe o pagou e ele saiu apressado.

– Era Safardi? – perguntei, com a voz já um pouco mais clara.

– Ah! Está acordado, Guido. Sim, era Safardi.

– O que ele disse?

– Que você nos deu um belo susto, mas vai se safar sem problema.

– E essa história de multidão?

– O papa declarou o Carnaval aberto. As pessoas começam a festejar.

– Exceto Safardi...

– Samuel é judeu.

Não percebia a relação.

– Não gosta nem um pouco da maneira como os seus são tratados nesse período.

A corrida dos judeus, é claro.

Entre todas as atrações do Carnaval, era uma das mais antigas. Doze judeus que disputavam o *palio* escarlate correndo do Campo dei Fiori até a Praça São Pedro. Para mim, que nunca pensara nisso, essa prova indicava sobretudo a afeição dos hebraicos à cidade do papa. Desse ponto de vista, Roma me parecia até bastante acolhedora. Havia, por certo, algumas regras a obedecer, como a proibição de comer com os cristãos ou a obrigação de vestir uma faixa amarela. Mas as multas não eram altas e raramente eram cobradas. Além disso, os judeus eram protegidos. Tinham seus representantes, seu bairro, seu cemitério.

Mas, pensando bem, é verdade que uma atmosfera singular cercava a corrida dos judeus. Mais insultos do que encorajamentos, mais ridículo do que honra e, para o vencedor, mais alívio do que triunfo...

Safardi perceberia ali, com razão, as marcas de uma rejeição?

– Quando acontecerão as corridas?

– Não se sabe ainda. Não está pensando em assisti-las no estado em que se encontra, não?

Não respondi.

Havia uma época em que partilhávamos essas diversões em família. A corrida dos jovens, a dos velhos, os burros e cavalos barbos, ou mongóis, soltos no Corso; as fantasias, as máscaras nas ruas, a carne que se assava nas praças, as guloseimas em cones de papel... Mas, desde que ficara viúva, minha mãe quase sempre se recusava a sair.

– Lembra-se dos touros na frente do Capitólio? – disse ela, passando os dedos em meus cabelos.

Segurei-me para não gargalhar:

– E como! Tinham derrubado o estrado dos mandantes! Todos os magistrados jogados no chão, rastejando para escapar às chifradas!

– Seu pai riu pra valer! Raramente o vi se divertir tanto.

Acariciou meu rosto. No dela, corria uma lágrima.

– Essa noite escutei você, Guido. Você delirou. Falava dele, de Vincenzo. De uma mulher velha também, uma tal de Martina ou não sei quê.

– A mulher de Martino, sem dúvida. Martino d'Alemanio, o gravador que foi morto. Sabia que papai e ela se conheciam?

– Não.

– Ele evitou a prisão do filho de Rosina, uma de suas criadas. Ela ficou eternamente agradecida.

– Seu pai era um homem bom.

Ela sufocou um soluço e senti que era melhor mudar de assunto.

– E a agitação lá fora? O que dizem dos crimes e do resto?

– Não melhorou nada. Houve uma briga na Praça São Pedro, os soldados tiveram de intervir. As patrulhas noturnas foram intensificadas e há homens armados por toda parte. As pessoas estão aflitas, correm para todos os lados. Alguns lançam estranhos olhares... Todo mundo desconfia de todo mundo! Aliás...

Ela hesitou.

– Aliás?

– Talvez seja apenas impressão, mas... Parece que alguém está nos vigiando. Um homem, sempre o mesmo. Avistei-o diversas vezes pela janela.

– Um homem? Que tipo de homem?

–Veste um casaco cinza com um capuz. Mas não consegui ver seu rosto... Desvia-se sempre que apareço.

Um homem nos vigiando! O assassino?

Tentei me levantar para ver com meus próprios olhos, mas ainda estava fraco demais. Naquele instante, o capitão Barberi apareceu:

– Olá, Guido! Constato com prazer que está melhor!

– Parece que tem alguém nos observando da rua – respondi. – Um homem com um casaco cinza.

Ele andou até a janela, depois de ter cumprimentado minha mãe:

– Não vejo ninguém. Também não notei nada ao chegar. Mas, por cautela, enviarei Baltazar amanhã. Os próximos dias não se anunciam tranquilos.

– Teme o Carnaval?

– Passaria bem sem ele, evidentemente. Por outro lado, compreendo o papa. Se não fizer nada, a situação ficará insustentável. Trocam-se armas, as pessoas veem criminosos em toda parte. Antecipando o Carnaval, ele pode desviar a cólera dos romanos.

– Ou obter o efeito inverso.

–Veremos. Mas, já que está melhor, aproveito para lhe dar algumas notícias. Nada de encorajador, infelizmente.

– Isso não pode esperar? – interveio minha mãe.

– Está tudo bem, mamãe.

– Então escute...

O capitão parecia preocupado.

– Para começar, a viúva d'Alemanio morreu.

– A viúva d'Alemanio... Meu Deus! Quando?

– No meio da noite.

Troquei um olhar com minha mãe.

– De acordo com suas primas, seu estado se agravou ontem. Ia visitá-la hoje, mas ela partiu com seu segredo.

– Ela não lhe diria nada, capitão. Tinha suas razões.

— Seja como for, isso não vai facilitar nossa tarefa. Pois, mais uma vez, as investigações estão patinando... Não conseguimos encontrar o albergue onde seu marido almoçou no dia do crime. Começo mesmo a me perguntar se essa refeição ocorreu.

— Sim, ocorreu. O assassino deve ter administrado uma poção ao gravador para fazê-lo ir às latrinas. Essa refeição era uma condição para seu crime.

— Seja, mas até agora...

— Nenhuma informação tampouco sobre meu agressor?

— Nenhuma.

Ajudou-me a me erguer sobre o cotovelo.

— Você nos assustou para valer, Guido, sabia? Se tivesse me dado ouvidos!

— Também não posso passar o dia todo sendo escoltado!

— E por que não, se é necessário?

Uma questão atravessou meu espírito:

— Falou com o padre de Santa Maria Maior?

— Ah! Sua Santidade falou disso com você também? Sim, falei com o padre.

— O que se sabe exatamente sobre esse mendigo, Florimondo?

— Que era cego e que mendigava pelo bairro havia anos. Pelo que entendi, não era tolo e se exprimia bastante bem. Mas recusava-se a dizer de onde vinha, com o que se ocupava no passado e se possuíra uma família. Em tais condições...

— Impossível deduzir o que o liga aos outros.

— Mas descobriremos, Guido, descobriremos!

Levantou-se.

— Tenho de ir. A Casa de Polícia não pode ficar sem capitão numa noite como esta. Voltarei assim que puder. Até lá, cuide-se, e poupe um pouco sua mãe de preocupações!

CAPÍTULO 20

A manhã seguinte me encontrou mais disposto.
Comi com apetite, levantei-me sem dificuldade, fiz um pouco de exercício com a janela aberta. A febre desaparecera e, com ela, as dores que me torturavam.

Vesti-me e comuniquei a minha mãe que tinha intenção de sair. Como esperava, ela se zangou, colocou em dúvida minhas faculdades mentais, apelou para as recomendações do médico e terminou suplicando.

Mas minha decisão estava tomada: só restava um dia para a apresentação da Verônica ao povo. Um único pequeno dia antes do desencadeamento de grandes tumultos!

Quando Baltazar finalmente chegou, por volta das onze horas, não lhe dei tempo nem de tirar o casaco:

– Aonde vamos? – perguntou, surpreso ao me ver amarrando os sapatos.

– À Basílica de São Pedro – respondi.

Era curioso ver o canteiro de obras da basílica. À primeira vista, não se distinguia nada na Praça São Pedro. A antiga Igreja de

Constantino continuava a erguer sua fachada para além das construções mais recentes.

Para ter uma ideia do avanço dos trabalhos, era preciso contornar o Vaticano pela esquerda, onde outrora ficava o circo de Nero e se erguia ainda um majestoso obelisco. Via-se então a nova basílica, fundindo-se com a antiga.

De longe, parecia um barco de pedra naufragado sobre poderosos recifes. Do primeiro santuário, com efeito, restavam apenas os extremos: a oeste, a abside e o coro que abrigava o túmulo do apóstolo Pedro; a leste, a parte da nave que sustentava a fachada e dava para o Tibre.

Entre os dois membros desse corpo alquebrado, cresciam os formidáveis ramos da nova árvore da fé. Quatro pilares enormes saíam da terra, pilares de trinta metros de circunferência e de ao menos dez metros de altura, que sustentariam um dia a mais imponente abóbada da cristandade. Até então, em volta daqueles gigantescos pilares, alguns fustes de mármore apontavam para o céu, e vários andaimes guarneciam as tribunas em construção.

Para assentar tamanhos colossos, a terra fora escavada profundamente: imponentes fossos quadriculavam o chão, sobre os quais tinham sido lançadas passarelas de madeira. Normalmente, centenas de trabalhadores, mais de mil talvez, ocupavam essas pontes suspensas, carregando e descarregando materiais, moldando as esculturas, ajustando os blocos.

No auge do inverno, entretanto, não eram mais do que uma meia dúzia que ali protegia o melhor que podia as obras já realizadas. Essa desaceleração dos trabalhos aliviava um pouco as finanças do papa: a nova São Pedro era um buraco sem fundo, onde sumia, a cada ano, o dinheiro dos impostos e das taxas especiais, as doações e a totalidade das indulgências. E as obras da basílica estavam apenas começando!

O homem que veio até nós tinha por missão impedir aos peregrinos o acesso à igreja constantina. Mancava e fedia a álcool. Depois de algumas palavras e uma moeda de prata, aceitou nos conduzir até a muralha fechada que Bramante construíra. Naquele tempo, ela permitia a Giulio II celebrar as grandes missas na basílica, apesar do frio e das correntes de ar. Aquela muralha, ornada de colunas dóricas, não era mais utilizada desde 1511, mas ainda se conservavam ali alguns tesouros das antigas capelas. Atrás de uma porta com um cadeado encontrava-se, particularmente, o famoso tabernáculo da Verônica, com suas grades de ferro banhado a ouro e sua moldura de colunetas de mármore. Com toda a certeza, o ladrão precisara de chaves para se apossar do véu.

Mas, quanto ao resto, parecia bastante fácil enganar a vigilância dos guardas. Seja comprando-os, seja evitando-os...

Sabia agora aquilo que queria saber...

De volta à Praça São Pedro, detivemo-nos um momento para considerar a multidão: o Carnaval de fato começara.

As primeiras máscaras, animais ou figuras de comédia deambulavam, saudando-se, aplaudidas pelos curiosos. Diante das escadarias que davam para os aposentos do papa, comediantes de Siena tinham montado seus palcos. Interpretavam farsas camponesas, desencadeando o riso dos espectadores. Do lado oposto, sobre o Borgo Nuovo, tocadores de flauta e de viola, jograis e um exibidor de ursos circulavam, passando o chapéu.

No entanto, por trás desse aparente clima de festa, a irritação era palpável. Os guardas suíços eram mais numerosos do que de costume, e os soldados se misturavam à assistência, vigiando os jovens que passeavam no pátio. As brigas dos dias anteriores não tinham sido esquecidas, e a menor provocação podia servir de estopim. Nas conversas mais animadas, falava-se dos agitadores presos e das cumplicidades dentro do Vaticano. Leão X ainda estava longe de ter ganhado a aposta.

De repente, alguém me puxou pela manga. A lembrança de minha agressão ainda estava viva, e minha primeira reação foi recuar. Virando-me, vi um homem vestindo um casaco cinza, com o capuz enfiado na cabeça, que, colocando o indicador diante da boca, fazia sinal para que me calasse. Logo pensei na silhueta entrevista por minha mãe: o homem que espionava sob nossas janelas! Estava quase alertando Baltazar, que ria diante do espetáculo cômico, quando o desconhecido retirou o capuz. Quase caí para trás.

Era um velho de queixo liso, traços finos e bastante belos, nariz marcado, olhos de um azul ardente, o rosto cercado por uma magnífica cabeleira branca. O retrato fiel de... Leonardo!

Leonardo estava ali, na Praça São Pedro! Tinha cortado a barba – sacrifício inconcebível! –, desafiara a proibição do papa e me indicava alguma coisa do lado do Borgo. Eu estava petrificado.

– Lá, Guido – sussurrou. – Olhe, rápido!

Acabei obedecendo. Minha surpresa não foi menor.

Afastando-se do Vaticano, contornando o Borgo Nuovo, um indivíduo caminhava a passos rápidos. Ostentava uma esplêndida máscara de poupa. *A máscara de poupa!*

Queria partir em seu encalço, mas faltava-me ainda vigor nas pernas:

– Baltazar – chamei! Por ali!

Assim que entendeu o que estava lhe dizendo, meu companheiro se lançou atrás dele.

Do outro lado, sobre o Borgo, a reação foi imediata. Vendo-se descoberto, o mascarado começou a correr. Tomou uma ruela à esquerda onde o perdi de vista, enquanto Baltazar o perseguia com cem metros de desvantagem.

Naquele exato momento, uma espécie de tumulto se produziu na entrada do Vaticano. Movimentos, empurrões, gritos:

– Às armas! Às armas! Um atentado na Sistina!

Sobre a esplanada, a agitação cessou. As pessoas se entreolhavam, sem saber o que pensar. Então, de repente, uma salva de pedras se abateu sobre a multidão; um soldado caiu. Num mesmo impulso, os outros soldados sacaram suas espadas e se lançaram sobre um grupo que brandia fundas e começava a gritar:

– Morte ao papa! Morte ao Médici!

Foi o estopim do pânico. Todos começaram a gritar e a correr em todas as direções. As crianças choravam, os pais tentavam fugir com elas, algumas máscaras voaram. Os sienenses esforçavam-se por proteger seu teatro, que desabou em poucos instantes. À direita e à esquerda, conflitos explodiam, violentos e breves. As espadadas enchiam o ar de gemidos. Num átimo, a Praça São Pedro se transformou num campo de batalha, do qual a população fugia na maior desordem. A confusão era indescritível.

– Venha – disse Leonardo.

Recolocou seu capuz e, enfrentando a maré humana, arrastou-me em direção ao palácio. Quando chegamos ao portão da muralha, os guardas nos intimaram a recuar. Sem uma palavra, da Vinci mostrou-lhes algo que trazia na mão. Não vi o que era, mas pude julgar seu efeito: após um instante de hesitação, os suíços se afastaram, deixando-nos penetrar no Vaticano.

– Vai finalmente me explicar? – comecei, assim que entramos.

– Sem barulho, Guido, sem barulho. Se me reconhecerem, vou direto para o Castelo de Santo Ângelo!

Dirigimo-nos ao Pátio do Papagallo, onde diversos prelados já estavam reunidos, esticando o pescoço para ver o andar da Sistina.

– Sabe o que houve na capela? – perguntei a um dominicano, cujo crânio reluzia como manteiga.

O homem parecia muito excitado.

– Um ataque! Um ataque durante a missa! Alguém foi atingido, estão procurando o assassino. Não sei quem foi a vítima, nem se está viva ou morta. Mas trata-se de um novo crime, um novo crime, com certeza.

Bateu no peito:

– Se o papa... Nosso papa... Oh! Não ouso nem imaginar...

Estava quase chorando. Deixei-o entregue a suas lamentações, pensando na melhor maneira de me esquivar dos dois suíços que guardavam a entrada, quando avistei Bibbiena, que subia o patamar com grandes passadas:

– Cardeal!

Ele me lançou um olhar vazio, mas diminuiu o passo o bastante para que pudesse alcançá-lo. Meu coração bateu mais forte: se quisesse saber quem era o velho com o capuz... Segurei a respiração. Ele considerou Leonardo, de fato, mas de maneira distraída.

Pareceu a ponto de fazer uma observação; então, absorto em seus pensamentos, convidou-me a segui-lo.

Enfileiramo-nos atrás dele, atravessando a porta para subir a escada que levava à Capela Sistina.

– Esperem-me aqui.

O cardeal deixou-nos no último degrau, sob o olhar desconfiado do camareiro. Do outro lado do batente chegavam barulhos e exclamações sufocadas.

– Ainda bem que ele não o reconheceu – murmurei.

– Ah!

– Vai ao menos me dizer quando voltou a Roma?

– Na verdade, nem cheguei a deixá-la.

– Não chegou a deixá-la? Mas e a carta de denúncia? A ordem do papa? O exílio?

– Bem reais, infelizmente! Por isso o segredo devia ser absoluto.

– Por que ficar, então?

– Não queria que o deixassem enfrentar o assassino das colunas sozinho, não é?

– Foi o que aconteceu, no entanto.

– Sim, aquela noite. Aliás, não consigo me perdoar. Se tivesse imaginado...

– Então era o senhor que estava espionando minha casa nos últimos dias?

– Estava preocupado... Mas, no final das contas, deu tudo certo, e ficamos muito orgulhosos de você... Contribuiu imensamente para o progresso da investigação.

– Ficamos?

– Sim, ficamos...

Pela primeira vez, seu rosto, que eu via pela metade, pareceu se descontrair. Tirou do bolso o pequeno objeto que nos permitira entrar sem problemas no Vaticano.

Peguei-o.

Era um anel. Ornado de uma pedra e marcado com as armas do primeiro conselheiro do papa. O anel cardinalício de Pietro Bibbiena.

– Bibbiena – espantei-me. – Ele sabe do segredo.

– Foi ele que me deu asilo.

– Foi ele... Não entendo mais nada. Agora há pouco, não parecia nem reconhecê-lo.

– O cardeal está se arriscando muito. Muito mais do que nós dois juntos. Se Leão X souber que ele o está enganando...

– Mas que interesse ele pode ter em...

Os batentes da capela se abriram.

– Shhh, Guido. Talvez não estejamos longe de identificar o assassino!

CAPÍTULO 21

O camareiro encarregado dos visitantes veio até nós:
— Sua Eminência pede que se juntem a ela...

Obedecemos, da Vinci arrumando o capuz de maneira que escondesse ao menos sua cabeleira.

Contrariamente ao que esperava, a Sistina estava quase vazia. Estavam ali, além de Bibbiena, apenas o comandante da guarda suíça e Simeone, um dos médicos pessoais de Leão X.

— Aproximem-se — disse o cardeal. — Vamos tentar desfiar juntos os fios desse novo mistério. Comandante, poderia começar fazendo o resumo dos acontecimentos?

O comandante, um homenzarrão ruivo de pele leitosa, com olhos vivos e inteligentes, tomou a palavra.

— Vossa Eminência, o sentido de tudo isso permanece um enigma para mim. Para ser breve, Sua Santidade dizia uma missa privada esta manhã às 11 horas. Celebrou-a aqui, neste altar, em reduzida companhia: sete convidados ao todo. Um oitavo era esperado, mas não se apresentou. Até o momento do sacramento, tudo se passou sem nenhum incidente. Mas, logo depois da reza, um dos convidados caiu no chão, como se tivesse desmaiado. Trata-se de Marino

Giorgi, o embaixador de Veneza. Os outros acudiram: ele ainda respirava, mas com dificuldade. Deitaram-no melhor, e foi então que descobriram este... este objeto.

Mostrou uma espécie de flechinha de madeira vermelha, muito fina e muito pontuda, de cerca de cinco centímetros de comprimento. Involuntariamente, levei a mão à nuca.

– Nunca vi um projétil como esse – continuou. – Deve ter se soltado quando o embaixador caiu. Mas o médico Simeone, que o examinou, poderá lhes dar mais informações.

Simeone limpou a garganta. Na universidade La Sapienza, onde eu estudava, costumava-se louvar o acerto de seus diagnósticos e prescrições.

– Pois bem! Humhum! Primeiramente, devo esclarecer que nosso paciente não está morto. Sua respiração é tênue, sua pele, de uma palidez mórbida... Mas está vivo. De minha parte, classificaria isso entre os sonos catalépticos. Como acontece após um choque brutal ou a absorção de uma droga poderosa. Mas seu pulso está aumentando, e tenho esperança de que a Sereníssima não precisará de um novo diplomata...

Limpou novamente a garganta.

– Humhum! Quanto a esta flechinha, se observarem sua terminação perceberão que ela foi mergulhada em alguma substância. Uma espécie de cola, mas da qual se desprende um odor acre. Não há dúvida de que foi essa substância que provocou o estranho torpor de nosso paciente. A prova está na marca que ficou em seu rosto: uma picada bem do tamanho do objeto que estamos vendo.

– Onde está exatamente essa picada? – perguntou Bibbiena.

– Aqui...

Simeone apontou para sua bochecha esquerda.

– Ora, para lançar esse dardo foi certamente necessário um instrumento – acrescentou o comandante. – Entretanto, não descobrimos nada aqui.

– Revistaram os convidados?

– O próprio papa o exigiu, Vossa Eminência. Todos os seus convidados tiveram de entrar num dos cômodos vizinhos, se despir inteiramente e nos entregar suas roupas. A coisa não foi feita sem reclamações, como podem imaginar, mas a ordem de Sua Santidade foi categórica. O resultado, entretanto, foi medíocre: alguns lenços bordados, dois rosários, pequenas bugigangas... Nada que pudesse ter servido para disparar esse projétil.

– Que lugar o embaixador ocupava na hora da missa?

– Se bem me lembro...

Conduziu-nos até o primeiro terço da capela, num ponto quase equidistante do altar e da parede da esquerda.

– Marino Giorgi estava aqui, era o último desta fileira.

– Em que posição o encontrou quando chegou?

– Estendido de costas, com os olhos fechados, uma mão sobre a cabeça, como se tentasse se proteger do golpe.

Senti Leonardo a ponto de intervir, mas ele se controlou.

– Durante a celebração, quem estava mais perto dele?

– O primeiro a vê-lo cair foi o cardeal Pucci, Vossa Eminência. Mas não conseguiu perceber nada que nos fosse útil, se é esse o sentido de vossa questão.

– Pena – suspirou Bibbiena. – Quem mais assistia a essa missa?

– Com o cardeal Pucci, dois outros cardeais... monsenhor Armellini e monsenhor Salviati. O que nos dá quatro convidados. Os outros três eram o datário Turini e os banqueiros Gaddi e Ricasoli.

Estes últimos figuravam entre os principais fornecedores de fundos para o papa, que, em troca, cumulava-os de atenções e honrarias.

– E o oitavo convidado – perguntei –, aquele que não veio?

O grandalhão ruivo sorriu:

– Consultei a lista do camareiro. Trata-se do Mestre das Ruas, Vittorio Capediferro.

Trocamos com Bibbiena um olhar de cumplicidade.

– Tem mais alguma coisa a nos dizer, comandante, que possa lançar alguma luz sobre esse obscuro episódio?

– Nada, Eminência. Mas, se deseja minha opinião, nenhum dos presentes tinha como realizar tal ato. Como, além disso, todas as saídas da capela estavam sendo vigiadas, esse atentado é simplesmente inexplicável.

O cardeal afastou a objeção com as costas da mão. Então, dirigindo-se ao médico:

– Quando poderemos falar com o embaixador?

– Humhum! Ignorando a natureza e a composição da substância, seria presunçoso arriscar um prognóstico. Mas Vossa Eminência será alertada assim que ele puder falar.

O cardeal agradeceu aos dois homens e logo nos encontramos a sós, eu, ele e Leonardo, sob o divino olhar das figuras de Michelangelo.

– Senhores – começou Bibbiena com solenidade –, estamos às vésperas de grandes perigos. Lá fora, a revolta ameaça estourar. Talvez mesmo o Trastevere já esteja se sublevando. Amanhã, se a procissão da Verônica não acontecer e seu desaparecimento for anunciado, o caos se apoderará da cidade. Dispomos apenas de algumas horas. Leonardo, o que pensa?

– Vossa Eminência... Antes de mais nada, estou... estou surpreso.

– Surpreso?

– Quero dizer, o embaixador está vivo.

– Ainda corre risco. Não sabemos que complicação pode...

– Não, tenho certeza de que vai viver. Digo, se o assassino quisesse matá-lo, teria embebido a flecha num veneno mortal. Mas não o fez.

– E o que deduz disso?

– Que ele não desejava a morte do embaixador Giorgi.

– Nesse caso, por que atacá-lo?

– É o que me pergunto. Parece-me...

Acariciou as mechas de uma barba invisível.

– Sim, ele quis mostrar que era capaz. Simplesmente. Que o papa não estaria seguro em nenhum lugar. Sem contar a postura do ferido, que também evoca a gravura de Bosch: um personagem deitado com o braço sobre a cabeça. A sexta vítima... Mas duvido que Marino Giorgi tenha alguma coisa a ver com o caso. Repito, se fosse assim, estaria morto.

– Pode ser. Mas... e quanto à maneira? Como fez para atingir o alvo se não estava na capela?

– Pois bem! Justamente... Ele precisava de um alvo. Qualquer alvo, talvez. O que significa...

Da Vinci se posicionou no lugar onde o embaixador caíra e deu uma volta completa em torno de si mesmo. Então inspecionou a parede esquerda, sob *A Passagem do Mar Vermelho*, o afresco de Cosimo Rosseli:

– A pedra está em mau estado. Comida pela umidade. Daria quase...

Debruçou-se, arranhou com o dedo...

– Salitre...

–Trabalhos de reforma estão sendo feitos – esclareceu o cardeal. Rafael está encarregado.

– O que há do outro lado dessa parede.

– Nada. O vazio. Essa fachada domina um pátio interno. A trinta pés de altura, de qualquer forma. Embaixo, há somente a biblioteca.

– Será preciso procurar em outra parte então.

Leonardo continuou o exame das paredes. Dirigiu-se ao altar, interessou-se pela parede da direita.

– As janelas são muito altas – murmurou. – Ninguém pode atingi-las ou se esconder nelas...

Voltou ao centro da capela.

– Ele é astuto... Não obstante, estou persuadido de que escolheu o embaixador por comodidade. Porque podia atingi-lo mais facilmente do que aos outros. A menos que estivesse entre os convidados.

–Todos foram revistados. Além disso, não havia ninguém à esquerda de Giorgi. Ora, o dardo atingiu o lado esquerdo de seu rosto.

–Tem razão, Eminência...

O mestre se virou para mim.

– E você, Guido, que reflexões lhe inspira esse acontecimento.

– Sobre o estratagema empregado – respondi –, não tenho a mínima ideia. Mas não esqueci que Capediferro foi convidado para essa missa e não compareceu.

– É verdade – admitiu Bibbiena. – Suponho que Sua Santidade quis testemunhar por esse gesto seu apoio ao Mestre das Ruas. Mas, por algum motivo, ele não veio.

– Ainda mais que agora há pouco ocorreu um incidente curioso na Praça São Pedro, continuei... Um incidente que deve ser associado a essa agressão, pois afinal é muita coincidência. O mestre e eu vimos um homem vestido com uma máscara de poupa que parecia fugir do Vaticano dirigindo-se ao Borgo. Um soldado da polícia está no seu encalço.

– A máscara de poupa apareceu! – exclamou Bibbiena.

– Ele tem a vaidade de assinar seus delitos – aprovei. – E nada impede que se trate de Capediferro. Pode ter usado a missa como pretexto para chegar à Sistina; então, uma vez sua missão cumprida não sei como, aproveitou o Carnaval para desaparecer com sua máscara.

– Que audácia! Mas e esse soldado, onde está agora?

– Não sei... No entanto, Baltazar é o braço direito do capitão Barberi, podemos confiar nele. Aliás, o capitão não foi avisado?

– Foi tudo muito rápido. Imagino que os suíços já o tenham mandado chamar e que ele não tardará.

– Esperemos. Até lá, considero urgente informarmo-nos no domicílio de Capediferro: ele saiu? Chegou? Por que não assistiu à missa? Onde estava? Se a sorte estiver conosco, Baltazar já deve estar lá.

– Essa nova colocação sob suspeita de seu Mestre das Ruas não vai agradar ao papa. Mas não tenho escolha.

Da Vinci pareceu sair de suas meditações.

– A biblioteca, é claro! Vossa Eminência, alguém pensou em interrogar os leitores da Vaticana? Eles circulam no andar de baixo, usam a mesma entrada. Um deles pode ter notado alguma atitude estranha ou algum indivíduo suspeito.

– Não devemos negligenciar nada – concordou Bibbiena. – Vocês descerão lá, tenho ordens a dar concernentes ao Mestre das Ruas. Encontro vocês assim que possível.

Separamo-nos com essa promessa. Da Vinci e eu descemos a escada pela qual chegáramos.

– Atravessar as portas ainda vai! – murmurou Leonardo, vestindo seu capuz. – Mas as paredes!

A biblioteca estava deserta, mas não trancada. Estranhamente, havia livros sobre as mesas e os púlpitos das salas latina e grega, como se aqueles que os estivessem consultando tivessem acabado de sair.

– Assim que souberam do atentado, os suíços devem ter evacuado o prédio – sugeriu o mestre. – O que vai nos obrigar a encontrar os leitores e interrogá-los um a um. E o tempo está contra nós!

Lançou um olhar sobre os livros abertos, então se aproximou do registro em que eram consignados os empréstimos:

– Ah! Vejamos...

Enquanto ele se ocupava do registro, continuei em direção ao fundo até a última sala, a da Grande Biblioteca. Também não estava fechada e fora abandonada às pressas: um belo volume cheio de iluminuras estava sobre a estante de leitura, e a porta do armário de ferro estava entreaberta. De resto, a luz dos vitrais descia suavemente sobre os instrumentos matemáticos e tudo parecia tranquilo como sempre. No entanto, senti algo diferente.

Algo *fisicamente* diferente. O frio.

Ainda podia escutar as palavras de Inghirami quando de minha primeira visita: "Para o conforto de nossos eruditos, fazemos um pouco de fogo no inverno". E, nas vezes seguintes, pudera apreciar com efeito a temperatura daquela sala. Hoje, no entanto, fazia frio como nunca. A lareira não estava acesa e... A lareira!

Avancei até ela tremendo. Nem toras, nem gravetos, nem cinzas. Debrucei-me para examiná-la: o espaço interno era suficiente para que um adulto ficasse de pé.

Hesitei... Sem dúvida, era melhor avisar primeiro da Vinci, mas, no fim das contas, o que tinha a temer? Agachei-me para entrar ali. "As paredes", dissera Leonardo...

Tateando à minha volta, descobri uma espécie de degrau na pedra. Depois outro, um pouco mais acima. E ainda outro. Coloquei um pé, o outro, ergui-me. Cada uma daquelas cavidades estava cuidadosamente disposta, a intervalos precisos, permitindo subir sem grande esforço. Fui subindo, percebendo bem acima de mim uma luminosidade cinzenta. Escalei assim três, seis, nove metros.

À medida que subia, a passagem ficava mais estreita, tornando os movimentos mais difíceis. Uma ideia me ocorreu: será que aquela "escada" servia apenas para os limpadores de chaminé? Não, eu sabia muito bem de quem aquilo era obra...Até que não encontrei mais nenhum buraco para colocar os pés.

Estava ainda a uns dez metros do topo e nada assinalava que estivesse chegando ao fim. Mas, àquela altura, devia estar no nível... Apalpei febrilmente as paredes.

Na altura de minha testa, uma peça mais lisa tinha um pequeno relevo. Um tijolo?

Puxei-o. Era um retângulo de quatro centímetros de altura e dois de largura, que me apressei em colocar no bolso.

– Guido?

Da Vinci me chamava lá embaixo. Não respondi, erguendo-me sobre a ponta dos pés. A luz, inicialmente, fez meus olhos doerem. Em seguida, vi... a Sistina.

O assassino abrira uma fresta que dava para a Sistina!

Por causa da grossura e das irregularidades da parede, via-se apenas uma parte do assoalho e dos afrescos de Jesus na parede oposta. O suficiente, no entanto, para lançar aquela pequena flecha antes de voltar a fechar o buraco com o pedaço de tijolo!

– Guido!

– Aqui, mestre, na lareira! O senhor tinha razão!

– Guido?

Na minha precipitação, quase caí.

A voz de Leonardo se tornou mais distinta:

– Guido, o que está fazendo? Rápido, Baltazar está aqui com outros soldados. Eles capturaram...

A continuação se perdeu numa confusão de grunhidos e exclamações.

É preciso imaginar a estupefação daqueles que estavam ali. De fato, surgi da lareira como um demônio de seu antro, a roupa, a cara e as mãos pretas de fuligem, com um sorriso de triunfo nos lábios.

O meu espanto também não foi menor: a Grande Biblioteca, há pouco completamente vazia, estava cheia de gente, de uniformes e de armas. Baltazar estava ali, acompanhado de vários guardas. Parecia estar ocupado com Leonardo, enquanto os suíços discutiam entre si. Atrás do grupo, dois soldados seguravam um homem pelos ombros. Sua identidade não me surpreendeu.

– Guido – exclamou Baltazar, abrindo os braços. – Suspeito que esse velho – apontava para da Vinci – estava preparando alguma para você.

– Acalme-se, estamos juntos – repliquei. – Ele... ele está a serviço de Bibbiena.

Leonardo, irreconhecível sob seu capuz, concordou com a cabeça.

– Mas diga-me, Baltazar, que confusão é essa?

– Eu o peguei, Guido, peguei o máscara de poupa!

Segurado pelos guardas, o interessado não protestou.

– Ele me fez correr um bocado, pode acreditar, e foi por sorte que não me despistou na multidão... Mas, depois de alguns zigue-zagues nas ruelas do Borgo, consegui alcançá-lo sob um pórtico.

Brandia a máscara como um troféu.

– Quando tirou a máscara, fiquei desconcertado... Mas tudo era de se esperar, não é mesmo? Então busquei reforços e o trouxe aqui.

Contemplei por um instante a bela cabeça de poupa cinza, o longo bico negro e o topete colorido em cima. Aquele pássaro que estivera caçando com tanto afinco desde o início do caso!

– Bela captura, Baltazar. O capitão Barberi ficará orgulhoso de você.

Aproveitando que a calma se restabelecera, dirigi-me, limpando a fuligem, ao armário de metal, sempre entreaberto. Bastou-me abrir a porta e vasculhar um pouco as estantes para encontrar, amassada entre duas prateleiras, uma peça de tecido toda suja de fuligem.

– E aqui está a plumagem que nossa ave revestiu para se elevar até a Sistina...

Para me fazer entender, desdobrei o longo pano talhado como um grande avental de proteção... No meio do peito, havia um bolso costurado com alguma coisa dura dentro: um segundo dardo, tão vermelho, tão fino e tão pontudo quanto o outro.

– Não há mais dúvida... – concluí.

– Guido – exclamou Baltazar embasbacado, agora é sua vez de se explicar.

– O homem que cometeu o atentado desta manhã na Sistina escalou esta chaminé. Deixara pronta anteriormente uma pequena abertura, pela qual lançou seu projétil. A seguir, desceu, tirou esse avental com o qual tomara a precaução de se cobrir, escondeu-o nesse armário, e saiu do Vaticano sem ser incomodado.

– Antes de colocar essa máscara de poupa para melhor escapar – completou Baltazar, virando-se para o seu prisioneiro.

Tommaso Inghirami, mantendo a dignidade apesar dos dois soldados que o seguravam, balançou a cabeça com uma expressão de desgosto:

– Tudo isso é uma farsa grotesca.

– Vê alguma outra versão possível, mestre bibliotecário?

– Não entendo nem a metade de suas acusações.

– Não dê ouvidos a ele, Guido, está tentando nos confundir com suas mentiras. Mas era ele que estava com a máscara de poupa!

– É claro que estava com esta máscara, nunca afirmei o contrário. Mas se tivessem dois *quattrini* de bom-senso, já teriam me soltado.

– E por que soltá-lo? – retorqui.

– Diga a seus homens para me deixar respirar e lhe responderei a respeito da máscara. Quanto ao resto, minha sorte está nas mãos do Santo Papa, e só dele.

– É verdade – confirmou um dos suíços. – É do papa que ele depende e, quanto a mim, não estava de acordo com que fosse tratado assim.

Baltazar hesitou um instante, então fez sinal aos dois soldados, que se afastaram, contrariados.

– Obrigado.

Inghirami massageou os antebraços.

– Esta situação é completamente absurda. Não fosse a amizade que nos liga ambos a da Vinci, nunca teria me prestado a esta... a esta humilhante comédia.

Respirou profundamente.

– Na verdade, já que quer saber, era quase involuntariamente que estava vestindo essa máscara. Houve uma série de circunstâncias e... Enfim, para ser breve, encontrei esta manhã um pacote diante de minha porta. Continha esta máscara de poupa, com uma mensagem escrita pela mão do papa. Pelo menos, supus que fosse de sua mão. Dizia: "Como prova de afeição, para festejar o Carnaval, Sua Santidade Leão X". Não desconfiei de nada. Como poderia adivinhar que esta máscara era... Era o quê, aliás? Seja como for, quando saí daqui para ir à cidade, vesti a máscara. Nosso papa gosta de observar as fantasias pela janela, e pensei que lhe agradaria avistar-me com ela... De repente, na Praça São Pedro, começaram a gritar, apontando-me com o dedo. Tinha visto vários bandos de marginais e, no clima de cólera em que estamos... eu... eu me assustei e resolvi fugir. Eis toda a história.

– Bela defesa – inflamou-se Baltazar. – Quem pensa enganar com essas patranhas? Correu porque tinha medo de ser pego, e tinha medo de ser pego porque estava com a máscara que o denuncia.

– Mas, afinal, do que me acusam? – explodiu Inghirami.

– De ter cometido cinco assassinatos – enunciei calmamente. – Talvez seis...

Um *frisson* percorreu meu auditório.

Inghirami se abateu um pouco, mas tentou parecer impassível:

– Está louco, meu pobre rapaz, completamente louco.

Apontei para o manuscrito na mesa:

– Responda antes a esta questão, Tommaso... Quem estava consultando este livro antes de sua saída da Vaticana?

Fez uma expressão de desafio:

– Está louco, é minha última palavra. E exijo ser levado à presença do papa.

Leonardo se aproximou de mim e sussurrou no meu ouvido:

– Vai ficar espantado, Guido, com o número de conhecidos nossos que se sucederam esta manhã para pegar livros na biblioteca. No registro, encontrei os nomes de Bibbiena, Argomboldo e mesmo de Serapica! E a lista não termina aí, outros podem também ter vindo sem deixar sua assinatura.

Olhei para o bibliotecário, depois para o avental de pano e para aquela estranha flecha de madeira. Pensei também na altura da chaminé, nos caracteres Sweynheim, na gravura de Bosch e em todas essas coisas. Sim, todos aqueles elementos se encaixavam.

– Vai encontrar o papa, Tommaso? Pois bem! Diga ao Santo Padre que já sabemos quem é o assassino das colunas!

CAPÍTULO 22

Saber quem era o assassino não era a mesma coisa que impedi-lo de atacar: primeiro, era preciso pegá-lo.

De fato, como era de esperar, o pássaro já deixara seu ninho. Da Vinci e eu tivemos primeiro de parlamentar com as autoridades para visitar seu alojamento; então, depois de um momento de dúvida e busca inútil, descobrimos, atrás de uma tapeçaria em seu quarto, uma porta fechada que foi preciso arrombar. Dava acesso a um gabinete de dimensões modestas onde, como se quisesse estar certo de se autoacusar, o culpado concentrara todas as provas de seus crimes...

A prensa tipográfica, que podia ser vista desde a entrada, fazia as vezes de móvel principal. Uma coleção de objetos estava espalhada em desordem sobre ela: frascos de vidro, potes de creme, um bastão de gordura, sachês de ervas poderosas, cadinhos para elaborá-las e acomodá-las.

Sobre a placa de impressão, um maço de papel estava ao lado de um baú de madeira. Ao abri-lo, não pude conter um grito de triunfo: o baú abrigava um lote de tipos de chumbo, aqueles que o assassino utilizara para suas mensagens. Os caracteres Sweynheim! Os famosos caracteres Sweynheim!

Em frente à prensa, um escabelo servia de suporte para algumas roupas: várias camisas, um traje mouro na cor granada – aquele da festa no Palácio Marcialli –, o chapéu que o assassino vestia no jardim de d'Alemanio... No chão, dois portulanos mostrando costas desconhecidas estavam enrolados um no outro, apoiados numa pilha de caixas.

Mas era a prateleira fixada na parede que oferecia o maior interesse. Ao primeiro olhar, percebi a série das gravuras de Bosch, uma dezena ao todo, em cima de um suporte de cobre – de passagem, aproveitei para colocar no bolso o exemplar que possuo até hoje. Bem ao lado, ordenadas por tamanho, várias flechas vermelhas do tipo da que fora encontrada na Sistina. E, na sequência, o instrumento que servia para lançá-las: uma espécie de talo reto, parecido com um junco, só que mais largo, cujo interior fora esvaziado, permitindo atirar o projétil usando apenas a força do sopro. Traços de poeira na madeira permitiam supor que outro instrumento daqueles estivera ali até pouco tempo antes.

Mas o melhor ainda estava por vir.

Em meio à variedade de bibelôs que ocupavam a prateleira – entre os quais o crânio de um estranho animal e sementes que pareciam grandes favas –, meu olhar se deteve sobre uma bolsa de pano. Tirei dela três folhas, dobradas junto e amarradas com uma fita, assim como um mapa antigo, que o tempo estragara e desbotara, e do qual, a princípio, não entendi nada.

As folhas estavam cobertas com uma escrita fina e regular. Eram numeradas, e outra mão acrescentara num canto o nome de seu autor. Um nome que não me era desconhecido: Bartolomeo Platina, primeiro bibliotecário da Vaticana e historiador dos papas.

Li e reli tantas vezes essas três páginas que, ainda hoje, quarenta anos depois, posso transcrevê-las de cabeça:

Rolo 7
Folha 11

A verdade sobre o complô de fevereiro de 1468

Este novo capítulo é a ocasião para mim de restabelecer algumas verdades.

Muito foi dito sobre os acontecimentos de 1468, e muito a meu respeito. Apresentaram-me como um dos instigadores do complô, como uma das almas danadas que desejavam mais do que tudo o fim de Paulo II.

Cheguei mesmo a pagar por isso. Sinto ainda sobre meus ombros o frio úmido dos calabouços de Santo Ângelo e, na minha carne, as tenazes afiadas do torturador.

No entanto, sou inocente das vilanias de que me acusam.

E se Sisto IV me concedeu em seguida a honra de me absolver, parece-me importante, neste retorno que faço sobre minha própria vida, evocar as circunstâncias daquele triste episódio. Sem temer nomear finalmente os verdadeiros culpados e mostrar a crueldade de que eram capazes.

Naquela época, mais do que em qualquer outra – falo dos anos 1460 –, a moda era a veneração do antigo. Roma reencontrava suas raízes exumando seu passado, e as estátuas, os templos, as leis, os costumes à antiga, tudo isso fascinava os belos espíritos que éramos.

Fundamos, assim, eu e vários companheiros, a Academia Romana, cujos membros se dedicavam a viver como nos tempos da República, tempo que julgávamos de inteligência e de verdadeira liberdade. Tomamos nomes latinos, praticamos tanto quanto possível o despojamento, fizemos profissão de simplicidade e independência em todas as matérias.

O mais ilustre de nós era sem dúvida Pomponio Leto, grande erudito, fino letrado, que vivia de seu ensino e de seus cursos na universidade. Foi ele, creio, que teve a ideia de fazer nossas assembleias longe da cidade, nas catacumbas esquecidas que fomos os primeiros a redescobrir.

Dia após dia, nossa audiência aumentava, e jovens cada vez mais numerosos pediam para nos seguir.

Infelizmente, ganhando amplitude, a Academia Romana também mudou de natureza.

Excessos foram cometidos.

Alguns dos novos membros, encobrindo-se com o segredo de nossos trabalhos, entregavam-se na verdade aos piores vícios.

Tornou-se mesmo frequente encontrar nas catacumbas mais prostitutas do que eruditos... quando se tratava de mulheres!

Outros acadêmicos, ou às vezes os mesmos, aproveitaram a Academia para satisfazer sua paixão pela intriga. Não se contentavam mais em celebrar a República e criticar o papa: começaram a buscar meios para derrubá-lo.

Logo, um vento de loucura soprou sobre as cabeças. Um diretório se formou para preparar a insurreição e restabelecer enfim a democracia. Participavam dele os mais jovens e mais exaltados: Vitorio Capediferro, em primeiro lugar, mas também Martino d'Alemanio, Florimondo Montepiori, Pietro Portese, Gentile Zara, Massimo Belatore e, ainda, uma dessas mulheres levianas e detestáveis chamada Giulietta.

Nós, os mais velhos — falo de Pomponio Leto, Filippo Buonaccorsi e de mim mesmo —, não tivemos qualquer participação nesse projeto insensato.

Mas, infelizmente, não pudemos impedi-lo...

Esse diretório, com efeito, empregou tanto calor e persuasão que conseguiu ganhar para sua causa cerca de cinquenta dos nossos. Os conjurados previam, na quarta-feira de Cinzas, surgir das ruínas que cercavam o palácio do papa, assaltar Paulo II durante sua missa e depô-lo para restabelecer a República.

Nada menos!

Mas, como era de esperar, a conspiração foi denunciada...

No mês de fevereiro de 1468, a mão preocupada de Paulo II se abateu brutalmente sobre a Academia Romana.

Nós, os mais velhos, considerados os mais culpados, fomos os primeiros a ser presos. O diretório ainda teve tempo de se reunir uma última vez nas catacumbas.

Não podendo se convencer da heresia de tal empreendimento, imputou seu fracasso à traição de um dos seus. Após uma curta deliberação, Pietro Portese, o mais moderado do grupo, foi designado como traidor. Foi Capediferro, seu principal acusador, que sacou sua espada e enfiou-a no coração do acusado. Para aumentar o drama, a viúva do pobre Portese se suicidou pouco *depois, deixando órfão um menino de poucos meses chamado Gaetano.*

Os três foram as verdadeiras vítimas desse desastre.

Quanto a mim, apesar de meus protestos de inocência, fui encerrado por intermináveis semanas – e sem um julgamento justo – nas terríveis catacumbas do papa.

É desta dolorosa provação que farei o relato no capítulo seguinte.

Quarenta e sete anos depois, era preciso se render à evidência: o pequeno Gaetano tornara-se um assassino.

Era provável que seu emprego de bibliotecário o tivesse levado um dia às folhas de Platina, e que ele tivesse descoberto ali, ao mesmo tempo, o nome de seus pais e de seus carrascos.

O que ele sabia até então daqueles destinos trágicos? Ignorávamos. Aquilo de que estávamos certos, no entanto, era de que Gaetano Portese, tornado Gaetano Forlari, resolvera se vingar. Com meio século de atraso...

– Como descobriu que se tratava do bibliotecário? – perguntou-me Bibbiena, que se juntara a nós.

– Para ser franco, Vossa Eminência, por muito tempo suspeitei de diversas pessoas. Mesmo esta manhã, em que tanta gente se sucedeu na Vaticana. Mas não eram muitos os que poderiam ter preparado a chaminé até a Sistina. Uma tarefa longa e difícil, que apenas um dos bibliotecários poderia realizar. Além disso, nosso assassino devia ser grande: seu avental era de bom tamanho, e tive de ficar na ponta dos pés para ver a capela. Tommaso Inghirami era baixinho e gordo demais para tanto. Eis porque o bibliotecário Gaetano me pareceu ser o culpado. A partir daí, numerosos detalhes me voltaram à memória. Como as vezes em que pedira sua ajuda para me informar sobre os assassinatos ou sobre os tipos Sweynheim: oferecia-lhe assim excelentes oportunidades de se inteirar das investigações! Lembrei também que ele não estava na Vaticana na tarde em que Martino d'Alemanio foi morto. Inghirami, sim, o que o impedia de ter almoçado com o gravador antes de acabar com ele em seu jardim. Além disso, procurávamos um homem que tivesse gosto pelas letras, mas que também fosse capaz de cortar uma cabeça com uma machadada. Gaetano reúne a força e a inteligência necessárias. Enfim, havia essa agressão na ponte Santo Ângelo. O bibliotecário não escondeu que me seguira de perto ao sair do Vaticano. Se houvesse outra pessoa, não parece lógico que a tivesse visto?

– Nesse caso, por que salvá-lo alertando a guarda?

Leonardo se adiantou:

– Porque Guido não fazia parte de seu plano, ao menos é o que imagino. Sua morte teria estragado o ordenamento sutil dos crimes de horror. Em outros termos, não havia lugar para outra vítima na gravura de Bosch.

– Ao que é preciso acrescentar – completei – que ele ainda saiu ganhando: quem iria suspeitar daquele que fora meu salvador?!

– Mas, se queria apenas se vingar, que interesse tinha em se apoderar do véu de Verônica?

– Ainda não sabemos – admitiu da Vinci. – Em compensação estou bastante preocupado com a segurança de Capediferro, apesar de tudo...

O cardeal concordou:

– Sua ausência na missa desta manhã, o fato de não estar em casa... E agora essas revelações. Se Capediferro realmente liderou esse complô da Academia, sua vida corre grande perigo.

– De acordo com o relato de Platina – endossou Leonardo –, Capediferro deveria mesmo ser o alvo principal. Foi ele que executou Pietro Portese e levou sua esposa ao suicídio. Ora, o bibliotecário Gaetano castigou primeiro todos os outros, como se quisesse deixá-lo por último de propósito. Como se toda essa encenação servisse justamente para afligi-lo...

– O que significa que...? – interrogou Bibbiena.

– São apenas especulações... Não obstante, se o jovem Jacopo Verde estava a ponto de ser "estabelecido" por um protetor, como acreditamos, pode-se imaginar que esse protetor fosse justamente o Mestre das Ruas. Depois do crime de 20 de dezembro na Coluna de Marco Aurélio, Capediferro recebe uma mensagem em seu domicílio: "Jacopo Verde perdeu duas vezes a cabeça. A Via Sola está vazia e a cidade em festa". Com o que já acontecera, e a morte de seu protegido, ele podia acreditar que fosse uma simples coincidência? Evidente que não. Sabe que é ele que o assassino está visando, que é a ele que está advertindo... Então vem o assassinato de Gentile Zara, no Fórum. O chefe dos conjurados esqueceu seu antigo cúmplice apenas por que os anos se passaram? Ora, vamos! A partir desse momento, Capediferro fica com medo. Poderiam ser descobertas coisas que o comprometeriam seriamente. Esforça-se, portanto, por conduzir a investigação ele próprio e por afastar todos aqueles que, como nós, poderiam acabar revelando seus segredos. Então a cabeça de Giulietta é encontrada na Coluna de Trajano, assim como a segunda parte da inscrição: "Aquele que peca... Deus castiga". Zara, Giulietta, o Fórum, as colunas, o pecado, a punição... A alusão ao complô dos acadêmicos se torna evidente. Enquanto perseguíamos um fanático religioso, ele sabia muito bem o que estava acontecendo. Donde sua pressa em prender o caieiro e estrangulá-lo, apesar da falta de provas: Capediferro pensava que ele estava implicado e era preciso evitar a qualquer preço que falasse! Mas Ghirardi não era o assassino, e os crimes continuam: foi a vez do gravador d'Alemanio ser morto com uma flecha; sem contar aquele mendigo, Florimondo Montepiori, cujo assassinato passara despercebido. Imaginemos, agora, o dilema de Capediferro: é responsável pela investigação, sabe que ela está se perdendo em falsas pistas, mas não pode colocá-la na direção correta... Sabe, ao mesmo tempo, que é ele próprio a próxima vítima! Pois bem! Para dizer tudo, acho que foi exatamente isso que o bibliotecário Gaetano quis que acontecesse... que Capediferro pagasse, com o máximo de lentidão e agonia, pela morte de seus pais.

Ficamos um momento em silêncio, depois dessa longa exposição de da Vinci. Estava convencido de sua exatidão e, de minha parte, não via o que acrescentar.

O cardeal foi o primeiro a retomar a palavra:

– Bem... E o que podemos fazer agora pelo Mestre das Ruas?

– Pensei em passar na casa dele – avancei, esperando também rever a bela Flora. – Não pode ter desaparecido do nada, e talvez encontremos alguma informação por lá.

– E além disso?

– Infelizmente... – começou Leonardo.

Houve um novo silêncio.

– De acordo, deixemos esse problema de lado por enquanto. Têm uma ideia do lugar onde o bibliotecário Gaetano pode estar escondido?

Da Vinci apontou para o mapa que estava na bolsa junto com as folhas de Platina. Finas linhas vermelhas ligavam uma série de retângulos pretos entre si. Os traços eram bastante retos, mas alguns não tinham início ou fim, e outros estavam quase apagados. Na parte superior do mapa, um dos retângulos era maior e estava sublinhado por um sombreado.

– Temos esse plano, Vossa Eminência, certamente um plano das catacumbas... Acredito que seja anterior aos escritos de Platina, contemporâneo da Academia Romana. Mas nada prova que o bibliotecário esteja refugiado lá.

– Ainda mais que um plano não basta – disse o cardeal. – Seria preciso conhecer a entrada desses subterrâneos. Ora, pelo que sei, poucas pessoas se interessam por isso hoje em dia.

– Afora, talvez, os antigos conjurados – sugeri.

Fixei intensamente o mapa, tentando penetrar seus mistérios.

– A esse respeito – continuei –, acho que conheço alguém que poderia nos informar sobre o bibliotecário Gaetano. É apenas uma hipótese, mas se essa pessoa é realmente quem penso que seja, ela nos esclarecerá sobre ele melhor do que qualquer outra.

Bibbiena e da Vinci se aproximaram, impacientes para ouvir minhas explicações.

CAPÍTULO 23

Para chegar ao Panteão, tivemos de atravessar várias barreiras de soldados que controlavam os limites de São Pedro e do Borgo. As brigas de rua haviam cessado, mas tinham sido detectados ajuntamentos ao sul do Trastevere, sem que se pudesse dizer se se tratava de rebeldes ou de simples curiosos.

Além disso, várias milícias tinham desertado, especialmente a do Campo de Marte, que se recusava a devolver suas armas. Murmurava-se também que a influente família Colonna, inimiga jurada dos Médici, soprava vigorosamente as brasas.

Tudo isso criava um clima pesado de incerteza, e a maioria dos romanos preferia se manter protegida em casa. As ruas estavam praticamente desertas, as máscaras tinham desaparecido, e um escuro céu de inverno intensificava essa sensação de angústia.

Aproveitei o trajeto para relatar a Leonardo as conversas que tivera com a viúva de Martino d'Alemanio. Em geral, o mestre tirou conclusões semelhantes às minhas, convencendo-se também de que nossa visita seria instrutiva.

Por sorte, foi a própria criada do gravador que veio abrir a porta. Seu rosto estava marcado por um cansaço extremo, mas, apesar de tudo, ela se esforçou por sorrir:

– Mestre Sinibaldi?

– Rosina... – respondi. – Rosina Forlari?

Seus traços se contraíram e seus olhos começaram a lacrimejar. Olhou por cima do ombro, temendo talvez que a família, que velava a morta, nos escutasse. Tranquilizada, convidou-nos a segui-la até a cozinha, onde uma pilha de pratos e talheres esperava para ser lavada. Fechou a porta e se escorou nela.

– Estão aqui por causa de Gaetano, é isso?

Confirmei com a cabeça:

–Viu-o hoje?

Ela tirou um grande lenço e enxugou os olhos, fungando:

–Veio esta noite. Para saudar a senhora uma última vez... Para me dizer também que partiria para sempre. Que nunca mais o veria...

O fim de sua frase se diluiu num soluço.

– Rosina – insisti –, é muito importante que falemos com ele. Antes... antes que outros o façam...

Ela me dirigiu um olhar ansioso:

– Ele fez mais alguma besteira?

–Temo que sim...

– No entanto, tinha se tornado mais comportado... Gostava da biblioteca...

Suspirou.

– Mas não, não, não sei onde está. Afora seu quarto no Vaticano...

– Estamos vindo de lá, mas está vazio. Ele não evocou algum lugar, um esconderijo secreto? As catacumbas, por exemplo?

– Ah! Essas velhas histórias! Isso não vai acabar nunca?

Puxei uma das cadeiras para que ela pudesse sentar:

– Sim, essas velhas histórias. Escute, Rosina... Sabemos que o pai de Gaetano foi morto. Pietro Portese. Era o pai dele, não? Sabemos também que, pelas mesmas razões, sua... sua mãe abandonou a vida. Não deve ter sido fácil... para ele... para você. Precisamos compreender... pelo bem dele.

Ela respirou fundo e nos considerou longamente. Principalmente a mim.

Finalmente, decidiu-se.

– Não foi fácil mesmo, pode ter certeza. Sua mãe... sua mãe era minha irmã. Quando morreu, Gaetano tinha dez meses. Ainda mamava, imagine! Nunca soubemos exatamente o que aconteceu. Apenas que Pietro se relacionava com pessoas estranhas. Uma noite, alguém trouxe seu corpo até a frente da casa. Fora apunhalado, ou algo do gênero. Gianna, minha irmã, era uma mulher bastante frágil. Aquilo virou sua cabeça. Dois dias depois, ela... ela se jogou no Tibre.

Rosina enxugou novamente o rosto com seu lenço.

– O que fazer com aquele garoto?, pergunto. Peguei-o para cuidar. Algum tempo depois, a senhora d'Alemanio veio me ver. Não a conhecia, mas ela me explicou que tinham lhe falado de mim e que queria que eu trabalhasse para ela. Eu podia levar Gaetano, sob a condição de dizer que era meu filho e não revelar seu verdadeiro nome. Aquilo me pareceu um pouco estranho como proposta. Ela devia saber de alguma coisa, não acham? Mas... O pagamento era bom, e a senhora era gentil, sobretudo com o pequeno. E foi assim que viemos para a casa dos d'Alemanio. Ao crescer, Gaetano se tornou um pequeno marginal. Sempre fora de casa, batendo ou apanhando. Não suportava que lhe dessem ordens, que o mandassem baixar a cabeça. A única pessoa a que obedecia era a senhora. Com ela, era um cordeirinho! Ela até o ensinou a ler, a escrever e tudo o mais. Emprestava-lhe todos os seus livros. "Pegue, Gaetano, pegue!" A ele, bastava se servir. Notem, não me surpreendeu que aprendesse tão rápido, pois seu pai era um homem extremamente inteligente. Sempre cheio de ideias e de frases. Um verdadeiro filósofo. Em suma, esperava que toda aquela educação o ajudaria a se acalmar. Mas qual o quê! Aos 20 anos, dormia o dia inteiro, bebia à noite, só voltava de manhã... Por algum tempo, trabalhou no ateliê de gravura: a senhora obrigara seu marido a empregá-lo. Mas a verdade é que ele e mestre Martino não se entendiam bem. Um dia, ele devia estar chegando aos 30 anos, ele entrou numa briga com um senhor de alta classe, um núncio do Vaticano. Foi em frente ao Panteão. Houve insultos, socos. O outro levou uma surra. Um núncio, imaginam?

Gaetano foi preso. Prometeram-lhe anos e anos apodrecendo nas pedreiras. Foi então que seu pai entrou na história. Conversaram na prisão, a senhora foi vê-lo. Deve ter lhe contado coisas, sobre seus pais, sobre a instrução que dera a Gaetano. Porque seu pai, verdade seja dita, era um grande chefe de polícia! Chorei muito quando ele morreu... Em todo caso, ao cabo de um mês, Gaetano pôde sair. Mas tinha de deixar Roma imediatamente. Eu não sabia mais o que pensar. Chorava, ria... No mesmo dia, salvavam-no e o tiravam de mim! Gaetano partiu, lembro-me, no dia 7 de abril de 1500. Primeiro para Gênova, depois para a Espanha. Lá, embarcou como marinheiro. Fez estranhas viagens, por mares que ninguém sabia que existiam! Certa vez, chegou mesmo a encalhar numa ilha onde viviam homens selvagens! Aqueles animais poderiam tê-lo matado, não sei como se safou. O fato é que viveu com eles por um bom tempo, seminu, comendo macacos, como os da coleção do papa. Acho...

Calou-se por um instante.

— Ele não gostava muito de falar de si mesmo, mas acho que chegou a se deitar com uma das mulheres dessa ilha... Sim... Enfim, não dá para saber o que outra pessoa faria em seu lugar... Até o dia em que outro barco apareceu. Portugueses. Trouxeram Gaetano, mas ele não tinha mais vontade de navegar. Decidiu que, mesmo sendo perigoso, voltaria a Roma. Foi o que fez.

— Ele trouxe *souvenirs* dessa viagem? — perguntou Leonardo.

— Uma mala cheia! Colares, plantas secas, unguentos... Zarabatanas também, esses bastões que atiram flechas em animais. Por algum tempo, ele ainda continuou a borrar o peito com pinturas. Tornara-se, como eles, um selvagem!

DaVinci apertou meu braço: minha teoria se confirmava ponto por ponto.

— Quando o revi pela primeira vez — retomou ela —, meu Deus! Sete anos tinham se passado! Sete anos! Ele estava... muito diferente! Maior, mais forte... E com uma barba! Se tivesse cruzado com ele em Santo Eustáquio, não o teria reconhecido! Mas tinha que escondê-lo. Pedi ajuda à senhora, que o instalou num barraco que tinha no porto de Ripa Grande. Devo esclarecer que a senhora sempre teve propriedades. Essa casa em que estamos, um moinho no Quirinale, o celeiro para guardar a farinha... Tudo isso era herança dela. Gaetano ficou assim quase um ano. Praticamente não saía, recomeçou a ler, a escrever. Até que se deu conta de que já tinham se esquecido dele. O núncio fora embora, seus companheiros de então... Bah! Na verdade, quem se lembrava daquele caso? Quando cansou de ficar trancado lá, a senhora lhe arranjou um emprego que lhe convinha: um emprego na biblioteca Vaticana. Oh! No começo, fazia apenas o trabalho braçal. Mas, pouco a pouco, foi mostrando seu valor. Sabia latim, espanhol, um pouco de francês. Foi ganhando confiança. Em 1512, tornou-se segundo bibliotecário. E, na verdade, fazia também o trabalho do primeiro, que vive viajando.

— Mas ele realmente não temia ser reconhecido?

— Com o tipo de gente que frequentara anteriormente, não havia maior risco. Além disso, sempre foi prudente, principalmente no começo... Nunca falar alto, evitar falar a quem não lhe fala...

— E com Mestre d'Alemanio?

— A senhora não fazia muita questão de que seu marido estivesse a par. Ele nunca se ocupara de Gaetano, por que o faria agora?

— E os cavalos — interveio Leonardo —, ele tinha alguma atração por cavalos?

A velha criada o olhou como se ele fosse uma espécie de adivinho.

— Sim, com certeza. É o resultado de suas viagens, quando atravessou a Espanha. E como tem seu quarto no Vaticano, pode ir quando quer nas cavalariças do papa. Parece que é um bom cavaleiro...

Observou nossas expressões satisfeitas e perguntou, cheia de esperança:

— Foi... foi por isso que vieram? Ele roubou um cavalo?

Não tinha vontade de mentir para ela, tampouco de quebrar seu coração.

— É... é mais complicado — tergiversei. — De certa maneira, ele... ele cobrou uma antiga dívida. Uma dívida muito antiga. Mas acho que realmente partiu para sempre. Se isso pode consolá-la, acho... acho que não tinha escolha.

Por covardia, não fomos adiante nos esclarecimentos, agradecendo com efusão à velha Rosina. O que quer que acontecesse, ela logo saberia a dura verdade.

Um grupo de soldados acorrera ao Palácio de Capediferro e esperava no pátio, jogando dados. Nossa vinda fora anunciada, e nos fizeram entrar sem demora na pequena sala vermelha, onde já se encontravam as duas parentas do Mestre das Ruas.

Pela sua expressão irritada, dava para imaginar o quanto toda aquela confusão as incomodava.

– Vocês serão os últimos, senhores? – perguntou a mãe. – Há horas que nos fazem perguntas às quais não sabemos o que responder.

Leonardo que, por educação, tirara seu capuz, respondeu em tom conciliador:

– Lamentamos essa desordem, senhoras, e trataremos de lhe pôr fim. No entanto, os acontecimentos são graves, e de seus testemunhos depende talvez a vida de um homem.

– Tão sério assim? – suspirou ela.

– Temo que sim – confirmou Leonardo.

Enquanto a conversa se entabulava, eu não tirava os olhos de Flora. Estava deliciosamente trajada com um vestido de tafetá azul enfeitado de pérolas, mas respondia aos meus olhares com uma longínqua indiferença. Sua frieza me desarmou. Alguns dias antes, abrira sua porta e seu coração para mim, e era como se ainda sentisse seus cabelos sobre meu ombro...

– Quando constataram a ausência de mestre Capediferro? – continuou da Vinci.

– Não jantou conosco ontem, o que não tem nada de excepcional, mas também não estava no café da manhã às oito horas.

– Sabem se passou a noite em casa?

– A camareira encontrou seu leito intacto.

– Levou consigo roupas, armas, ou algum outro objeto?

– Senhor – irritou-se a mais velha das Aldobrandini. – Sua polícia já revistou duas vezes esta casa, e os criados garantiram que nada havia sumido. Quanto ao resto, eu e minha filha só estamos aqui há um mês. Não conto as roupas de meu primo, assim como não controlo suas idas e vindas.

– Ele lhes pareceu inquieto? – intervim. – Nesses últimos tempos, tiveram a impressão de que andasse preocupado, ausente, durante as conversas? Ele lhes fez alguma confidência?

– Está falando do Mestre das Ruas, rapazinho! – indignou-se ela. – Não sei quais são as tradições em sua família, mas na nossa não temos...

Para sua grande surpresa, Flora a interrompeu:

– Faria melhor em dizer a verdade, mamãe.

Todos olharam para ela, aturdidos. De minha parte, sua audácia não me surpreendia...

– Ou mestre Sinibaldi voltará a passar seus dias sob nossas janelas... Aliás, há três dias que não o vemos mais – lançou ela em minha direção. – Estava escondido num jardim de espinhos para estar com a cara assim toda esfolada?

Estupefato com tanto desaforo, levei a mão ao rosto. Estava queimando.

Felizmente, Leonardo me tirou daquela fria.

– Que verdade é essa de que fala a senhorita sua filha?

A senhora Aldobrandini hesitou:

– Essas... essas coisas devem ser caladas, e meu primo nunca me perdoará se falar delas.

– Seu silêncio terá consequências ainda mais nefastas, senhora.

– Se... se está dizendo... Que seja! Há dois dias, ao me levantar, tive a impressão de escutar soluços vindo da cozinha. Desci e, ao abrir a porta, me deparei com meu primo. Estava sentado diante de um jarro de vinho, vestido como se tivesse acabado de chegar de fora. Chorava. Atribui seu estado ao excesso de vinho, pois estava um bocado bêbado. Gaguejava coisas... Injúrias, sobretudo. Quando me viu, levantou-se e passou diante de mim fechando o punho. Disse apenas: "Mas irei! Pode acreditar, irei!". Depois, subiu para seu quarto. Não sei nem se me reconheceu.

– Não entendeu mais nada do que ele dizia?

– Palavras de bêbado, que não saberia repetir. Parecia haver algo com uma mulher, também. Uma' tal de Verônica, que ele amaldiçoava. E...

Ela se persignou.

– E de Sua Santidade Leão X. Mas não vá supor que escutei tanto tempo a ponto de...

De repente, ouviu-se uma agitação na sala vizinha, e Baltazar entrou barulhentamente, cortando a senhora, que teve de se interromper pela segunda vez:

– Guido, finalmente! Há uma hora que estou procurando você!

Explicou às duas damas, que mal saudara:

– Perdoem a intrusão, mas é uma ordem do papa!

Pegou-me pelo braço e, sem que tivesse tempo de protestar, arrastou-me até a antecâmara. Leonardo nos acompanhou.

– Guido – retomou Baltazar –, é preciso agir rápido. O cardeal pediu que lhe entregasse isto. Leia. Leia imediatamente!

Desfiz o lacre.

Era de fato a letra de Bibbiena:

O bibliotecário Gaetano enviou-nos uma mensagem exigindo nossa presença nas catacumbas para julgar Capediferro. Se não estivermos lá em quatro horas, ele o matará e destruirá aquilo que você sabe...

Partirei imediatamente com o comendador de Santo Spirito e o capitão da polícia. Assim que puder, dirija-se até a antiga Via Appia. Depois da grande vinha e da torre desabada, há uma passagem na mureta. Cem passos em direção ao sul, as pedras escondem uma entrada. Uma escada de corda deve estar ali, marcada com um pano vermelho.

Sejam cuidadosos e não contem nada para ninguém. Leonardo sabe o que deve fazer.

– As catacumbas – murmurou da Vinci... A última vítima. O homem jogado no buraco na gravura de Bosch! É claro... não era um poço, eram as catacumbas!

— Temos de providenciar cavalos — eu disse. — Baltazar!

— Espere — deteve-me Leonardo. — Temos de passar primeiro no Vaticano.

— No Vaticano? Mas o tempo urge e a mensagem diz...

— Tenho de pegar algo no Belvedere. Você irá buscar o plano dos subterrâneos. O bibliotecário Gaetano deve ter previsto outra saída para sua fuga.

Rendi-me aos seus conselhos e desculpei-me junto a nossas anfitriãs, com um gesto de despeito dirigido a Flora. Ela fez de conta que não estava me vendo...

Lá fora, os sinos de Santa Maria in Portico soavam as três e meia.

CAPÍTULO 24

Baltazar e mais um soldado nos acompanharam a cavalo pela antiga Via Romana. À altura da torre em ruínas, três montarias estavam amarradas juntas, entre as quais a do capitão Barberi. Baltazar a reconheceu, mas não se surpreendeu com aquilo.

– Volte até as árvores – disse-lhe. – E não se deixe ver.

Passamos por cima da mureta e nos dirigimos ao sul até um amontoado de calhaus, tijolos velhos e pedras. Tivemos de andar um pouco antes de notar o tecido vermelho que assinalava a entrada da vala. Esta era grande o suficiente para que um homem pudesse penetrá-la e, até onde se podia ver, mergulhava direto nas profundezas. Uma escada de corda indicava o caminho.

Leonardo observou por um instante o plano das catacumbas.

– Infelizmente, é impossível se localizar com isso. Falta a orientação.

Fui o primeiro a descer pela escada. O costume dos veleiros devia ter dado a Gaetano o gosto pela escalada, mas o mesmo não acontecia com da Vinci: escutei-o penar e arquejar acima de mim.

À medida que penetrávamos mais fundo, uma umidade gelada nos envolvia, assim como uma escuridão cada vez mais impenetrável.

Finalmente, depois de cerca de cinco metros de descida, tocamos o chão.

– Está tudo bem? – sussurrei.

– Meu braço – arfou Leonardo –, um suplício...

Continuamos por uma espécie de passagem onde tínhamos de nos abaixar para avançar. Mais adiante, à esquerda, brilhava uma luz, e atingimos uma galeria onde pudemos ficar de pé. Era alta como dois homens e talhada numa rocha avermelhada. De cada lado, as paredes tinham sido escavadas para formar alojamentos retangulares onde os primeiros cristãos colocavam seus mortos. Havia assim cinco andares desses alojamentos que subiam até o teto, mas todos estavam vazios. A intervalos regulares, lâmpadas a óleo estavam acesas em pequenas escavações, espalhando a seu redor uma luz amarelada.

Estava prestes a expressar meu espanto quando a voz do bibliotecário ressoou do outro lado da passagem:

– Aproximem-se! Aproximem-se... Não tenham medo!

Obedecemos, apesar da apreensão de que aquilo fosse uma armadilha.

A galeria dava para uma peça bastante grande que devia ter sido uma cripta. As paredes tinham sido trabalhadas em forma de arcos, em cima de antigos túmulos, assim como a abóbada, direto na rocha.

Ao entrar, vimos o capitão Barberi, o cardeal Bibbiena e, um pouco afastado, na penumbra, o comendador de Santo Spirito, reconhecível por seu uniforme. Os três homens tinham lançado suas armas ao chão e estavam de frente para o bibliotecário Gaetano.

Este estava do outro lado da peça, atrás de uma espécie de altar sobre o qual jazia deitado Capediferro, com os braços e as pernas amarrados. O Mestre das Ruas parecia dormir – ao menos, era o que desejávamos –, com velas colocadas em cada extremidade de seu corpo. Gaetano mantinha uma adaga apoiada sobre seu coração e ameaçava executá-lo a qualquer momento.

Percebi então que o assassino já preparara sua fuga: estava na verdade na saída da cripta, pronto para desaparecer em galerias que era o único a conhecer.

– Vejamos quem está chegando... – disse ele. – Ah! O jovem Sinibaldi e...

Leonardo teve de tirar o capuz.

– E? – repetiu Gaetano.

– É o representante dos mandantes – mentiu Bibbiena. – Encarreguei Guido de acompanhá-lo até aqui.

– Dos mandantes, hein? – silvou o bibliotecário. – Eu disse que queria o papa...

– Sua Santidade está recebendo uma delegação do novo rei da França, não tinha como vir. Mas, enquanto primeiro conselheiro, tenho toda a autoridade para...

– Basta – interrompeu-o Gaetano.

Então, virando-se para mim e para Leonardo:

– Mostrem se estão portando armas.

Obedecemos, abrindo nossos casacos.

– Muito bem. Lembrem-se apenas de não avançar mais do que isso... Detestaria ter de usar este punhal antes que Capediferro seja julgado.

Seu rosto contraiu-se numa espécie de careta que, acentuada pelo jogo de sombras, fez com que parecesse uma gárgula. Não tinha mais nada do amável bibliotecário da Vaticana...

– Em que pé estávamos? Ah, sim... Esses senhores estavam preocupados com seu amigo. Tranquilizei-os... Está apenas adormecido... Ontem à noite, ele teve a amabilidade de comparecer ao encontro para o qual o convidara. Esperava sem dúvida tirar alguma vantagem. Infelizmente, depois de termos conversado por um momento, não sei por que, ele perdeu o controle. Fui obrigado a...

Mostrava o Mestre das Ruas inconsciente sobre a mesa de pedra.

– As plantas são venenos poderosos. Adormecem ou matam de acordo com a quantidade empregada. Você mesmo, jovem Sinibaldi, pôde apreciar na outra noite sua eficácia fulminante. Mas tem de admitir que eu as utilizo com discernimento... Não está morto, assim como aquele senhorzinho picado na missa esta manhã. Aliás, como ele está?

Mais uma vez, foi Bibbiena quem respondeu:

– O embaixador Giorgi está sob vigilância médica. Disseram que está melhor.

– Então era um embaixador? Não dava para ver muito bem do lugar onde eu estava. Em todo caso, isso prova que estou dizendo a verdade... Só puno aqueles que merecem ser punidos.

– Com 50 anos de atraso, de qualquer forma – objetou Bibbiena.

– Sabe disso, cardeal? Parabéns! Aliás, isso não importa mais. Na verdade, só descobri as páginas de Platina na última primavera. Até então, acreditava que meus pais tinham morrido de uma febre contagiosa. Uma febre contagiosa! Imaginem o choque que senti ao ler aquelas notas! Tive então de me informar sobre a tal Academia Romana... Uma bela capelinha de sábios, entre parênteses, cheia de aproveitadores e vigaristas. Sabiam que, depois da morte de Paulo II, em 1471, a maior parte dos conspiradores foi reabilitada? Pelo jeito, derrubar papas não é nenhum grande crime! Alguns obtiveram até excelentes postos... Platina, Capediferro, outros ainda... Pomponio Leto retomou seus cursos, e a Academia, os seus costumes. Seus costumes e seus vícios. Olhe, jovem Sinibaldi, leia esta inscrição na parede à sua direita.

Perscrutei a parede como ele ordenava e decifrei em voz alta:

18 de janeiro de 1475
Pantagathus, Mammeius, Papirius
Minicinus, Aemilius
Exploradores de todas as antiguidades
Sob o reinado de Pomponio Leto, Pontífice Supremo
Minutius
Delícias das prostitutas de Roma

– Em 1745, sim, sete anos depois da conjuração! Eles continuavam a vir aqui! Compreenderam por que eu desejava a presença de Leão X? – divertiu-se o bibliotecário. – "O reinado de Pomponio Leto, Pontífice Supremo"! Acho que ele gostaria de ver isso, ele, tão cheio de seu título!

– Não injurie o Santo Padre... – começou Bibbiena.

–Vamos, cardeal! Você é muito suscetível quando se trata de seu mestre. Saboreie a coincidência... Esta inscrição logo completará 40 anos, dia por dia. Não é um belo aniversário? Uma bela festa? E o que é mais... Capediferro me confessou esta noite que ele próprio participou dela! Sim, sob o nome de Pantagathus. E não foi o único: Gentile Zara era Mammeius, Massimo Belatorre, Aemilius, Martino d'Alemanio se fazia chamar Papirius, e Florimondo, Minicinus. Não é uma reunião de família comovente? Mas tudo cansa. O Mestre das Ruas me contou que depois de alguns anos, os acadêmicos já não sentiam prazer em suas distrações. E pouco a pouco as catacumbas voltaram a ser o que nunca deviam ter deixado de ser... O calmo túmulo de nossos ancestrais.

Calou-se por um instante. Depois, em tom mordente:

– Meu pai não teve essa sorte. Não pôde voltar a sua carreira, nem ao amor dos seus. Enquanto seus assassinos se cobriam de dinheiro e de honras, ele estava morto. Minha mãe também, aliás... E eu... eu estava órfão... Não acha isso injusto, Eminência? Perverso ao extremo? E o senhor, comendador? O que teria feito ao saber de um escândalo desses? Um escândalo capaz de transtornar uma vida, de torná-la... insuportável... Não sentiria a tentação de se vingar? Eu, sim. A continuação vocês conhecem... Trabalhei algum tempo com Mestre d'Alemanio. Não o suficiente para que ele me reconhecesse, ao que parece, mas essa é uma outra história. Seja como for, a ideia de adequar o castigo dos criminosos a uma de suas gravuras me pareceu... oportuna, sim... divertida, também. Além disso, ajudava a desviar as suspeitas da Academia Romana: era menos provável que seus sobreviventes fugissem. Encontrá-los não foi muito difícil... Eu já conhecia d'Alemanio e Capediferro, é claro. Procurei a velha Giulietta. Encontrei-a e a fiz beber, então ela me falou, por exemplo, do usurário Gentile Zara, um personagem abjeto, que mais de um romano me agradece por ter feito desaparecer. De Florimondo, velho miserável que o destino reduzira à mendicância. De Massimo Bellatorre, também desaparecido num campo de batalha há mais de trinta anos. Pena, ele também tinha seu lugar na gravura... Das visitas tão particulares, enfim, de nosso Mestre das Ruas... Pois foi

Giulietta que lhe apresentou o jovem Verde. O resto... o resto não foi mais que habilidade e noção teatral.

— E gosto pelo sangue — não pude me impedir de acrescentar. — Pois o que tinha contra o pobre Jacopo Verde?

— Esse pobre Jacopo Verde... — repetiu o bibliotecário. — É verdade, é o único que lamento. Mas o assassinato do mendigo passara tão despercebido... O campanário de Santa Maria Maior, no entanto! Além disso, não pense que senti prazer matando toda essa gente. Fiz por dever, vocês entenderam. Quanto ao jovem Verde, jamais teria feito aquilo se ele já não estivesse seriamente doente. Doente do pulmão. Tossia, cuspia sangue e quase já não comia. Era tão velho aos 19 anos... Talvez eu só tenha mesmo abreviado seus sofrimentos.

— Assim como os do caieiro Ghirardi — que não estava tão mal — ironizou Barberi.

— Capitão, você me decepciona! Foi o Mestre das Ruas que mandou estrangular aquele homem, não eu. De minha parte, ignorava completamente quem fosse ele. Nem fazia ideia de que fosse filho de Giulietta.

— E as chaves? — interrogou Bibbiena. — Como conseguiu as chaves?

— Ah! Vejo que minha história lhes interessa. Fico feliz. Obter as chaves das colunas e do tabernáculo foi brincadeira de criança: a biblioteca dispõe de um anexo no Castelo de Santo Ângelo, talvez vocês saibam. Um anexo onde são guardados certos arquivos, obras preciosas, encíclicas do papa... Essa peça fica ao lado daquela onde são mantidas as chaves da cidade. Fiz amizade com o camarada que as guarda. Prestamos pequenos serviços um ao outro, como vigiar seu tesouro enquanto ele dava uma saidinha. Curiosamente, quanto mais frio faz, mais aquele danado tem sede. Em suma, pegar emprestado chaves no Castelo de Santo Ângelo é a coisa mais fácil do mundo. Na véspera da execução de Jacopo Verde, abri as duas colunas e peguei a Verônica. Na véspera, sim, escutaram bem. A ideia era dar a crer que utilizava as chaves, umas após as outras, fazendo com que vocês se perguntassem quem era capaz de violar impunemente as fechaduras de Roma! Devo confessar que tive bastante sorte na Coluna de Marco Aurélio.

Apesar de todos os convidados do Palácio Marcialli, ninguém me viu sair. É claro que, com minha máscara, não corria grande risco, mas... Não lhes parece o sinal de que o Altíssimo apoiava minha vingança?

O comendador de Santo Spirito murmurou algumas palavras que fizeram o bibliotecário rir:

– Sim, comendador? Vejo que reage à evocação do santo véu. Teme, talvez, pela procissão de amanhã? A admirável procissão da Verônica, o orgulho de Santo Spirito! Vou magoá-lo, comendador, talvez seja preciso cancelá-la. Vai ser desagradável, os romanos andam com o humor belicoso, pelo que se diz... Como reagirão ao saberem do furto da santa relíquia?

– Está bem, Forlari – irritou-se o cardeal –, está bem. E agora, o que deseja exatamente?

– É muito simples.

Sua voz não tinha mais nada de jovial.

– Que Vittorio Capediferro seja condenado oficialmente por ter assassinado Pietro Portese e levado sua mulher ao suicídio. Mas não é tudo. Seis outras pessoas se tornaram criminosas por sua culpa. E ele usou seu poder para que um inocente fosse estrangulado. Tudo isso em detrimento das leis que deveria defender. Querem provas? Ele me confessou tudo, aqui, nesta mesma sala em que meu pai morreu há cerca de cinquenta anos. Há também essa inscrição na parede e, é claro, as Memórias de Platina. Capediferro é culpado, não há dúvida. Sua culpabilidade deve ser proclamada publicamente para que os males que causou a minha família sejam finalmente conhecidos por todos. Quanto à reparação... Pois bem! Exijo que seja eu mesmo a executar a sentença.

– Senão?

– Cardeal, deseja realmente que a Verônica desapareça? Pois se não tivesse me apoderado da Santa Face, quem teria me levado a sério? Vamos, ofereço-lhes uma barganha... A vida de um assassino em troca da relíquia mais sagrada de Roma!

– Mas... e você, nisso tudo? O que espera em seguida?

– Eu? Eu partirei de novo... Para longe. Ah! Saibam que há dezenas e dezenas de galerias por aqui. Se tentassem alguma coisa, jamais me encontrariam. Sem falar do véu, evidentemente. Se, pelo contrário, conseguirmos nos entender... Cardeal, faça anunciar ainda esta noite a culpa de Capediferro nas praças da cidade, e lhe prometo que antes do amanhecer a Verônica estará no Vaticano.

– Minha paciência tem limite!

Era a voz do comendador de Santo Spirito que acabava de troar. Mas...

Mas não era aquela voz fanhosa que conhecíamos.

Surpresos, vimo-lo tirar seu capacete e o colarinho alto que escondia a parte de baixo de seu rosto. Não era o comendador que estava ali, mas o próprio Leão X. O Santo Padre em pessoa! O bibliotecário Gaetano parecia tão pasmo quanto nós.

O papa prosseguiu:

– Você perdeu a razão, meu filho. Sua barganha não significa nada além de uma capitulação para nós. Uma capitulação! E sem nenhuma garantia de que iremos realmente recuperar o véu. Acha mesmo que a Igreja se submete a esse tipo de chantagem? Sou eu que vou lhe oferecer uma chance... solte essa faca e devolva-nos a Verônica. Minha justiça é clemente para aqueles que se arrependem.

– Vossa justiça... – escarneceu Gaetano. – Vossa justiça!

Apoiou o punhal com mais força no peito de Capediferro.

– Esse homem vai morrer, pois há 47 anos ela deveria ter sido feita vossa justiça! Quanto à Verônica... Pois bem! Ela é minha, a Verônica!

O bibliotecário Gaetano ergueu seu punhal para dar o golpe, mas da Vinci começou a gritar:

– Não, Gaetano, espere!

O mestre tirou alguma coisa de sua manga.

– Gaetano, se matar esse homem, não terá a proteção do véu. Ele não poderá salvá-lo, pois eu o recuperei.

Leonardo desdobrou o tecido que estava enrolado, e ficamos mais atônitos do que nunca.

À fraca luz das lâmpadas, o rosto de Cristo se desdobrou aos nossos olhos. Um rosto sereno, enigmático, em tons profundos de amarelo e marrom. Com essa barba tão particular que se tornava mais espessa em três pontos, como se chamas sobrenaturais tivessem permitido sua impressão.

Uma hesitação surgiu no olhar do bibliotecário:

– Mas... mas como...

– Com este plano – respondeu da Vinci, agitando com a outra mão o mapa das catacumbas. – Sabe, como eu, que esses subterrâneos têm outras saídas. Está tudo perdido, Gaetano, lamento. Foram colocados soldados em cada uma delas. Nunca poderá escapar. Pense na pobre Rosina...

– Não! – exaltou-se o bibliotecário. – Não, é impossível!

Então, tudo se acelerou brutalmente.

Antes que tivéssemos tempo de agir, Gaetano, vociferando, enfiou o punhal no coração de sua vítima. Esta teve um sobressalto, seu corpo se crispou, antes de se descontrair de vez. O sangue jorrou da ferida aos borbotões.

No mesmo instante, Gaetano se precipitou para fora da cripta e o capitão se lançou sobre sua espada. Eu também saí correndo.

– Tenha cuidado! – gritou-me da Vinci.

Saltei por cima de Capediferro, derrubando as velas, com Barberi logo atrás de mim. O bibliotecário acabava de fugir pela direita, através de um corredor iluminado. Tinha uma pequena vantagem sobre nós.

No fim daquele corredor, pegou à esquerda, numa galeria escura. Continuamos atrás dele, mas não víamos mais nada, apenas escutávamos o barulho de seus passos.

– Espere – deteve-me o capitão. – Pode ser uma armadilha.

Voltou para buscar duas lâmpadas a óleo e retomamos nossa corrida.

A galeria terminava num desabamento, mas uma estreita passagem se abria à esquerda, perto do chão. Passagem que dava, ela própria, para uma outra artéria, à qual se ligavam várias salas que abrigavam túmulos. À medida que avançávamos, os alojamentos funerários escavados nas paredes pareciam cada vez em melhor estado. As cavidades estavam obturadas por placas de mármore nas quais se encontravam gravados os nomes dos defuntos. Viam-se também símbolos cristãos: um peixe, uma pomba, um ramo de oliveira, uma âncora... Algumas placas estavam quebradas e deixavam aparecer corpos em seus sudários, ou pedaços de esqueletos. As paredes ao nosso redor estavam cheias de mortos!

– Cuidado, capitão!

Barberi, que ia na frente, parou bem na hora: diante dele, uma parte do chão desabara, abrindo-se para o nível inferior. Passeei minha lâmpada em volta do buraco. Não, era muito alto, Gaetano não podia ter pulado. Passamos cuidadosamente pela beira do precipício. Quantas vezes o assassino ensaiara sua fuga para conhecer assim o terreno?

– Não o escuto mais! – exclamou meu companheiro.

De fato, não se ouvia mais nenhum barulho. Continuamos, apesar de tudo, redobrando a prudência.

A galeria não acabava mais. Na impossibilidade que estávamos de localizar Gaetano, era preciso inspecionar todas as salas que davam para o corredor. A maioria estava decorada com pinturas, representando, sobre fundo branco, cenas da Bíblia. Mas nada do bibliotecário.

Finalmente, chegamos a um entroncamento. A galeria continuava, mas havia um acesso parcialmente fechado por pedras, dando para a direita.

–Vou por aqui – disse –, não temos escolha.

Barberi pôs a mão em meu rosto com um gesto paternal. Balançou a cabeça e nos separamos.

Avançar nessa nova passagem era difícil. Constantemente atulhado de destroços, o caminho subia e descia sem parar, e, por várias vezes, quase derrubei minha lâmpada. Esta, aliás, de tanto balançar, estava perdendo sua reserva de óleo.

Sucessivas vezes tropecei em crânios ou ossos quebrados. Meus braços e joelhos sangravam, e as dores em minhas costas voltaram a se fazer sentir. Tinha uma esperança, no entanto: aquele caminho fora alargado para permitir a passagem.

Por fim atingi um cruzamento de galerias um pouco abaixo do túnel em que me encontrava. Mas, no momento de saltar, minha lâmpada apagou. Levantei-me tateando.

Bem adiante, longe, à direita, brilhava uma luz.

Avancei de quatro, rezando para que nenhum abismo se abrisse embaixo de mim. Meu corpo inteiro tremia: Gaetano já matara seis pessoas. Eu estava sozinho, sem armas, esgotado, perdido sob um monte de terra.

Então senti, embaixo da mão, uma pedra mais dura e mais pontuda do que as outras. Apertei-a a ponto de machucar os dedos. Venderia caro minha pele.

A luz provinha de uma nova câmara mortuária à direita. Devagar, com toda a precaução, arrisquei espiar: era uma das mais belas que tínhamos visto. As paredes, a abóbada, tudo estava inteiramente decorado. As paredes tinham afrescos vermelhos sobre um fundo branco: à esquerda, a multiplicação dos pães; à direita, Moisés fazendo jorrar água da pedra; na frente, um rebanho de ovelhas aos pés do pastor. Vários alojamentos retangulares tinham sido cavados, assim como uma arca por cima de um túmulo.

Era lá, no fundo, que estava o bibliotecário Gaetano. Estava ajoelhado, de costas para mim, com uma lâmpada a seu lado, vasculhando o sarcófago.

– Eu sabia – murmurou – ela está aqui! Continua aqui!

Levantou-se lentamente, com um tecido na mão. Agitou-o um pouco para abri-lo. Retive o fôlego. Não havia dúvida. A Verônica... Ele estava com a Verônica!

Considerou por um instante a Santa Face, aquele mesmo rosto impassível e misterioso, um pouco mais envelhecido talvez do que o outro. Mais frágil, também. Então pegou sua lâmpada e pôs fogo num canto do véu.

Sem pensar, precipitei-me sobre ele:

– Não! – gritei. – Não a...

– Sinibaldi! – exclamou ele, com uma mão já no punhal. O que...

Sua voz mostrava ao mesmo tempo raiva e lamento:

– Poupei-o uma vez – rugiu. – Queria apenas afastá-lo, mas...

Meu olhar ia e vinha de seu punhal para o fogo que devorava a extremidade do véu.

– É ela que você veio buscar, hein? É ela! Pois bem! Veja como queima!

Sacudiu o punho para ativar a combustão.

– Uma cópia! Queriam me enganar com uma cópia! Mas não tinham Verônica nenhuma. Assim como não têm soldado algum em volta das catacumbas. E agora, é ela que está queimando!

As chamas, de fato, começavam a lamber a barba de cristo. Com todas as minhas forças, lancei a pedra que tinha na mão. Ela atingiu o braço que segurava o sudário, obrigando Gaetano a soltá-lo. Ele brandiu então sua arma. No chão, a Santa Face queimava ainda mais rápido.

– Pobre imbecil – rugiu o bibliotecário.

Pulou sobre mim e rolamos na poeira. Tentei me debater, mas ele era mais forte e mais pesado. Sua lâmina feriu meu pescoço e meu ombro diversas vezes enquanto, com suas pernas, ele me mantinha no chão. Depois de um curto momento de luta, encontrei-me embaixo dele, imobilizado. Perto do sarcófago, a Verônica continuava a se consumir.

Gaetano levantou muito alto o punhal, e nossos olhares se cruzaram. Por um momento, li sua indecisão. Talvez a lembrança que guardava de meu pai, de quando este o salvara do Castelo de Santo Ângelo. O medo, a gratidão que sentira, o ódio também.

De um só golpe, seu braço se abateu com violência. Mas, por milagre, em vez de me atingir, descreveu uma curva para o lado.

O bibliotecário fez uma expressão de surpresa. Oscilou um pouco sobre mim, com ar incrédulo; então, como uma torre que desaba, caiu para a frente. A lâmina de uma espada trespassava suas costas.

– El... Ella... – suspirou.

Depois, foi o silêncio.

Empurrei sua cabeça para me soltar. O bibliotecário Gaetano estava morto.

O capitão Barberi me ajudou a levantar:

– Guido! Guido, meu rapaz, está bem?

Eu estava de pé, titubeando, o corpo coberto de sangue, o rosto, de lágrimas.

A dois passos de mim, no fundo da cripta, não restava do véu mais do que um montinho de cinzas.

CAPÍTULO 25

Naquela noite, Leão X reuniu no Capitólio todos os magistrados e representantes da cidade. Informou, circunspecto, que o assassino das colunas fora descoberto e morto ao final de uma perigosa perseguição. O culpado se chamava Gaetano Forlari, ocupava a função de bibliotecário na Vaticana e contara com o caieiro Ghirardi como cúmplice. Por infortúnio, Vittorio Capediferro, a quem se devia o sucesso da investigação, morrera enfrentando o assassino. Seu sacrifício, no entanto, colocara um fim definitivo aos crimes de horror.

No dia seguinte, a procissão da Verônica transcorreu sem problemas. Os fiéis compareceram em grande número para admirar o rosto de Cristo. Alguns até acharam que se desprendia dele um brilho mais forte que o de costume...

Tranquilizado pela morte do assassino, satisfeito com a autoridade do papa, arrebatado pelo turbilhão do Carnaval, o povo de Roma logo se apaziguou. Em poucos dias, não se falava mais em complô nem em rebelião.

Na sequência, o segredo sobre o caso se conservou intacto. As gravuras queimaram num incêndio, as mensagens se perderam, e as folhas de Platina nunca mais foram vistas.

Algum tempo depois, foi a vez dos protagonistas desaparecerem. Rosina Forlari não sobreviveu mais do que nove meses à mágoa, e, logo a seguir, o velho Argomboldo foi arrebatado por uma crise de demência.

Em setembro de 1516, Tommaso Inghirami, o bibliotecário da Vaticana, morreu após ter caído de uma escada.

O cardeal Bibbiena, que fora nomeado embaixador do papa na França, voltou a Roma para morrer em novembro de 1520. Correram rumores de que fora envenenado, mas não foram mais do que rumores. Rafael morrera alguns meses antes.

Os últimos anos de Leão X foram marcados pelo cisma de Lutero e pelo avanço da Reforma. Quando morreu, no dia 1º de dezembro de 1521, na idade de 46 anos, o papa Médici deixava uma Igreja desamparada e um papado afundado em dívidas. A árvore da cristandade tinha agora três ramos...

Por seu lado, o valoroso Barberi, a quem eu devia a vida – o que sem dúvida o consolou de não ter podido salvar a de meu pai –, prosseguiu por 12 anos na sua função de capitão da polícia. Pereceu sob os golpes de um mercenário de Carlos de Habsburgo, quando a cidade foi invadida em 1527.

Hieronymus Bosch (ou devia chamá-lo Van Aeken?) entregou sua alma a Deus no verão de 1516. Nunca soube nada das loucuras que sua obra inspirou.

Até o fim, da Vinci permaneceu para mim um amigo e um exemplo. Assim que nos recuperamos de tudo aquilo, explicou-me como o cardeal Bibbiena o dissuadira de ir para a Saboia: Bibbiena, que temia uma rebelião, pedira que fizesse uma cópia o mais perfeita possível da Santa Face. Por sorte, o mestre já assistira a uma exibição do véu e podia também se apoiar em algumas reproduções. No maior segredo – o papa, sobretudo, não devia saber de nada –, Leonardo confeccionou a falsa relíquia que brandiu no nariz do bibliotecário. O sangue coagulado que encontrei no Belvedere entrara, ao que parece, na composição.

A julgar por seu sorriso diante da recepção dos romanos, o mestre não estava descontente com sua Verônica.

Por outro lado, nunca pude descobrir se ele realmente tinha ligações com os joanitas. Cada vez que aludia a esse assunto ele dava de ombros:

– O que já não disseram sobre mim?

Fosse como fosse, Leonardo viajou para Chambéry na semana que se seguiu à conclusão do drama, a tempo de assistir o casamento de seu benfeitor. Na sequência, esteve em vários lugares da Itália, voltando a Roma para algumas estadas curtas, quando tínhamos o prazer de nos reencontrar.

Depois da morte de Giuliano de Médici, Leonardo sabia que não tinha mais nada a esperar do círculo do papa. No outono de 1516, partiu definitivamente para a França, aproveitando que François I o solicitava havia alguns meses. Instalou-se em Amboise, no solar de Cloux, onde provocou o fervor da corte e ganhou a afeição do rei. Pude me assegurar disso quando o visitei, na primavera de 1518, última ocasião que tive de revê-lo.

Leonardo conheceu um fim tranquilo, em 2 de maio de 1519, em meio a seus amigos, seus cadernos e suas pinturas.

Quanto a mim, devo dizer que esses acontecimentos marcaram minha existência para sempre.

Depois de meus estudos de medicina, decidi percorrer o mundo, tanto para enriquecer minha prática quanto para satisfazer o gosto por enigmas que vira nascer em mim. Tive bastante sucesso nessas duas áreas, a ponto de me reconhecerem alguma autoridade. O suficiente, mesmo, para ter sido consultado em alguns casos difíceis que mereceriam ser contados um dia.

Nos meus começos, no entanto, mostrei maior intuição para os mistérios do crime do que para o coração das mulheres, e a bela Aldobrandini se encarregou de minha primeira lição: naquele inverno de 1515, recebeu com a maior zombaria possível meu pedido de noivado. O que era eu senão o pobre filho de um antigo chefe de polícia? Essa desfeita aumentou, sem dúvida, minha vontade de distâncias.

Hoje, 40 anos se passaram. Vivi muito, vi muitos morrerem e, se ainda viajo, é só no pensamento.

Olho esta gravura…

Mantive minha promessa.
Roma, 11 de novembro de 1555.

Este livro foi composto com tipografia Bembo Std e impresso
em papel Off-white 70 g/m² na Assahi.